雪峰山散记

张家和 ◎ 著

中国文联出版社
http://www.clapnet.cn

图书在版编目(CIP)数据

雪峰山散记 / 张家和著 . —北京：中国
文联出版社，2022.2
ISBN 978-7-5190-4529-6

Ⅰ.①雪… Ⅱ.①张… Ⅲ.①散文集—中国
—当代 Ⅳ.①I267

中国版本图书馆 CIP 数据核字(2021)第 276924 号

雪峰山散记

作　者 : 张家和			
终 审 人 : 奚耀华		复审人 : 郭　锋	
责任编辑 : 刘　旭		责任校对 : 许晓徐	
封面设计 : 华彩传媒		责任印刷 : 陈　晨	

出版发行 : 中国文联出版社

地　　址 : 北京市朝阳区农展馆南里 10 号,100125

电　　话 : 010-85923051(咨询)85923000(编务)85923020(邮购)

传　　真 : 010-85923000(总编室),010-85923020(发行部)

网　　址 : http://www.clapnet.cn　　　http://www.claplus.cn

E－mail : clap@clapnet.cn　　　liux@clapnet.cn

印　　刷 : 天津旭丰源印刷有限公司

装　　订 : 天津旭丰源印刷有限公司

本书如有破损、缺页、装订错误,请与本社联系调换

开　　本 : 710×1000　　　　　　1/16

字　　数 : 223 千字　　　　　印　张 : 18

版　　次 : 2022 年 8 月第 1 版　　印　次 : 2023 年 4 月第 2 次印刷

书　　号 : ISBN 978-7-5190-4529-6

定　　价 : 58 元

悠远绵长的雪峰山文化

（代前言）

雪峰山，大湘西的名山，也是历史文化名山。

雪峰山主峰位于湖南省怀化市境内，海拔 1934 米。南连广西，北抵洞庭，西携湘西，东抚湘中。沅江穿境而过，资水东流入湘。

雪峰文化起源，距今至少 7800 多年。早在新、旧石器时代，雪峰山下已经有人类繁衍生息。安江高庙文化遗址出土的大量文物，就是最具说服力的物证。

春秋战国时期，雪峰山区域属楚国黔中领地。秦设黔中郡，汉初置武陵郡，雪峰山区域均为其腹地。此后历朝历代，郡、州、府相继，名称几经变更，建制时增时减，疆域时宽时窄。但不变的是雪峰山的伟岸之躯与浩然之气。

雪峰山既是中原与大西南的交通要道、商贸通衢，也是战略要塞，兵家必争。汉代马援征"南蛮"，三国诸葛亮取益州（四川成都），都在雪峰山下安过营、扎过寨。唐末，南部靖州"飞山蛮"酋长杨再思与朝廷兵戎相见，后接受招安，官诚州（今靖州）刺史。明末，李自成兵败南逃，雪峰山是他众多传说中的隐踪与葬身地之一。明、清两朝"伐蛮""征苗"，阵列雪峰山下，剑指湘黔交界。湘西自治州的凤凰既为"伐蛮""征苗"前哨，也是清朝的重要军事基地。以当地苗民为主组建的"镇竿军"，在近代史上留下了抗击外敌、英勇善战的业绩与威名，"无湘不成军"，他们位列其中。通道的万佛山，目睹过太平天国翼王石达开的刀光剑影。20世纪30年代，一代伟人毛泽东在通道这块土地上，实现了具有重大历史意义的"通道转兵"，拉开了中国革命从失败走向胜利的伟大序幕。贺龙、萧克等人率红二、红六军团征战雪峰山下，一大批雪峰儿女跟随他们万里长征，奔赴延安。1945年5月，抗日战争决定胜负的关键一仗——雪峰山会战，在溆浦龙潭胜利结束，受降纪念坊屹立于同处雪峰山下的芷江七里桥畔。新中国成立之初，人民解放军第47军挥师湘西，彻底肃清了百年匪患。

　　巍巍峨峨的雪峰山，浩浩荡荡的沅水河，见证了千秋岁月的沧海桑田，见证了中国共产党人不懈奋斗的光辉足迹，见证了中华民族抵抗外来侵略的英雄壮举。这一切，既是这块土地的辉煌记忆，更是雪峰文化的不朽篇章。

　　雪峰山下，地灵人杰，人才辈出。明、清以降，尤其近代以来，雪峰山儿女纷纷亮相于风起云涌的历史大舞台。邓少谷、严如熤、严正基、郑国鸿、魏源、陈天华、陶澍、蔡锷等人，或学以经世，睁开眼睛看世界；或奋笔疾书，唤民觉醒；或举旗护国，战死疆场，对我国近代历史的发展产生了极其深远的重要影响。向警予、滕代远、粟裕、刘晓、向仲华等老一辈无产阶级革命家、军事家、外交家，或远渡重洋，寻找真理；或投笔从戎，身经百战，为实现中华民族独立和人民翻身解放，为新中国的成立，为社会主义革命与建设，做出了不可磨灭的巨大贡献，立下了光照千秋的历史功勋。

历史，记录了他们的丰功伟绩，留下了他们的音容笑貌。

雪峰山区，水源丰沛，土地肥沃，是南方稻作文化的发源地，诞生了古今两位"神农"。近有学者研究认为，会同县连山乡是神农氏炎帝的故里。史载炎帝教民种植五谷，是为史所公认的南方稻作文化开山之祖。20世纪六七十年代，著名的"杂交水稻"在雪峰山下的安江农校培育成功，并由此在中国的土地上以及世界范围内大面积推广，人类摆脱了因粮食不足带来的饥饿威胁。炎帝是古代"神农"，袁隆平被称为"杂交水稻之父"，是当之无愧的"当代神农"。

雪峰山远离中原，但传统的主流文化源远流长。有"帝师"之称的上古大贤善卷谢绝舜以帝位相许，隐居读书于辰溪大酉山上。屈原"朝发枉渚兮，夕宿辰阳""入溆浦余儃徊兮，迷不知吾所如"。他的《橘颂》《涉江》《山鬼》等传世名作，或创作于雪峰山下，或者取材于雪峰下。从这一角度看，雪峰山下这块灵异的土地，亦是《楚辞》的故乡。秦始皇"焚书坑儒"，书生伏胜偷运书简藏于沅陵二酉山。成语"书通二酉"，意为善卷读书大酉山的大酉洞，伏胜藏书二酉山的二酉洞。唐代大诗人王昌龄贬龙标（今洪江市，原黔阳县）八年，"留下了"一座"楚南上游第一胜迹"的芙蓉楼，留下了一首流传千古的送别诗《芙蓉楼送辛渐》。沅陵龙兴讲寺距今1370多年，比南岳早100多年，比岳麓书院早350多年。明代思想家、军事家、心学创始人王阳明在此讲学论道。中方荆坪古村的潘仕权既是教育家，也是音乐家，为乾隆启蒙之师。溆浦舒新城两次出任《辞海》第一主编。同为溆浦人的向达是我国古西域文化和敦煌艺术研究领域的领军人物，学术成就至今无人超越。凤凰沈从文与黄永玉，一个是文学大师，一个是著名画家。20世纪 30 年代后期，胡乔木、周扬、成仿吾、翦伯赞等著名共产党人以及学界名流，都曾在雪峰山下著书立说，宣传党的抗日民族统一战线。

　　然而，在相当长的时期内，交通闭塞、经济落后，似乎是雪峰山区与生俱来的两块标签，引导人们走入认识误区，甚至盲区。

　　古代交通主要依靠水路。雪峰山区为古代"五溪"腹地，境内溪河纵横，如同蛛网，酉水、潕水、渠水、溆水、巫水、锦江等河流，流程都在一两百公里以上，构成便捷发达的水上交通网络。尤其是穿过全境的沅江，入洞庭，汇长江，进东海，承载着大西南往返中原以及沿海地区的物流客运。

　　通江达海的水上交通，推动商业贸易的诞生与繁荣。

　　雪峰山区种茶由来已久。大量茶叶通过陆地的茶马古道，直抵青藏高原；通过水上的大小商船，销往全国各地以至海外。著名的安化黑茶、日本前首相田中角荣垂青的沅陵碣滩茶，自唐宋以后就是朝廷贡品。除了茶叶，茶油、桐油、竹木、药材也一向是雪峰山的特产，至今名声在外。茶叶、油桐、竹木、药材等土特产，成就了商贸的兴起与昌盛。千里沅江帆樯林立，大小码头商船云集，以洪江古商城为代表的商业贸易，把雪峰山下的商贸文化推向鼎盛与辉煌。

　　雪峰山区虽然自古以农为本，但工业同样源远流长。早在战国时期，麻阳开始采铜。辰溪开矿采煤已历时三百多年。北有山西，南有辰溪，沈从文先生称之为湘西的大煤都。沅陵、新晃等地早在明、清时期已正式开矿采金、采汞。源于洋务运动代表人物张之洞创办的汉阳兵工厂与华记水泥厂的沅江机械厂、华中水泥厂抗战时期迁入辰溪，至今八十多年。同一时期，裕湘纱厂（安江纱厂前身）自长沙迁入安江。洪江的瓷器名噪一时，远销海外。还有门类齐全的小手工业遍及城乡，如造纸、印染、纺织、竹木、药材加工，等等。

以上表明，雪峰山下的工商贸易，得益于以沅江为枢纽的水上交通，伴随着社会的发展而发展，伴随着历史的前进步伐兴起与壮大。

雪峰山区是多民族杂居的地方，是不同民族的共同家园。苗、侗、瑶、土家等少数民族先民自上古开始，就一直居住在这块土地上，并且创造了丰富多彩的民族文化。侗族侗锦、苗家蜡染、花瑶挑花、土家花帕，体现了不同民族的服饰特点；瑶山号子、苗岭山歌、哆嘎哆耶、侗族大歌、傩戏傩舞、花灯戏、阳戏、冬冬推，等等，体现了不同民族的传统文艺；吊脚楼、风雨桥、鼓楼、窨子屋以及封合高墙大院，代表了不同民族的住宅建筑工艺与居家方式；通道侗家的"大雾梁"、隆回虎形山花瑶的"讨寮饭"与"讨念拜"、溆浦山背花瑶的"祭瑶王"、黔城的"三月三"，等等，类似北方的庙会，体现了不同民族的传统文化与生活习俗。代表雪峰山下戏剧最高成就的辰河高腔，早在京剧形成之前已经唱遍沅江中上游流域，其中的目连戏已列为世界非物质文化遗产。

在世人的意念里，大湘西是神奇与神秘的大湘西，雪峰山是神奇与神秘的雪峰山。神奇是其自然山水，神秘是其历史人文。起源于上古祭祀的巫风傩习延续至今。

雪峰山的山水，是独具魅力的山水。有资料显示，卫星拍摄的地球照片上最绿的那一块就是雪峰山区。充足的雨量和丰沛的水源，让雪峰山既是难得的自然资源宝库，也是三湘大地难得的绿之源。雪峰儿女具有浓厚的绿色情怀，爱森林、爱自然，精心保护家园的原始自然风貌。山上山下，春天花红柳绿，百鸟争鸣；夏季绿肥红瘦，草长莺飞；秋日天高云淡，野果满山；冬天风雪迷漫，玉树冰花；早看日出苍山，夜赏月挂星空；雨天云遮雾盖，晴时风和日丽。大好山河，无限风光，居一山而尽收眼底。

湖湘文化，造就了"惟楚有材，于斯为盛"的湖湘辉煌，成就了湖南人"先天下之忧而忧，后天下之乐而乐"的家国情怀与文化性格。雪峰文化与湖湘文化，体现了同一行政区划和同一山水走向。雪峰山由云贵高原延伸而来，与岳麓山、衡山处在同一地理走向上。沅江经洞庭湖进长江入东海。同一行政区划和相向而行的山水走势流向，决定了二者在文化层面上的内在联系。敢为人先、勇于担当、不屈不挠、自强不息，既是湖湘文化的核心内容，也是雪峰文化的核心价值取向。雪峰山高大挺拔，培育了雪峰文化奋发有为的向上意识，拔地参天，坚不可摧，因为上承灵气；沅江水滚滚东流，培育了雪峰文化百折不挠的向前意识，浩浩荡荡，势不可当，因为下接地气。

向上与向前，是雪峰文化的魅力与活力所在，更是雪峰文化的灵魂与精髓所在。雪峰文化既是湖湘文化的重要组成部分，又是自成一格的地域文化。它以自己五彩斑斓的迷人光焰，辉煌于三湘大地乃至华夏神州，激励雪峰山儿女不忘初心，继往开来，阔步前行。

本文为《雪峰文化》创刊而写，原载《湖南日报》与凤凰读书网。收入本书代作"前言"。内容略有增减。

目录

〉〉〉〉〉
〉〉〉〉

悠远绵长的雪峰山文化（代前言）

第一辑

第一辑

旅游并非单纯的游山玩水,单一的猎奇尝鲜,一饱眼福。旅游的最大功能在于开阔人的视野,陶冶人的情操,提升人的品位。把旅游做成文化是旅游的本意回归。

——摘自《欢腾的梯田》

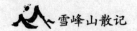

龙潭啊龙潭

龙潭啊，龙潭。"担不尽的龙潭"。

没有资料表明，龙潭与"担不尽"是在什么时候结下的不解之缘，像一张名片，广为散发，不仅风光了龙潭的以往，还将风光龙潭的未来。

龙潭，你真的"担不尽"吗？

回答是肯定的。龙潭，"担不尽"。

我记不清来过多少次了。站在这块鸟语花香的土地上，"担不尽"三个字总是萦绕心头。有敬佩，有感动，也有困惑与思索。

"环滁皆山也。"借用大文豪欧阳修《醉翁亭记》的经典开笔形容龙潭，也是恰如其分的。

龙潭位于雪峰山西麓的溆浦县南部。这里，青山如带，连绵起伏，峰峦为屏，环绕四周。龙潭盆地，就宛若天上掉下来的一块翡翠，躺在大山的怀抱之中，仰观天上云卷云舒，闲看地上花开花落。从郦梁山（今古郦山）奔流而来的龙潭河横贯其中，流淌千年，让这块热地沃土占尽物华天宝；让溆水河上游的阡陌田畴五谷丰登，年复一年。假若把龙潭比喻为聚宝盆，那么，这山川物华，实在是实至名归。从北宋的龙潭堡，到元、明的龙潭巡检司，再到中华民国的龙潭镇乃至今天，龙潭都以自己的激情与热血，意气风发地书写大山深处的精彩与传奇，赢得了"担不尽"的赞美与褒奖，满载着荣光与自豪，一路高歌，直到今天，并将走向更加美好的未来。

然而，"请君莫奏前朝曲，听唱新翻《杨柳枝》。"在社会物质财富今非昔比，高速公路、高速铁路都与龙潭擦肩而过的今天，湘西与湘中的物流已经无须在龙潭集散；溆水上游的古商道（也称"茶马古道"）荒草萋萋；号称天险的雪峰山，从高速公路的隧道穿过也不过几分钟的车程。龙潭，你有过时过境迁的落寞与纠结吗？你有过"无可奈何花落去"的伤感与沮丧吗？曾经的富甲一方，还能够翻唱出"杨柳新枝"吗？也许有过，也许没有过；也许能够，也许不能够。但是，不管有或是没有，能或是不能，龙潭依然是"担不尽"的龙潭。只是今天的"担不尽"，已经不再是建立在传统的农耕稻作、传统的商贸集市基础上的余钱剩米，不再是富饶土地上的物阜民丰，而是"担不尽"的龙潭文化，"担不尽"的龙潭精神，"担不尽"的美好前景与自信。

"担不尽"的龙潭文化

宋神宗元丰二年（1079），龙潭立堡开埠，至今已走过了近千年的悠悠岁月。若是追溯龙潭最早的人烟足迹，那又岂止千年？尽管那

时或许尚未王化，但不等于没有开化。春秋战国时期的楚国大夫屈原放逐溆浦，三国时期的诸葛亮征西南，都给这方宁静的山水留下了挥之不去的历史记忆。屈子祠、屈原庙至今尚存，诸葛亮当年筑的城堡仍然留有断墙残壁。秦破楚，汉征"蛮"，包括龙潭在内的雪峰山下，几乎无一幸免。魏晋、唐、宋、元，虽然龙潭未曾有过大规模的战乱记载，但也不会是风雨不起、波平浪静的"世外桃源"。朝代更替，云走雾飞，连接湘西与湘中的龙潭，既不可能也无理由置身事外。宋立堡治理，至少说明了那时的龙潭，已经引起朝廷关注，所以才会建制委官经略。大明王朝立国之初发兵"征苗"，中叶石邦宪奉旨"平瑶"，明末清初李自成残部牛万才窜入溆浦盘踞数年，直到1945年中日雪峰山会战结束，绵延不息的兵火才得以最终熄灭。

从先秦到近代的这些重大历史事件，既是对龙潭的摧残，也是对龙潭的磨砺。而旧时地方上的仇杀械斗，自然也是彼伏此起。民族的、宗族的、地域之间的争斗，官匪之间的征剿与反征剿，匪与匪之间的火拼与吞并，时时都在搅动龙潭的山山水水。龙潭，或许有过元气大伤，但从来没有过一蹶不振，更没有中断过对自己历史文化的捍卫与传承。正是在这样的历史过程中与历史背景下，积累了丰厚的文化底蕴。

——没有离去的屈原大夫。两千多年前，一叶扁舟，把远在楚都郢的屈原送到了溆浦。那个清瘦的身影，从此就在包括龙潭在内的溆浦这块土地上寻寻觅觅、彷徨徘徊。他的满腔悲愤与惆怅，只能对着这方山水宣泄，只能向着这片云天诉说，直到归去，投江自沉。

据溆浦学者研究考证，屈原在溆浦长达九年，也有说长达十多年。是这块土地绮丽的自然风光和诡异的山水灵气，让屈原茫然抑郁的心灵获得了极大的慰藉，诗人的浪漫情怀得到了尽情地抒发。是屈原把浪漫飘逸的荆楚文化带到了雪峰山下，带到了龙潭，与当地神秘的巫傩文化相互融合，巫楚文化由此形成。既不失荆楚文化特色又有巫傩文化元素的《橘颂》《涉江》《山鬼》《天问》乃至《离骚》等千古名作，才逐一问世。是包括龙潭在内的雪峰山的山水风光与人文风情，成就了伟大的浪漫主义诗人屈原，促成了以《离骚》为代表的《楚辞》诞生，与《诗经》一起，把先秦文学推向辉煌的顶峰。"风骚"一词，源于《国风》与《离骚》合二为一的艺术境界的相互融合与升华。

"路漫漫其修远兮，吾将上下而求索。"

羁旅溆浦多年的屈原走了。他的走，是走到另一个世界上去了。但是他的品格、气节与情操，却留在了溆浦的土地上，留在了龙潭的山水间。那座叫洞垴上的绝壁悬崖，至今飘浮着"山鬼"的倩影；那条叫诗溪江的小河，至今流淌着诗人的吟哦。龙潭、溆浦以至雪峰山下的大小江河，年年岁岁的端午龙舟竞渡，总是要擂响一江排山倒海的鼓点，总是会唤起一江气吞山河的呐喊。

——九溪江李家湾的神秘面纱。九溪江在行政区划上不属于龙潭，但与龙潭山水相连，就文化概念而言，归在一起并无不妥。

明崇祯十七年（1644），高唱信天游的李自成攻入北京，存在近三百年的大明王朝人亡政息。大顺朝正式确立，李自成当了大顺皇帝。但始料不及的是大顺朝的开国与亡国几乎同步到来。李自成既是大顺的开国之君，也是大顺的亡国之君，在位仅四十一天，就被努尔哈赤的后人赶出了北京。随后，清王朝穷追不舍，李自成率残兵败将一路南逃。历史开了个大玩笑，清王朝天罗地网般地围追堵截，既没有把李自成生擒活捉，也没有把李自成斩首沙场，生不见人，死不见尸，让又成了草寇的李自成最终死于何时、何地、怎么死的，都成了历史的一宗谜案，几百年来众说纷纭。九溪江的李家湾有幸成为众说

中的一说，而且是最年轻的一说。

李家湾是九溪江乡的一个自然古村，背倚半圆形的连绵青山，面朝有限的一马平川，碧波荡漾的九溪江平静地从村前流过。

顾名思义，李家湾是李姓人住的地方。但是，现今生活在李家湾的人们不姓李，他们是后来者。在他们到来之前，李家湾已经人去楼空。他们什么时候走的，为什么要走，怎么走的，去了哪里，至今无人知晓，只有一个"红毛将军"的传说流传民间，只有气势恢宏的古宅大院，留在花开花落、水清水浊的九溪江畔。

2015年，春暖花开。考古学家贺刚和历史文物专家符炫一行走进了李家湾。经实地考察鉴定，他们认为李家湾古香古色的神秘古宅建于明末清初，造型结构以大湘西同一时期的民宅风格为主，同时兼有北方豪宅大院的建筑特征，窗棂以及雕花装饰均为北方工艺，这表明有来自北方的工匠参加了李家湾古宅大院的修建。古宅大院的主人应该是北方人，或者是北方人的后代。

一村民保存的两块木质竖匾上自白式的对联："源出平泉流润桑田旧世业，根盘邺架花开兰桂新人文。"唐代大诗人韩愈《送诸葛觉往随州读书》云："邺侯家多书，插架三万轴。"邺侯即李泌，唐中期政治家，参与平"安史之乱"，官至中书侍郎、同平章事，封邺县侯。李家藏书颇丰，人以"邺架"比喻书香世家。对联中的这一典故，明白无误地指明了古宅的主人祖籍北方，而且姓李。另一块只剩下"名震国"三个字的镀金大匾，虽然破损残缺，却让人感受、触摸到它背后的非同凡响。可惜最后一个字被现在的住户锯掉了，如今他怎么也想不起来锯掉的那个字了。也许，他忘记了那是个什么字，也许他本来就不认得那是个什么字。少了一个字的残匾，让所有目睹过的人搜肠刮肚，最终不知所云。有人推测是"名震国威"，有人推测是"名震国魂"或"名震国疆"，贺刚先生认为是"名震国垫"。总之，与"国"字有关的词汇几乎都想到了，但没有一个成为共识。还有后山荒草丛中的那块墓碑，立碑人为墓主之孙。碑文明载：墓主"太学生李梦白"，但刻在碑上的儿子不姓李而姓曾，孙子既不姓李也不姓曾而姓王。祖孙三代三个姓氏，实在让人云里雾里，既不得要领，更不可思议。

阔绰的古宅，明白的对联，残缺的匾额，离奇的碑文，编织了九溪江李家湾的这一团乱麻，这就让人们有了许多假设，并自然而然地联想到李自成兵败南逃、东躲西藏的历史事实，包括他隐踪并死于雪峰山系的八面山的野史传闻。溆浦离八面山不过百里之遥，李之部将牛万才在溆浦数年，不仅有故事在民间流传，而且为《溆浦县志》所载。于是，一个合理的假设便顺理成章地出现了，那就是李家湾的神秘古宅与李自成有关，即使与李本人无关，也与李的后裔或族人、部将有关。

站在李家湾的村口，面对竹木掩映下的神秘古宅，面对古宅背后的不老青山，还有空旷的田园与流淌的九溪江水，我，感岁月之飘忽，叹人世多沧桑。或许有一天，神秘的面纱会最终揭去，当年不辞而别的主人将会从浩渺的历史迷雾中走出来闪亮登场，与几百年后的你我相见甚欢，并细说当年的荣辱沉浮。

——书声不再的崇实书院。书院传播知识，既有官建也有民建。龙潭远离溆浦县城，历代县令当然不会把体现政绩的官建书院建在远离一县中心的荒村乡野。建在荒村乡野，你给谁看呀？但是，龙潭人重视文化、重视教育，官不建，民自建。龙潭现今保存完好的崇实书院，就是由龙潭乡绅吴人彦、吴人念等人于清光绪末年出资创办的，迄今一百六十余年，办学历时一百四十余年（民国时期为私立学堂，中华人民共和国成立后为公办小学，2008 年停办）。在这书声琅琅的一百四十余年里，尤其在旧时开馆授徒的五十多年里，它是龙潭先人

重教向学的最好体现，是龙潭文明进程上的一个重要标志。同时也表明当时龙潭的经济、社会发展水准已经达到了一定高度，人们不再被动地随着社会进化的缓慢脚步向文明靠拢，而是以一种追求的姿态，主动加快了走向近、现代文明的步伐。

站在紧闭的书院大门之外，曾经的悦耳书声不再耳闻。我想古人多以农为本，留田置地、壮大家业，这是一般民众普遍的价值认同与人生追求。龙潭人当然也不例外，也不可能例外。吴氏族人创办书院，同样源于耕读传家、光宗耀祖的世俗理念。但是，书院不管是官办或民办，说得小一点是为地方启民智，开风化；说得大一点是为社会、为国家培养人才。截至停办，从崇实书院（含私立学堂和公办小学）起步的学子，有清代的进士和六品衔官员，有民国时期的省政府议员，有国民党军队的将军，也有人民解放军的军官，人民政府的司、局级领导干部和共产党的县委书记，还有大学教授、学者，达数十人之多。尤其1945年龙潭抗战爆发，崇实书院的学子们投笔从戎，参战支前，体现了龙潭儿女在国难当头、民族存亡之际，奋不顾身、勇于担当的爱国情怀与献身精神，体现了崇实书院既重视解惑授业，更重视育人树人的办学理念。近代著名教育家杨昌济先生有"强避桃源作太古，欲栽大木柱长天"的明志之誓，崇实书院担当不起，但教书育人的精神与理念却与之殊途同归，一脉相承。

书院还在，书声不闻。但由书院兴起的向学之风，至今在龙潭的土地上着意劲吹。龙潭中学一直在全县中学的排名榜上名列前茅。

——香火绵绵的龙潭宗祠。龙潭有"中华宗祠之乡"的美称。据当地民间统计，从明清到民国初年，先后建有宗祠六十六座，现今保存完好或基本完好的四十座。

宗祠传承礼教伦理，上敬天地，下法祖宗，既是旧时神权与族权的象征，也是族人议事、祭祀、娱乐以及安放祖先亡灵的地方，庄严神圣，不可亵渎。一座宗祠，就是一部家族或宗族的兴盛衰败史，承载着一个家族或宗族的发展脉络，代表一个家族或宗族的人伦理念与文化信仰。我走进龙潭小黄沙张氏宗祠时，面对那么多的先人灵位，作为无神论者的我，也不能不虔诚地鞠上一躬。这与我的政治信仰无关。

宗祠许多地方都有，南方尤为普遍。宗祠以姓氏名，如王氏宗祠、张氏宗祠、李氏宗祠等。龙潭除了独门独户的姓氏外，其他姓氏都建有宗祠，有的姓氏因为人口众多或居住地分散，建有多座宗祠，如谌、张、唐、向等姓。多座宗祠在同一姓氏血统的基础上，构成大宗族与小宗族、主宗祠与分宗祠的相互关联体系，有从属，也有不从属，但互有往来。由于宗祠以姓氏为单位兴建，不同的姓氏宗族不仅在经济状况和文明程度方面存在差异，而且在文脉上也源于各自不同的郡望或堂号，这就使得同一地的宗祠呈现出不同的建筑风格与结构布局，或气势恢宏、或庄重典雅、或富丽堂皇、或质朴无华，体现了审美取向与人文情怀的不同内蕴与外延。

龙潭宗祠的存在，除了具有其他宗祠所具有的建筑工艺、历史文物等文化价值之外，最值得一书的是在龙潭抗战期间，宗祠无一例外"置身"于抗击外来侵略的战争之中，或为军队指挥所，或为临时野战医院。民众以宗祠为单位支前参战，在财力、物力上倾其所能。战后，王氏族人在宗祠里设立抗日阵亡将士灵位，让他们同自己的先人一起，享受王氏后人的供奉与祭拜。把异姓人的灵位同自己的祖先安放在一起，这在一向崇尚血统、宗法与伦理的民间实属少见。

书院与宗祠，为龙潭打开了两扇大门，一扇通向未来，一扇连接过去。承前启后，继往开来。

——传统农耕稻作文化的活化石。龙潭自古农业发达，是溆浦乃

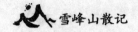

至大湘西的粮仓之一，虽然今天已经不再一业独大，但传统的农耕稻作没有因为产业结构的变化而中断，传统的农耕稻作文化没有因为社会的今非昔比而褪色。全国最大的梯田板块——山背梯田，从海拔300米的地方顺势而上，上下7.5公里，加上与山背比邻的其他梯田，总面积达四五万亩之多。

山背距龙潭二十多公里。山背梯田是龙潭、也是雪峰山区最为壮丽的山水风光与田园风情之一。

山背梯田的存在，有人说始于秦汉，即秦灭楚、汉征"蛮"把河谷平地上的"蛮人"赶上了高山，圈进了密林。也有人说始于唐宋，缘由未见考证。我倒倾向于大规模造田始于明代。

明初，朱元璋发大军平滇、黔。战事结束，裁减军队员额，压缩军费开支，减轻国库压力，是每一个朝代通用的理政之策，朱元璋的大明王朝也不例外。把裁减下来的军队就地或移防屯田，就是这一理政之策的具体实施。而在龙潭及龙潭周边的老百姓中，一直流传着"十八军门"屯田之说。

军门，明代总督、巡抚的代称。龙潭"十八军门"，即来龙潭屯田的这些军人分别来自十八个总督或巡抚门下，用现在的话说，就是分别来自军队的十八个建制单位。龙潭合田村《姜氏族谱》载，先祖姜广官至总旗（明代基层军官），平定滇、黔有功，朝廷赐封田三千石（石，dàn，音、意同"担"）。明代一石约相当于现在的120市斤，三千石约为36万市斤。朝廷赐封姜广三千石，即奖励姜广年产粮食36万市斤的田土。屯田合田的姜广是合田姜姓的开基之祖，也是龙潭"十八军门"屯田的代表人物之一。

除了军屯，还有民屯。民间流传朱元璋当了皇帝之后，照顾支持他夺取天下的地方，歧视打压不支持尤其是反对他打天下的地方。江西与两湖地区因旷日持久的兵火战乱，百姓流离失所，大量田园荒芜，无人耕种，尤其在朱元璋与陈友谅的较量中站错了队，选择支持陈友谅，所以明朝一建立，移江西填湖广，把江西人迁入湖南、湖北。通过移民，朱元璋既能把这些同自己不是一条心的人分散置于各地，使他们难以聚集谋反生事，又让抛荒的土地重新耕作，为朝廷增加粮赋。移民，明智之举。今天，包括龙潭在内的雪峰山下大部分姓氏家族自称先人来自江西，表明他们是江西移民的后裔。

来自滇、黔的称"军屯"，来自江西的称"民屯"。两种移民的到来，必然引起土地重新分配，一部分朝廷明令赐给了"军屯"，一部分通过朝廷政策调整转给了"民屯"，再加上民间的土地交易，甚至弱肉强食，大量的土地换了主人。一向被中原王朝视为"蛮"的少数民族，就只能被迫向高山密林迁徙，在那里重新垦荒造田。

龙潭历史上为"蛮人"居住之地，所谓"十八峒蛮"，即十八个"蛮人"族群所在的区域称谓，其中的多数分布在龙潭以及周边区域之内，包括已归属邵阳市隆回县的虎形山。今天的山背花瑶以及虎形山的花瑶，也许就是当初失去土地的龙潭以及龙潭周边的"蛮人"。山背梯田的大规模开发，与明朝初年的"军屯""民屯"移民，至少在理论上具有内在的逻辑联系。虽然明之前的历朝历代，也曾经有过规模大小不一的"征蛮"行为，但多为单纯的军事行动。军队的任务是"镇反"与"平乱"。一旦战乱平息，有时留下少量军人驻扎一个时期负责善后，但大多数情况下当即班师回朝，不可能引起土地大面积更换主人的现象发生。只有当"军屯"与"民屯"同一时期到来时，尤其是"民屯"的到来，这种现象的发生不仅不可避免，而且势所必然。

总之，山背梯田开发不管始于何时，盛于何时，都是花瑶先民世代相续，挖山不止，造田不息，才有了今天蔚为壮观的梯田依山而

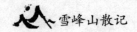

起，才有了传统的耕作方式以及源于农事、服务农事的农耕稻作文化世代延续。开秧门而祭神农，喊号子而齐众力，男耕田，女挑花，这些古老的农耕祭祀仪式和劳作生活习俗，一直沿袭至今。山背梯田被学界称为传统农耕稻作文化的活化石。

置身山顶而俯瞰，驻足山脚而仰望，如诗如画的梯田风光让人心旷神怡。挥毫泼墨，难描其神；为文赋诗，难书其境；踏歌起舞，难尽其韵。愚公移山属于神话传说，山背梯田属于生活真实。

——民族文化的艺术瑰宝与奇葩。远在春秋战国时期，甚至在更早的年代，先"武陵蛮"后"五溪蛮"是龙潭这块土地上的主人。尽管他们留给后世的记忆琐碎零乱，甚至扑朔迷离，但"蛮"文化无疑是龙潭最早的民族文化。

星移斗转，沧海桑田。"蛮"早已销声匿迹，今天的苗、侗、瑶等民族几乎都是由"蛮"演变而来。他们的文化，是当今雪峰山下民族文化的重要组成部分。而在龙潭，最具有代表性的民族文化是花瑶文化。

花瑶，瑶族的一个分支。在很长一个时期内，民族史、民族学曾经把他们遗忘于高山丛林。他们没有自己的文字，却有自己的文化。世世代代言传身教的挑花工艺，已列为国家非物质文化遗产。荒诞狂野的怪异婚俗，还原母系氏族部落的生活风情，野辣辣的情歌唱响在田间地头，类似于远古结绳记事的"对木口"①离去并不久远，通行阴阳两界的阴师"顿筒"②之声还时不时地在耳边响起，"讨寮皈"

---

①对木口，即一截长一寸左右的小木棍，一头削成斜面，劈为两半，约定某事的当事人各持一片作为凭证。若一方违约或忘了约定，双方把木片拼在一起，以验证木棍斜面口能否对上，对上即履行承诺。

②顿筒，即花瑶人信奉的一种法术。阴师（巫师）一手摇着师刀，一手握一根小木棍，敲击自制的打击乐器，双目紧闭，嘴上念之唱之，祈求神灵消灾祛难，保佑人畜兴旺、风调雨顺。

"讨念拜"①等民风习俗一如当初。花瑶人的这一切，带着男耕女织的田园风情，带着远古人类的生活痕迹，带着巫傩文化的神秘色彩，构成一个民族分支生存和创造的强大精神支柱与力量之源。

花瑶，花一样的瑶族分支；花瑶文化，民族文化的瑰宝奇葩。每次做客山背花瑶，总是要看一看他们的劳作，听一听他们的山歌，品一品他们的米酒，尝一尝他们的腊肉，唠一唠他们的家常，于是就有了回归田园、回归自然、回归纯真与纯情、回归至善与至美的由衷感慨。清风明月在心头波光荡漾，日月星辰在眼前周而复始，令人陶醉而痴迷。人变得从来没有过的简单与本真，从来没有过的青春与多情。

——别具一格的民风习俗。历史与文化，培育了龙潭别具一格的民风习俗，尤其龙灯闻名遐迩。龙是中华民族的精神图腾，炎黄子孙都认同自己是龙的传人，中华大地几乎没有不耍龙的地方，节庆、喜庆，特别是过大年、闹新春，处处龙在欢腾、龙在翻滚、龙在狂舞、龙在长吟。龙把中华民族最为持久的那份情感、最为昂扬的那股斗志、最为豪迈的那番气概、最为激荡的那般血性、最为壮美的那种风采，把天地同

---

① "讨寮皈" "讨念拜"类似北方的庙会、南方的集市，盛行于隆回虎形山等地，是花瑶人的两大传统节日。一、"讨寮皈"分两次进行，第一次为每年的农历七月初二，第二次为每年的农历七月初八至初十。第一次源起北宋末年花瑶先人被朝廷镇压追杀，有孕妇藏身于瓜棚，躲过一劫，从此规定过了七月初七才能吃黄瓜，并集会纪念。第二次源起清雍正元年(1723)，一豪绅追赶麻峒瑶四姓六姐妹，引起瑶民反抗，豪绅引清兵镇压。瑶民依山据险，清兵久攻不下，最后被迫议和。为纪念战死的勇士，每年农历七月初八至初十举行集会。"讨寮皈"汉人称为"赶苗"，即赶苗族人的墟场。汉人过去曾把瑶族与苗族统称为"苗族"。二、"讨念拜"每年农历三月十五日至十七日举行。源起清康熙年间朝廷军队的一次进逼瑶山，与瑶民大战，一奉姓女子率众抵抗，被清军杀害。为纪念这位女英雄，农历三月十五日至十七日举行集会。时过境迁，两大节日从内容到形式都发生了根本性的变化。节日里男女老少穿戴民族服饰，相约结伴至固定场所，或互市贸易，或互致问候，或商议某一事宜；青年男女则幽会定情。盛况空前。

庆、人神同乐的狂欢气氛，表现得淋漓尽致。

文化意义上的龙是一种精神。龙潭以龙名，对龙的理解与崇拜自然有独到之处。龙潭的龙，造型除了用竹篾片编织的长龙外，草把龙、高把龙、板凳龙等几乎为龙潭所独有。一扎稻草，一张板凳，耍得虎虎生风，舞得翻江倒海。这种化简单为神奇、化朴拙为灵性的想象能力以及精湛的杂耍技巧，是龙潭的过人之处。或许，草把龙、高把龙、板凳龙是"龙"这一概念的最早物化，虽然制作简单、工艺粗放，谈不上有多少艺术元素，但在龙潭人手中，硬是舞得活灵活现，耍得流光溢彩。

龙离不开灯，一根白蜡烛，把龙的形象与神态点缀得惟妙惟肖，所以龙与灯是不可分的，谓之龙灯。龙舞风调雨顺，灯照国泰民安。蚕灯、鹅颈灯、喔喝灯、故事灯是龙潭龙灯文化的又一特色。蚕灯、鹅颈灯分别形似春蚕、白鹅，体现了传统农耕稻作文化的审美取向和田园乡村的生活情趣。喔喝灯粗犷豪放，一路狂奔狂舞，势不可当，吆喝之声如龙之吟，如虎之啸，令人血脉偾张。故事灯生动传神，启人智力。这些灯分别属于不同的姓氏家族，如蚕灯是张姓的族灯，鹅颈灯是向姓的族灯，喔喝灯是唐姓的族灯，故事灯是王姓的族灯。不同的灯彰显了不同姓氏家族的文化起源与审美取向，以及对生活的不同理解与憧憬。

都说优胜劣汰，先进取代落后，时尚排斥传统。但在龙潭，没有多少制作工艺含量的草把龙、板凳龙、蚕灯、鹅颈灯、喔喝灯硬是长盛不衰。尽管摇滚乐声嘶力竭，广场舞浪漫了街头巷尾，却始终淡化不了龙潭人对传统文化的一往情深，对乡土才艺的执着痴迷。或许，长龙舞的是王风霸气，体现的是中原文化的雄阔恢宏；高把龙、草把龙、板凳龙、喔喝灯舞的是原始的野性灵光与湘西人的情怀血性；蚕灯、鹅颈灯则缠绵温婉、淡雅平和，舞的是田园山水风光与乡村风情意趣；故事灯寓丰富的艺术想象于简单的造型之中，弘扬的是源远流长的中华文脉。

中华民族痴迷了千百年的龙与灯，在龙潭这块古老的土地上世代相传，与这方山水融为一体。还有难得一饱眼福的傩戏、木脑壳戏、渔鼓、三棒鼓等吹拉弹唱，虽为下里巴人，难登大雅之堂，但唱得声情并茂，弹得铿铿锵锵，演的是天下兴亡、古往今来，唱的是喜怒哀乐、人生百态。而日常生活中的待人接物、婚丧喜庆，甚至入席用餐，都有不成文的仪规，乱规就是失了礼仪。尤其是各种庆典，除了锣声鼓点、鞭炮烟花，甚至唱大戏，还有魅力十足的独特习俗，称为"贺喜"。

贺喜，顾名思义，祝贺喜庆。婚嫁、祝寿、添丁、新屋上梁、过去的中举与现在的上大学、某一重大工程竣工以及其他重要庆典，都在贺喜之列。贺喜如同大合唱，一位既有口才又有肚才的人担任领贺，一人唱，众人和。贺喜的词儿，领贺人现场现编，现场朗吟。他抑扬顿挫地朗吟一声，众人以"好嘎"和之。每当数十人、上百人亮开嗓子："好嘎！好嘎！好嘎！"磅礴的气势声震屋宇，因为那是火辣辣的激情,喜洋洋的欢腾。众人营造声势、制造热烈的"好嘎"之声，领贺人出口成章的赞美与祝福之词，引得主人喜笑颜开，心花怒放，引爆人群的声声喝彩。如新屋上梁：

领：主人建华堂，

众：好嘎！

领：祥瑞绕屋梁啊，

众：好嘎！

领：人兴家业旺哩，

众：好嘎！

领：金银堆满仓嘞，

众：好嘎！

祝寿离不开"寿比南山，福如东海""积善积德，儿孙满堂"一

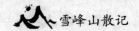

类。婚庆少不了"天上仙女嫁牛郎，人间梧桐栖鸳鸯""白头偕老，早生贵子"一类。也有插科打诨的，体现一个"闹"字。如：

领：洞房洞门开啊，

众：好嘎！

领：新郎上床来哟，

众：好嘎！

领：放下丝绸帐吧，

众：好嘎！

领：一夜到天光啦。

众：好嘎！

领：旱地栽红薯啊，

众：好嘎！

领：水田种禾秧啦，

众：好嘎！

领：莫要误农时嘞，

众：好嘎！

领：下种要趁早喽。

众：好嘎！

领：花开你就摘啰，

众：好嘎！

领：不摘花谢了哟，

众：好嘎！

亦庄亦谐，雅俗共赏，个中乐趣，尽在不言之中。

龙潭民俗丰富多彩、质朴自然，是龙潭文化的重要组成部分。有时你会觉得那些讲究过于繁杂，古董气味儿太重，离现实很远；有时你又

觉得很近、很亲切，散发着浓浓的烟火温情，为生活所需。这个性与魅力，有时让外人看得眼花缭乱，想说又说不清，想道也道不明。或许，这就是地地道道的"龙潭味儿"。

"担不尽"的龙潭精神

龙潭精神的核心内容是家国情怀。雪峰山会战中的龙潭战役，则是这一情怀的集中体现。

我国近代最重大的历史事件，莫过于艰苦卓绝的抗日战争，从1931年东北的"九一八事变"算起，打了十四年；从华北的"七七事变"算起，打了八年。国民党政府和军队有过顽强抵抗，有过主动出击，但节节抗击节节败退，也是不争的事实，从东北退到华北，退到江南，最后退到山城重庆。"中华民族到了最危险的时候。"然而，敌我双方都不曾料到，一场双方投入兵力加在一起不过数万之众（中国三个师、日本三个联队）的龙潭战役，一场双方事前都未曾料到的攻与守，直接促成了中国人民抗日战争的胜利结束。日本战败投降了，中国胜利了。龙潭由此地重千金，名垂史册。

站在曾经战火燃烧的土地上，目睹并不风急浪高的龙潭河，还有让人生出无限惬意的田园山川，还有漫山遍野的郁郁葱葱，七十年前的那场战争，既令人感慨万千，也使人困惑几许。曾经长驱直入的侵华日军，为何偏偏败在这个不该败的地方，败在这块绿水含烟、青山多情的土地上？是天意吗？当然不是，"天意高来从难问。"带着这样的困惑，我走进弓形山抗日阵亡将士陵园，想从那些冷却在石碑上的文字中寻求答案；我爬上一眼望尽龙潭风光的红岩岭，想从草木掩映的旧战壕里揭开这难解之谜。我肃立在英雄山下，我站在青山界上，我走进当年的野

战医院，我聆听白发老人记忆犹新的往事回首，似有所悟。龙潭之战的胜利，除了学者、专家们的头头是道，还有广为人知却又鲜为人道的重要原因：那就是这场战争是在雪峰山下的龙潭打的，是在大湘西的深山丛林里打的，战场的选择就已埋下了玄机。这玄机，既不是童话中的飞天神功，也不是影视作品中的抗日神剧，而是一种真实的存在与必然。

龙潭民风淳朴，山水灵异，上承南蛮、巫傩、巫楚文化之源，下启雪峰、五溪、湘西文化之流，自古神秘诡异。这对于包括日本人在内的"洋人"而言，即便是"中国通"，也只能识得些许皮毛。

奇异的山水，蕴藏着别样的灵气。别样的灵气，孕育出别样的儿女，如同广袤的中原大地必然诞生慷慨悲歌的燕赵之士。龙潭人知书达理、勤劳善良，但并不等于胆小怕事。雪峰山下的大湘西儿女，自古铁血柔肠、侠肝义胆，不畏邪恶强敌，不惧刀山火海，历代封建王朝几乎都对大湘西有过兵剿弹压，但很少有过成功征服，"改土归流"与"改流归土"的反复交替使用，就是最好的历史佐证。

面对战争，龙潭人没有犹豫，更没有退缩。种田汉子放下肩上的锄头走上战场，富商阔佬慷慨解囊以纾国难，士人投笔从戎，乡绅奔走呼号，即便是那些不同色彩的民间武装，平日里割据一方，有替天行道、打富济贫的，有风高放火、月黑杀人、越货打劫的，有相互仇杀、争夺势力范围的，还有桀骜不驯专与官府作对的，此时放下了恩怨情仇，淡化了你是我非，协同军队对日作战。一个全民皆兵、全民参战的抗战局面，在中国共产党倡导的抗日民族统一战线感召下迅速形成。年过八十的韩直承老人战时13岁，他为军队带路、放哨，直到战争结束，近一个月没有回家；古稀之年的加禾老尼姑为了掩护住在庵里的女军人，不惜自己落入敌手，遭轮奸丧命；被日军强行抓去做挑夫、伙夫的，趁其不备置敌于死地。瑶族猎人的铁铳让拥有大炮机枪的日军闻风丧胆，野生的漆树让日军的伙夫们全身奇痒，不敢搂柴生火做饭。各个宗祠负责筹粮筹款，保障前线给养。抢救参战国军伤员、搬运炮弹、修筑工事、送饭送水等战地勤务，龙潭民众主动承担。十四年抗战，全国涌现大小汉奸两百多万，战时的龙潭没有人贪生怕死、临阵脱逃，更遑论投敌当汉奸了，这就是大敌当前的龙潭儿女。假若这场会战不是发生在雪峰山下的龙潭，不是在龙潭儿女面前打响，会不会也像诸多会战一样，由胜转败，由败转退？历史不能假设，但可以拷问。

每一次驻足在龙潭的土地上，仰望雪峰山撑起的万里蓝天，环顾曾经血染杜鹃红的英雄山河，总是让人热血沸腾。我向蓝天咨询，我向青山寻问，我向清风明月与荡漾的流水请教：是历史造就了龙潭的传奇，还是龙潭书写了历史的辉煌？是，也不全是。历史并不仅仅属于龙潭，它把机遇给了龙潭，也曾给予过无数的大江大河，给予过无数的名山大川，尤其给予过无数的名城重镇，但辉煌与奇迹并没有出现，出现了也一闪即过，瞬间消逝。龙潭战役只是雪峰山会战的局部，却打成了会战的主战场。这一仗的胜利，雪峰山会战才拉开序幕就大获全胜，伟大的抗日战争也由此转入全面进攻，日本战败投降。这一抹亮色，开启了中华民族乃至战后的世界历史新纪元。

抗战阵亡将士陵园和主要战场的英雄山、青山界，已正式列为国家文物保护单位和抗战纪念地。龙潭人把英烈的灵位安放在自己的宗祠里，龙潭人年年清明节去阵亡将士陵园，去旧时战场英雄山、青山界，扫墓凭吊，重温历史，缅怀英烈，体现的正是龙潭人的英雄情结，弘扬的正是龙潭人的家国情怀与民族气节。

龙潭抗战精神，是龙潭最丰厚、最宝贵的精神财富。这样的财富，"担得尽"吗！

"担不尽"的美好前景与自信

大凡历史人文风情浓郁、山水田园风光旖旎的地方，就有审美价值与欣赏品位。旅游，大概都是奔着这个去的。

龙潭有五彩缤纷的历史人文，有婀娜多姿的田园山水，这是造物主的恩赐，只因为大山阻隔，沉睡千年。而当曾经"担不尽"的风光开始淡出人们的视野时，雪峰山旅游开发迅速兴起，为龙潭打开了另一扇大门，如一轮新的朝阳，温暖了龙潭的山山水水，更似一缕春风，把这块古老的土地吹拂得青春曼妙、魅力四射。

旅游对于游客，少不了陶冶情操与开阔视野。历史人文挥洒的生活风情，山川河流展现的自然风光，既满足人的审美需求，更提升人的审美层次。人们津津乐道的所谓回归自然，置身田园，陶冶情操，净化心灵，旅游实为其然。

龙潭的历史人文风情一如本文所述，久远而厚重，多彩更多姿。屈原放逐史、花瑶生存发展史、龙潭战役等重大历史事件，以及阳雀坡、雁鹅界古村兴衰史、九溪江李家湾的神秘古宅与李姓人的隐踪之谜，田园、青山、江河、书院、宗祠、龙灯以及民风习俗，构成了龙潭波澜壮阔的历史长廊和异彩纷呈的文化画卷，构成了龙潭取之不尽、用之不竭的旅游资源。是这块土地，成就了屈原的人格与气节，成就了屈原的伟大与不朽，成就了与《诗经》争奇斗艳的《楚辞》；是这块土地，养育了一个勤劳纯朴的民族分支——花瑶；是这块土地，书写了中华民族抗击外来侵略的辉煌篇章；是这块土地，保存了那么多的古村、古宅、古祠；是这块土地，延续了历久弥新的农耕稻作文化，传承了那么多的民间艺术与习俗。每一次走进龙潭，历史的壮观在眼前奔腾翻滚，文化的精彩在心头闪烁生辉。

龙潭，大湘西的明珠，雪峰山的骄傲。春天，山上桃红，溪畔柳绿，田园莺歌燕舞；夏日，丛林荣茂，花草鲜美，漫山鸟啼蝉唱；秋天，云淡风轻，层林尽染，处处果满枝头；冬日，飞雪起舞，银装素裹，天地冰清玉洁。在气候模糊了春夏秋冬的今天，龙潭有让人领略一年四季不同色彩与韵味的山水风光，这是多么难得的得天独厚呀！

龙潭的胸襟是开阔的，从不坐井观天、故步自封、远离时尚。在它的集镇与乡村，大嫂大妈们的广场舞跳得热火朝天，青春少女的新潮与时尚异彩纷呈。但是，龙潭的山水依旧是纯朴的山水，龙潭的风光依旧是纯美的风光。龙潭河千回百折，诗溪江千般柔情，依旧奔流在深山峡谷之中，滋润着两岸的田园山川；洞垴上的奇形怪石依旧承载着"山鬼"的美丽传说；九龙潭、米粮洞依旧古木参天、流泉飞瀑；穿岩山的风光还是那么肆意竞秀；二都河畔的茶马古道还是那么蜿蜒崎岖，河上的铁索桥还是那么晃晃悠悠；山背梯田稻香如故，花瑶儿女纯朴依然；抗日战壕遍及青山绿岭，将士陵园庄严肃穆。走进阳雀坡，大清遗风扑面而来；爬上雁鹅界，无边风光奔来眼底。身临其境，置身其中，那时的你，就是一个怡然散淡的你了，就是一个超然洒脱的你了，就是一个飘逸空灵的你了，更是一个青春放歌的你了。所谓的山水情怀，大概就是这种物我两忘的人生境界吧！

龙潭是古老的，但雪峰山旅游方兴未艾。短短的三年时间，穿岩山、阳雀坡、山背已建成国家 AAA 级旅游景点。规划中的从高铁溆浦南站直达山背梯田往返 7.6 多公里长的空中索道，以休闲养生为主要功能的统溪河风情小镇，浪漫的诗溪江大峡谷，荒诞怪异的花瑶婚庆风俗等项目开发，都在倾力打造之中①。

旅游开发，给龙潭插上了腾飞的翅膀，龙潭已不再是"养在深闺人不识"的"杨家女"了。她的花容，她的风姿，必将带给龙潭更多的春华秋实。

---

①上述这些开发项目，有的已经投入使用，有的正在施工。

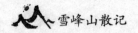

结束语

龙潭，担不尽的"龙潭"。

"担不尽"的龙潭文化，"担不尽"的龙潭精神，"担不尽"的美好前景与自信。这让我想起龙潭人介绍自己时那种不加掩饰的自豪：

"我是龙潭人！"

龙潭虽然是近十万人口的大镇，但在行政序列上只是乡一级的建制镇。按照语言习惯和法定籍贯用语，人们都是以县为籍，只有同一县的人在一起才会以乡（镇）为籍。龙潭人没有或者少有说"我是溆浦人"的，即便说了，那也是"我是溆浦龙潭人"。这样的说法难免引起误解，甚至非议。但龙潭人以龙潭为籍，除了源于那一怀乡情，更在于龙潭值得他们引以为荣、引以为豪。"我是龙潭人"所表达的正是他们对家乡的最高认同，体现了龙潭人强大的文化自信，而且有理由坚守这样的自信。

"借得西湖水一圜，更移阳朔七堆山。岸边添上丝丝柳，画幅长留天地间。"

龙潭啊，龙潭！担不尽的龙潭！

原载《怀化日报》。2016 年内刊《雪峰文化》标题改为"担不尽的龙潭"。收入本书标题依《怀化日报》，文字做了一些调整。民俗一节略有增加。本文中的龙潭是文化概念，而非行政区划概念。

傩舞雪峰山①

这是 2018 年的第一天。

雪峰山枫香瑶寨，锣鼓锵锵、磬钹呛呛，"喔哞喔哞"的牛角吹得山转水绕。一场旨在弘扬上古文明、增强文化自信、促进雪峰山旅游开发的元旦傩庆活动，正在隆重举行。

傩，一种戴着神兽面具载歌载舞的表演形式，俗称"傩戏"或"傩舞"。旧时民间流行的还愿、打醮、唱土地、做道场、跳大神、问仙以及世界非物质文化遗产辰河高腔《目连戏》等，都属于傩的范畴。

傩起源于原始祭祀，首先流行于北方，后传入南方；巫诞生于长江中上游地区，所谓北傩南巫。湖南西部雪峰山区尤为盛行。20 世纪末

---

①2018 年 1 月 1 日，笔者应邀参加枫香瑶寨庆元旦傩神兽面舞会。祭傩与傩祭在别的地方很难看见，唯有雪峰山区有比较完整地保留与传承。

到 21 世纪初，雪峰山下的安江高庙文化遗址先后出土的文物证实，距今 6300~7800 年，生活在雪峰山下的先民，面对自然界的天灾人祸和自身的生老病死，面对太多的不可预测，开始了古老的原始祭祀，祭天地、祭神灵、祭日月星辰、祭河流山川，以表达人对大自然、对神灵的敬畏和诉求，雪峰山下的巫由此诞生，后与北傩相互融合，故称"巫傩"。到目前为止，在全国，甚至在东南亚，还没有比安江高庙祭祀更早的祭祀文化遗存或文物发掘出土。雪峰山以此为荣。

祭祀，遵循一定的仪式仪规。站在这一角度上看，傩既是最古老的祭祀，也是最原始的表演。《周礼·夏官》载："方相士，狂夫四人。方相士掌蒙熊皮，黄金四目，玄衣朱裳，执戈扬盾，帅百隶而时难（傩），以索室逐疫。"到了汉代，"方相舞"和"十二神舞"问世，表明原始祭祀已开始向娱人悦众转变。《东京梦华录》记载宋代除夕之日，"禁中呈大傩仪，并用皇城亲事官、诸班直藏假面，绣画色衣，执金枪龙旗。教坊使孟景初身品魁伟，贯全副金镀铜甲装将军；用镇殿将军二人，亦介胄，装门神；教坊南河炭丑恶魁肥，装判官；又装钟馗小妹、土地、灶神之类，共千余人。自禁中驱祟，出南薰门外转龙弯，谓之埋祟而罢。"可见傩在宋代极为流行，而且是皇宫的年庆活动之一，演员千人，声势浩大，祭祀天地神灵，驱赶凶神恶鬼。人物设置、细节处理更加完备与合理，戏剧化的表演功能进一步彰显，类似今天的情景剧。

站在枫香瑶寨的文化广场上，我沉浸在自己的遐想中。

遥远的先民为了生存，面对太多的力所不及与太多的力不从心，只好期望以自己的虔诚，博取神的同情与怜悯。但这源于本能的追求与探索，得到的却是苍白的心灵平衡与空洞的自我慰藉。无论是与天神的对话，或与地神的沟通，或与自然神的交流，都是先民的自言自语，自圆其说，不变的依旧是来来去去的天灾人祸，依旧是时时发生的生老病死，是说到就到的洪涝旱灾，是猛禽野兽的照样伤人。隆重的祭祀、虔诚的祈祷，最后都化为一缕缕青烟，一堆堆冷灰，在先人迷茫困惑的目光中随风飘散。但是，我们没有理由嘲笑先人，尽管在今天看来，他们的行为是多么愚昧与无知，可又正是他们在愚昧中的自强不息，在无知中的上下求索，成就了我们今天的文化自信。

弯弯绕绕的牛角，咚咚呛呛的锣鼓磬钹，把我的思绪从遐想中拉回到现实。眼前，头戴道帽、身着道袍的大法师，在摆放着猪头、鲜鱼等祭品的祭台前手舞足蹈，边跳边唱。天下着小雨，法师夸张的步伐踏得青石地板上水花四溅。他那像是着了火的粗犷嗓音与牛角、锣鼓、磬钹之声，一起在瑶寨的上空打着转转。打帮手的法师们齐声唱和，气氛被渲染得少有的庄严肃穆。广场上千人一面，戴着神兽傩面，看法师出神入化的跳跃腾挪，听法师念咒的朗吟与高歌的亢奋，远古的神秘与圣洁在瑶寨氤氲。枫香瑶寨肃穆着，雪峰山肃穆着。

在雪峰山下的这块土地上，唱傩戏、跳傩舞，历来就是一件很神圣的事情。虽然人们不一定相信神灵，也不惧怕亵渎神灵，但置身于这样的气氛里，总是让人难以自控，信也虔诚，不信也虔诚。这虔诚，不是源于对神灵的敬畏，而是出于对远古先民的敬重，对古老文化的珍爱。况且这是在巫傩文化源远流长的雪峰山麓，是在巫风傩习绵绵不息的枫香瑶寨，没有冷眼旁观与漠然视之的理由。我是无神论者，但也远道而来，感受来自远古的心灵震撼。雪峰山的先人创造了神，站在神背后的是雪峰山的先民，那是一支怎样的庞大队伍呀！举耒挥耜，捕鱼狩猎，既征服自然，也征服自身，只是过多的惨淡结局带来的过多悲伤与失望，让他们把目光投向了洁白的云彩与空旷的蓝天，投向了壮丽的山川与流动的河流，投向那些可以作为寄托的一切自然景象。目光里，有生的尊严，还有死的茫然。

大法师的傩舞高潮迭起。通红的铁犁从一堆熊熊的篝火里夹了出来。他脱去了鞋袜，赤脚在铁犁上飞快地划来划去，在燃烧的火焰中几起几落，广场上爆出一片"啧啧"之声。有人惊叹法师道法高强，有人怀疑法师在神不知鬼不觉的时候玩了手脚。但道法也好，手脚也罢，怕的就是真相大白，如同魔术杂耍，玩的就是心惊肉跳，要的就是不可思议，因为"天机"是不可泄露的。而我则认可这近似玩命的绝活，既是雪峰山先民不惧刀山火海的勇气再现，也是自古以来雪峰山儿女的刚烈血性所在。

雪峰山，绵延七百里，上下八千年。有多少先民跋山涉水、披荆斩棘，为我们留下了包括傩在内的历史人文。两千多年前，它成就了伟大的屈原与不朽的《楚辞》；一千多年前，它成就了大唐王昌龄的"冰心玉壶"；20世纪30年代挽救红军、挽救中国革命的"通道转兵"，40年代气壮山河的雪峰山会战，20世纪六七十年代让天下粮仓满满的"杂交水稻"，更是让这块古老的土地"江山如此多娇""风景这边独好"。今天，雪峰山全面脱贫攻坚大战犹酣，虽然不是炮火硝烟与枪林弹雨的大战，但你同样能看得见"不破楼兰终不还"的英雄气，同样能感受到赴汤蹈火的壮士志。在祭台的左下方，我看到了双脚朝上头朝下的狩猎大神张五郎。传说中的这位狩猎大神在与猛虎的一次搏斗中掉下悬崖，倒挂在半空中的树枝藤蔓上。倒挂的他射出了最后一箭，猛虎负箭而逃，而他在上不沾天下不着地的无奈中死去。天才的雕刻师把他的雕像刻成了倒立，让我以及全体雪峰山儿女为之肃然。人，即便身躯被倒了个个儿，也要用双手抓着大地，继续前行。

大法师的程序接近了尾声。现在，他已站到了高大的古树上，牛角号在树梢上"喔哞、喔哞"，宽大的法袍在微风细雨中飘展欲飞，浑然一身仙风道骨。这阵势，有壮士出征的悲壮，也有英雄归来的酣畅。而

他是从"火海"中蹿过来的，是踩着锋利的刀口子爬上去的。在他的身下，戴着傩神面具的男女老少，踏着牛角号的旋律，和着锣鼓磬钹的节拍，呐喊高歌，舞之蹈之。

枫香瑶寨意气风发，雪峰山意气风发，在这个散发着光芒与温度的日子里。

原载《怀化日报》《新民晚报》

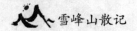

瑶山纪事

一

山背，一个风景如画、风情如诗的花瑶村落，偏僻而边远。

从溆浦县龙潭镇驱车出发，穿过一段田园平地，然后沿山而上，虽然山高坡陡，但却有惊无险。五六米宽的公路，如同飘带，环山缠绕。只是路面正在分段硬化，并不畅通。

时过立夏，"梅子黄时雨。"前些天的连续大雨，一些路段被浸泡得软如面团，车轮碾过，形成两道壕沟，形似大写的"川"字。小轿车底板过低，走进那个"川"字，中间凸起的那道脊梁立马就让小车四轮悬空。越野车虽然可以骑梁而过，但淤积的泥浆太深，车轮陷入泥潭进退不得。半山腰处，只好弃车步行。

步行可以抄近路。公路盘山环绕，远了许多。但近路是用不规整的大小石块随意铺就的一级级台阶，直让人走得气喘吁吁、汗流浃背。好在上了山顶转身回望时，却又是别样的心旷神怡，登山的辛苦顿时抛向了九霄云外。明灿灿的阳光，照耀着远远近近、高高低低、大大小小的坡坡岭岭与深深浅浅的沟沟壑壑，照耀着漫山遍岭的树木芳草，还有山上山下的田园与村庄。春的妩媚已在退去，夏的热辣正在到来。杜鹃声声，叫得山谷荡气回肠。山风似歌，花香扑面，苍山如海，绿浪奔涌，似是拍击天际云涯。

"欲穷千里目，更上一层楼。"唐代的王之涣站在鹳雀楼上，他看到的只是一片空旷中的苍凉和一地苍凉中的空旷。而我站在这山背之巅，目睹群山竞秀，耳闻百鸟争鸣，"会当凌绝顶，一览众山小"的豪迈之情油然而生，与王之涣的感慨有了许多不同。

太阳已带着几许倦意，缓慢的脚步在青山与蓝天的连接处欲行欲止，似有一怀柔情，更有几许眷恋。久违的蓝色炊烟，徐徐升起在绿树翠竹掩映的瑶寨上空。山里人家黄昏时的温馨，真让人生出几多向往。北宋大词人柳永自吟："今宵酒醒何处？杨柳岸，晓风残月。"柳永早年多次赴试落榜，未能入仕，于是就有了"且将浮名，换了浅斟低唱"的沮丧落魄与潦倒，一生泡在江南水乡，依翠偎红，寻花问柳，却不识得山村的风情意趣远胜江淮的金粉胭脂。今宵酒醒何处？瑶山顶，清风明月。

二

山背，山的背面。叫山背的这座大山名"虎形山"，属雪峰山系，名字霸气十足。

虎形山一边属邵阳市的隆回县管辖，一边由怀化市的溆浦县治理。

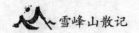

称山背，大概是站在隆回的角度上而言的。山的这边和那边，居住的同是花瑶人家，他们早年本来就是一家人。由于那边地广人多，站在那边看这边，这边自然就是山的背面了。当然，也还有另外一种含义，即指山的菱形脊梁一如人之背，这让山背多了几分人之性情，几抹生命亮色。

古老的瑶族与苗族有着相似的历史渊源，同尊盘瓠为先祖，社会结构与苗有许多相似之处，名目众多，支系庞杂。"盘瑶""山子瑶""顶板瑶""花篮瑶""过山瑶""白裤瑶""红瑶""蓝靛瑶""平地瑶"，等等，都是瑶的分支。这些分支的名称，或取之于居住地地名，或取之于某一家什用具，或取之于服饰装束，或取之于喜欢的某种色彩，好像都是随意而名。这种现象在一定程度上反映了他们的先人曾有过的不断分化与迁徙。由于没有文字，分化迁徙的过程也是逐渐忘却自身远古历史文化记忆的过程。中华人民共和国成立后，统称"瑶族"。

花瑶是瑶族的一个分支。一个以花修饰的名称，自然给人以美的遐想。花瑶爱美爱花，尤其花瑶女人，艳丽的服饰让人看得眼花缭乱。头上红、黄两色丝线编织的宽大圆帽，身上的花衣裙，腰间的花腰带，从头到脚，各种各样的花儿在自织的土布服饰上争奇吐艳。有说花瑶因此而名。

精美的服饰，是花瑶人的审美追求与文化积累。花瑶女自小飞针走线，挑花绣朵，汉人称为"女红"。花瑶女挑花，没有现成的图案可供临摹，全凭自己对于生活的深刻理解，对于真、善、美的切身感悟，挑出人生的喜怒哀乐，挑出生活的千姿百态，挑出岁月的古往今来，挑出世事的沧海桑田，精湛的技艺和惊人的艺术想象力让人叹为观止。而今，挑花已成为国家级非物质文化遗产。我见过的那位花儿一样的挑花传承人奉兰香，放弃在外地打工挣钱的机会回到山背，接过前辈留下的金针银线，挑起花瑶儿女的荣耀与责任，挑出山背花瑶人家多姿多彩的生活与未来，当然还有花

儿一样绽放的爱与情。

夜幕降临，一弯山月，几颗星斗。淡月之下，青山隐隐；风过之处，树影婆娑。还未插上秧苗的水田，柔柔的波光与淡淡的月光相互辉映。蛙声此起彼伏，时而像一场大型的交响乐，时而又似一首抒情的小夜曲。南宋词人辛稼轩曾经写道："明月别枝惊鹊，清风半夜鸣蝉。稻花香里说丰年，听取蛙声一片。"而眼前的我们，还有陪同我们坐在横七竖八的木板凳上的花瑶兄弟，虽然不在稻花香里，但闻着白天翻耕的稻田散发的泥土芳香，也同样在一片蛙声中谈论年景，谈论山背花瑶的昨天、今天与未来。

山村的夜晚，祥和而宁静，没有喧嚣、没有浮躁，只有神清气闲和心静如水的清爽与温馨。偶尔几声犬吠，回荡在夜幕之中。东一盏西一盏的淡淡灯光，散落在或远或近处，既像是天上稀疏的星星，又恰似地上微弱的流萤。而一束灯光，就是一户人家。大分散、小居住，是花瑶人的定居特点，不像侗寨苗家，几十户甚至上百户人家挨屋连舍，抱成一团。或许，集中定居体现的是发达兴旺、人多势众，分散定居昭示的是独立自强、生生不息。走进侗寨苗乡，你会感叹一个团寨雄伟壮观的宏大气势；爬上瑶山，你会感叹一个村子的自然随意。

主人好客的热情难以形容，特意宰杀了一头肥猪。新鲜的乡里猪肉，当天从山上采摘的竹笋，自家酿制的米酒，天上的月亮醉了，月亮下的我们醉了。醉意朦胧中，梦同山背一起飞翔。

三

山背花瑶何时定居于此，未见详考。但有资料记载，清雍正元年，朝廷发兵隆回征瑶，溆浦瑶民随即声援，攻龙潭，断其退路，迫使朝廷

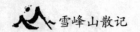

撤兵议和。这一记载表明，那时的龙潭一带，不仅为花瑶人的栖息之地，而且已具有相当的雄厚势力，敢于向朝廷说"不"。

清雍正年间的先战后和，在法统上确认了他们是这块土地上的永久主人。至于花瑶为何选择这几乎贴近白云蓝天的高山之巅，作为自己世世代代的栖息之地，或许只能从延续几千年的封建制度下的民族关系加以理解了。

有这样一个客观事实，折射出历史留下的轨迹：汉人住平地，侗人居山脚，苗人居于半山腰，瑶人住在山顶上。这样的居住环境划分是非自然的，而是曾经磕磕绊绊的民族关系使其然。在历史上的民族矛盾冲突中，弱小的一方只能以退却求生存，被迫放弃自己开垦、耕种的肥沃土地，向高山密林迁徙，在自然环境更加恶劣的荒山野岭重新安家置业。这也是物竞天择、弱肉强食的生存法则。

从先人定居的那一天起，多少年来，多少代人，山背花瑶生在高山顶上，长在高山顶上，在高山顶上成家立业，在高山顶上生儿育女。百年之后，那些善良的灵魂也就顺理成章地长眠在高山顶上。但是，他们拥有湛蓝的天空与洁白的云彩，拥有一年四季涓涓流淌的山泉与一挂挂洁白如雪的瀑布，拥有春天的花香、夏日的骄阳、秋天的层林尽染、冬天的银装素裹，更拥有大自然给予他们的丰厚馈赠，那就是集雄奇、壮观、秀美为一体，整块规模居全国之首的山背梯田。

梯田，顾名思义，田像阶梯，层叠而上。山背梯田从海拔300米处起步，到1400余米截止，纵横7.5公里，面积3000余亩。竖看，像一架架云梯，连接天上人间，万千气象，蔚为壮观；横看，似一根根五彩飘带，环山缠绕，凹凸收放，妩媚娟秀。春耕已经开始，男人们扶犁翻耕，吆喝声声；女人们或挥锄夯实田埂，或做些辅助性的农活。庄稼夫妻的那一份温馨与默契，尽情地挥洒在田园青山之中。他们就是电影

《北斗》里歌唱的"庄稼夫妻":"牛郎织女难相会,庄稼夫妻日日亲。"让外人的羡慕、赞美之情溢于言表。

梯田是山背花瑶儿女生命的大舞台,播下的是心愿,长出的是希望,收获的是人生。无论生离死别,抑或苦辣辛酸,如诗如画的层层梯田,既给了他们亦悲亦喜的苦乐年华,也给了他们爱恨交织的冷暖人生。

"山上层层桃李花,云间烟火是人家。银钏金钗来负水,长刀短笠去烧畲。"唐代刘禹锡的这首《竹枝词》,写的是当时巴蜀山里人家刀耕火种的劳作场景。而今面对规模如此宏大、气势如此壮观、布局如此别致的山背梯田,自然而然地让我遐想山背的花瑶先人,曾经有过的日出而作、日落而息的垦荒岁月,有过的"银钏金钗来负水,长刀短笠去烧畲"的劳作画面。这画面,至今没有褪色,因为梯田是在山体之上,依山体而开垦,单块面积过小,不宜机耕,有的小块梯田甚至难以牛耕,这让今天的我们得以目睹、体验远去的刀耕火种。

冰冻三尺,非一日之寒。据有关记载,山背梯田始垦于北宋,明朝终成规模,也有人说起源于秦汉,成于唐代。不管哪一说是准确的,也都是存在了千百年以上。多少代花瑶先人把一生的岁月,交给那如同"愚公移山"一样的前赴后继,子承父业,开田不止。从海拔 300 米到 1400 多米,梯田在一级级向上延伸,直到跃上大山峰顶。这逐年升高的仅仅只是一层层梯田吗? 不! 这升高的是山背人家的希望与追求,是花瑶儿女的人生与梦想。从纵向 7.5 公里到横向 7.5 公里,这拓展的仅仅只是一块块梯田吗? 不! 这拓展的是山背人家的胸襟与智慧,是花瑶儿女的今天与未来。山有多高,水有多高,梯田就有多高,而最高的则是山背花瑶儿女的志向与抱负。

据同行者介绍,山背梯田的风光,一年四季美不胜收。春天,禾苗未插之前,蓄水的梯田倒映蓝天,一片片云彩在水中荡漾。禾苗栽下之

（魏荣光 摄）

后，阳光下蓬勃生长，一道道绿浪随风翻滚，从山脚一直绿到山顶。夏天，鸟啼蝉鸣声中水稻扬花吐穗，香溢十里青山。秋日，爽爽朗朗的山风着意地吹来拂去，一层层金黄像一块块绸缎，从山顶一直拉到山脚。

收获的日子到了，隆隆的收割机声与"嘭嘭嘭"的斛桶打谷之声回荡在山上山下。那时，丰收带来的喜悦随着花瑶汉子的一声声吆喝，随着花瑶女人的一串串山歌，醉了秋风，醉了青山，醉了山背人家披星戴月的忙碌日子。那是甜美的醉、开心的醉。

进入寒冬腊月，雪花飘飘洒洒，漫山遍岭，玉树冰花，好一个银色世界。那时身在山背，梦在天堂。

山背壮观秀美的梯田风光和魅力独特的花瑶风情，引得上山的脚步不绝于道，赞美与感慨之声不绝于耳。经过专家们的实地考察，确认山背的旅游资源达到了世界最高级别——五级。梯田规模之大和原始状态，丝毫不比云南元阳、广西龙胜梯田逊色。而艳丽绚烂的花瑶服饰和古朴的民间习俗，更是令云南元阳、广西龙胜瑶寨相形见绌。

山背归来不看梯田，作别花瑶不看瑶俗。上山的路面硬化正在夜以继日地紧张施工，山背梯田旅游观光规划设计也同样在夜以继日地挑灯夜战。在可以预期的将来，又一个"张家界"将诞生在大美溆浦，又一条"九寨沟"将出现在雪峰山下。

"踏遍青山人未老，风景这边独好。"山背期待着，我们期待着。

这是我第一次登上花瑶同胞居住的地方——溆浦山背。原载 2013 年 8 月《文艺报》和同期中国作家网。收入本书文字重新做了校对。

花瑶大拜年

正月初三的山背，一山好景被云雾遮盖得没了踪影。气势壮观的一层层梯田，飞珠溅玉的一挂挂瀑布，随意散落的一栋栋木屋，都不知道去了哪儿。

云雾抹去了山的起伏，抹去了田的重叠，抹去了花瑶人家瓦屋上的炊烟，却阻挡不住另一种风景如迎春的山茶花，在云卷雾飞的山背恣意绽放。这，就是红红火火的花瑶大拜年①。

拜年，是国人最为看重、最为坚守、最为普及的民间传统习俗。走亲访友，热乎乎的问候，亲切切的祝福，洒向人间都是爱，五十六个民族几乎无一例外。世代居住在雪峰山东麓山背的瑶族分支花瑶，拜年的习俗不仅由来已久，而且规模之大、气氛之浓，是别的地方没有过的，

---

① 2018 年春节，笔者应雪峰山生态文化旅游公司之邀，有幸参加山背花瑶的拜年活动。拜年既是花瑶的古老习俗，更是花瑶的民间文化。

至少也是不多见的。我们不顾山高路远，不惧春寒料峭，从距离山背一百多公里的怀化驱车而来，在能见度只有十来米，甚至只有几米的盘山公路上小心翼翼，沿山前行。

半山腰处，水泥硬化的路面分岔了。继续向前，将直上云更深雾更浓的山顶。那里有一块不大不小的高山盆地，雪峰山生态文化旅游公司山背景区项目部设在那里。但我们今天要去的地方不是山顶上的项目部，而是山脚边的沈家湾。

车轮子向左一拐，挣脱了云雾的缠绕，在一层层梯田前呼后拥地簇拥下，沿山下行，直抵那座我多少有些熟悉的花瑶山寨。

沈家湾，山背的一个自然村寨，十几户人家，十几栋木屋，是山背人口相对集中的地方。山背海拔高达 1400 多米，山体横跨 10 多公里，雄风浩荡，气势磅礴，上下 15 华里的梯田依山而起，环山而上，直抵云端。高楼万丈平地起。高楼如此，高山也如此。沈家湾海拔约 300~400 米，山背梯田从那里起步。

作为山背的一个自然古村，又是人口相对集中的地方，沈家湾虽然坐落在山脚的峡谷里，但山背花瑶的传统文化却应有尽有。花瑶挑花中心设在那里，瑶王供奉在那里，花瑶民俗文化表演、宗教祭祀等重大活动也在那里举行。走进沈家湾，就走进了花瑶传统文化"博物馆"。了解花瑶，认识花瑶，沈家湾是必去的地方。

红红火火的大横幅标语，呜呜哇哇的双管唢呐，咚咚呛呛的锣鼓磬钵，噼里啪啦的烟花爆竹，春天还没有到来，沈家湾已是春风浩荡、春意盎然了。背着娃娃的年轻媳妇，牵着孙子的爷爷奶奶，寒假中的中小学生，打工回家过年的青壮男女，以及来自长沙等大中城市的远方游客，塞满了沈家湾的角角落落。村前寨后的山坡上，冬眠未醒的梯田里，明亮的走廊上，洁净的屋檐下，处处人如潮涌。

穿着节日盛装的花瑶同胞，排着队伫立在村头的公路旁，恭候雪峰

山旅游公司拜年队伍的到来。而在昨天，山背全村出动，抬猪牵羊，挑着自家酿制的米酒，一路浩浩荡荡，给远在几十公里以外的雪峰山旅游公司拜年，感谢旅游扶贫带给山背、带给花瑶人家的红火日子。公司今天带着关爱回拜，并听取加快山背旅游项目开发的意见与建议。"公司+农户"的雪峰山旅游扶贫模式，就这样一年一个新台阶，迈上了更高的发展层次。于是，人们把雪峰山旅游公司与山背花瑶的相互拜年称为"大拜年"，并已延续了四个年头。

一颗大爆竹在空中炸响了，拜年的队伍来了。唢呐山转水绕，锣鼓震天动地，空中一团团烟花，地上一挂挂爆竹。由陈黎明先生带领的公司拜年队伍与山背的村、组干部和乡贤名流，以及山背群众和外地游客，一齐面对瑶王燃纸烧香，洒酒上供，祭典瑶王的开基之功，缅怀先人的造福之德。记得四年前，我第一次目睹祭瑶王。德高望重的主祭人高声朗吟，男女老少在他的朗吟声中，毕恭毕敬地弯腰作揖，然后又齐刷刷地跪了一地。那一份虔诚，让我为之动容。虽然瑶王给不了山背渴望的吉祥，带不来花瑶期盼的安康，但前人栽树，后人乘凉。心存感激永远是后人的美德，我们的民族也因此而得以兴旺，我们的文化也因此而得以传承。

祭祀，隆重、庄严而神圣，曾经为一个民族或一个族群，营造了一种至高无上的精神境界与向往。尽管时过境迁，祭祀已不再神秘兮兮，但人们运用这一古老的表现形式，表达对生活的愿景，对未来的期盼。

主祭人在缅怀重温一番瑶王的功德之后，以饱含激情的语言，感谢与赞美雪峰山旅游扶贫的四言八句脱口而出，念之亦唱之，有韵有仄，朗朗上口，颇有几分戏剧的道白味儿。他每念唱一句，众人以"好嘎"和之。唱和之声，萦绕在村寨上空，回荡在深山峡谷。我想此刻在他们的心中，一定有翻江倒海般的澎湃激情，一定有沸腾的滚烫热血，一定有赛过阳光的明亮与自豪。陆游"家祭无忘告乃翁"，希望告的是沦丧国土的失而复得，饱含了遗恨苍天的悲愤和苍凉。花瑶人告诉瑶王的是欢乐、是幸福，是一件件令人振奋的捷报与喜讯。

千百年来，山背的一山好景"养在深闺"，无人识得；花瑶的历史人文"花开花落"，鲜有人问津。直到四年前，罕见的梯田风光被雪峰山旅游公司列入开发项目，山背才出现在《人民日报》上[①]，出现在国家与省里的电视荧屏上。尤其是旅游扶贫的到来，山背不再"背"了。记得我第一次上山背，小车行驶在凹凸不平的泥土公路上，就像是受惊的野马，忽左忽右，忽高忽低，跌跌撞撞地爬到了半山腰处，右边的轮子突然一滑，陷入泥坑无力自拔，最后徒步登上山顶。当时我曾暗自感叹：山背呀山背，这个"背"字应该如何解读？是大山之背吗？那就是一副铁骨脊梁。是背阴之"背"吗？那就是阳光照耀不到的角落。是倒霉背时之"背"吗？那就是让人遇而避之、敬而远之的地方。那时，从村部到沈家湾，直线距离不到千米，一条多少代人用双脚踏出的泥泞小路，一头系着蓝天白云，一头没入幽幽峡谷。记得那次我们从沈家湾返回时，女士们把大包小包全部交给一位花瑶汉子，才手脚并用、香汗淋漓地爬到半山腰的公路上。是党的富民政策，是雪峰山旅游公司的旅游扶贫，让沈家湾原有的羊肠小道变成了宽敞平坦的水泥公路，让山背原有的泥土公路全部实现了水泥硬化，汽车开到了沈家湾的村头村尾。一家又一家农家客栈，雨后春笋般地建立起来，一处又一处山水景点和一道又一道人文景观，把四面八方的游客吸引过来。那条由沪昆高铁溆浦南站直达山背的空中索道，已经完成了规划立项，刚组建的花瑶艺术团多次赴北京等地成功演出。老百姓的收入增加了，村容村貌变靓了，山背的山变美了、水变甜了。花瑶人的日子，就像这山背梯田，一层一层向上，一天比一天红火。

大拜年用餐安排在杨洪庭家。他的家我曾经住过。那时他的家，一栋普普通通的木楼瓦屋，门前有一块天晴飞灰扬尘、下雨泥巴裹脚的小

---

①2015年1月14日《人民日报》发表著名作家邓宏顺的散文《山背梯田》。

平地，鸡鸭在那里引颈高歌，也在那里吃喝拉撒。房屋的年代不远，淡淡的木头香与桐油香还没有完全退去，室内的家什用具虽然不是陈年古董，但也使用多年。今天，老杨的家焕然一新，门前的平地打了水泥地面，房屋外观装饰得喜气洋洋，新建了冲水厕所与淋浴间，墙壁与地面全部铺上了雪白的瓷砖，这同城市人家的厨、卫、厕已无差别。面对这穷山恶水间的巨大变化，面对这块曾经贫瘠的古老土地，他们发自内心讴歌伟大的时代，发自内心感谢雪峰山旅游公司的精准扶贫。

拜年，离不开舞龙耍狮。祭祀仪式一结束，两条金色的长龙在一阵高过一阵的"哟哟呵呵"的呐喊声中，摇头摆尾、翻滚盘旋，激越的锣声鼓点与兴奋的喝彩声浪，把个沈家湾闹腾得如火如荼。

舞龙是男子汉的活儿，似乎只有身强力壮的男子汉，才能舞得出龙的威风、龙的气概、龙的豪情、龙的精神。但在沈家湾，男人们把龙舞得八面威风，女子们把龙舞得风生水起。尤其是舞龙女子一色的头戴宽边圆形花帽，身着亲手精心挑就的美丽花裙，更是赢得了阵阵喝彩。我见过女子舞的板凳龙、草把龙，但没见过女子和男子一样舞长龙，不仅舞出了不逊色于男人的精彩，更舞出了男人舞不出的妩媚。我突然间就有了一种感悟，原来这代表中华民族文化符号的龙，不仅有神的威仪、神的圣洁，也有人的性格、人的性情。男人可以称为"男神"，女人实在应当称为"女巫"。巫，妩也！

两条长龙展示完各种技巧之后，又"哟哟呵呵"地舞向山脚的大峡谷，然后沿着谷底的溪流舒展龙身，舞龙人的吆喝如龙之长吟。把龙舞向溪河水边，宣告龙舞到这一天就结束了，一般为正月十五前的某一天，但今天才正月初三，还远不到送龙归海的日子。原来他们把龙舞向青山，舞向溪流，是让龙聚大山之气概，吸绿水之灵性，所以才舞出了山背龙的别样风采，舞出了花瑶龙的独特魅力。

山背云遮雾绕，沈家湾却山明水秀。年在这里，春在这里。

原载《怀化日报》

（何国喜　摄）

欢腾的梯田①

　　一杆杆红旗迎风招展，一阵阵锣鼓咚咚锵锵，一声声唢呐婉转悠扬，一嗓嗓吆喝荡气回肠。

　　2015 年 6 月 13 日。溆浦穿岩山森林公园景区的元宝梯田。

　　由湖南雪峰山生态文化旅游公司旗下的雪峰文化研究会、怀化动力雪峰文化传媒主办，以祭神农、插秧、捉鱼为主要内容的首届"雪峰山传统稻作文化节"，在这里隆重举行。

　　"开秧门喽……"一声令下，来自景区的村民不分男女老少，来自湖

---

①此文系为何国喜先生《欢腾的梯田》画册所写的前言，原标题为"雪峰山下传统农耕稻作文化的发源之地"，收入本书改为现标题，与画册保持一致。画册记录了 2015 年 6 月湖南雪峰山生态文化旅游有限责任公司组织的插秧活动，已于当年底出版发行。

南雪峰山生态文化旅游公司的员工不分蓝领、白领，以及现场参加活动的所有人员，男的顾不了大腹便便，女的顾不了细皮嫩肉，顾不了风吹雨打，顾不了蚂蟥叮咬，裤脚一卷，衣袖一挽，纷纷下田，扯秧的扯秧，栽禾的栽禾，捉鱼的捉鱼。刹那间，满山笑语喧哗，处处欢声雷动，一派你追我赶、热火朝天的劳动景象。

时值梅雨季节。潇潇洒洒的一场大雨，把整个穿岩山景区，漂洗得水灵灵的、亮汪汪的，晶莹剔透，绿如翡翠；把头戴斗笠、身披蓑衣或薄膜雨衣的人们，浇得心花怒放，激情飞扬。纵向成行、横向成排的一株株刚插下去的绿色秧苗，虽然根儿还没有扎牢站稳，却也在风雨中开心地摆弄招摇，似乎要以自己的曼妙舞姿，礼赞元宝梯田的无限风光，诠释雪峰山下传统稻作文化的无穷魅力。

稻，本义指水稻，延伸指所有的谷物；作，本义指耕作，即水稻种植栽培、管理过程与方式，同样延伸指所有谷物的种植栽培与管理。当"稻作"一词上升成为一种文化现象时，既包括了以水稻生产为主的整个农业经济的生产管理过程与方式，也包括在这一经济形态下的社会生活及表现形式，以及人们的生活习俗与信仰理念。

稻作文化的全称，应当是农耕稻作文化。农耕与稻作，既可以理解为同一概念，也可以作不同的解读。区别在于北方以农耕为主，故而称为农耕文化，南方以稻作为主，所以称为稻作文化。这样的解读基于地域概念的划分。我国古代的农业文明起源于黄河流域，以种麦为主。"农耕"相对于"商贸"而言，也就是说古代社会的经济生活主要是"农耕"与"商贸"两大主要领域。稻作文化起源或许稍晚于农耕文化，起源地为长江流域，以水稻种植为主，稻作即水稻种植。农耕稻作既是农业文明的核心内容，也是迄今为止的人类社会赖以存在和发展的物质基础。虽然先民经历过渔猎采集，经历过抛掷石块、挥动木棍以获取生存所需的新、旧石器时代，但只有当农耕稻作出现之后，人类社会和人类自身进化的脚步，才得以迅速加快，从而推动原始部落制社会向奴隶制社会过渡。

我国古代，一直实行"重农抑商"的治国方略。中华人民共和国成立之后，也一直坚持实行"工业为主导，农业为基础"的经济政策。进入改革开放时期对"三农"问题的重视，同样体现了农耕稻作的特殊作用与重要地位，以及所具有的深刻意义与深远影响。虽然科学技术的不断进步，促成了社会经济结构与形态不断发生变革，但改变的只是表现形式，即由牛耕变为机耕，由传统的粗放的刀耕火种变为现代的精细的科学耕种。但这样的变革，并没有改变农耕稻作的本质内容，更动摇、淡化不了农耕稻作与生俱来的牢固地位，粮食生产至今也是全世界都无法回避的热门话题，影响、制约着社会生活的方方面面。人活着，首先要吃饭，才能够维系、延续自身的存在与发展，然后才有可能去创造新的生活，去实现更高的物质与精神追求。哲学概念上的真理永远都是相对的，而现实生活中的真理有的就是绝对的，如人要吃饭。在可以预见的未来，农耕稻作不可能退出历史舞台，不可能离开鲜活的现实生活，成为值得引以为荣而现实意义、实用价值不大的非物质文化遗产。

我国是传统农业大国，农耕稻作历史悠久，农耕稻作文化内涵丰富、底蕴深厚。从远古到现在，尤其是自春秋战国以后的两千多年，既是一部波澜壮阔的封建社会发展史，也是一部博大精深的农耕稻作文化史。政治与经济、军事与外交、文学艺术与宗教信仰，以及日常生活中的礼仪习俗，几乎无一例外源于农耕稻作，无一不是农耕稻作文化的理论提炼与艺术升华。

雪峰山区，水草丰茂，土壤肥沃，林木葱郁，气候适宜，既是先民渔猎采集的天然水域、牧场与果园，也是先民耕作种植的天然田园与理想场

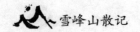

地。近年有本土学者认为，那位教民种五谷、识百草的神农氏炎帝，就诞生在雪峰山下的会同连山，他是史所公认的南方稻作文化的开山之祖。随着他一生的足迹所至，最早的稻作技术也随之播向四面八方。大河上下，长江南北，也因稻作文化的出现加快了文明时代的到来。尽管这些地方的稻作无论品种或种植方式，不可能是雪峰山下稻作一成不变的翻版或复制，但神农氏炎帝的启蒙老师身份与传授之功，永远都是不可忽略的。20世纪八九十年代与21世纪初，省、市、县文物考古人员先后多次对原黔阳县（今洪江市）岔头乡岩里村的高庙文化遗址进行大规模的考古挖掘，一批闪烁着上古甚至远古文化不朽光芒的文物纷纷出土，再现了在沅水中上游两岸，在雪峰山下，先人的渔猎、采集、耕作的生产方式与生活风貌。珍贵的薏米遗存，即便尚不足以证明神农氏本人在那里垦荒种植，但也足以证明高庙先人种植人食用的薏米，已是无可争辩的事实。

　　高庙文化遗址，公认是世纪之交的十大考古发现之一。这一距今7800年的文化遗址，不仅让人联想起会同连山是神农氏炎帝故里的可能性，而且证明了位于雪峰山下、沅水岸边的安江（高庙文化遗址距此五公里），很有可能就是南方水稻种植的发源之地，并且还由此证明整个雪峰山区与沅水中上游流域，很有可能就是水稻种植最早的试验场与推广站，距炎帝故里会同不足一百公里的安江高庙，自然就是第一试验场和第一推广站。分布在沅江两岸及其支流两岸的辰溪、沅陵以及溆浦、芷江、靖州等地，也先后出土了大量新、旧石器时代以及先秦时期的历史文物，进一步佐证了雪峰山下传统农耕稻作的存在与发展，并且伴随着沅江的春潮秋汛，跟随神农氏炎帝的征战步伐，从山区走向平地，从雪峰山下走向辽阔中原，撒下一路文明火种，花开遍及中华。

　　历史常有惊人的相似。7000多年前，高庙先人在安江盆地种植薏米；5000多年前，神农氏炎帝在雪峰山下教民种植五谷，由此奠定了雪峰山区作为南方稻作发源地的历史地位。而5000多年之后，风华正茂的袁隆平执教安江农校，几经攻坚克难，"杂交水稻"培植成功，开创了水稻栽培史上的新纪元。袁隆平成为世界公认的"杂交水稻之父"，功莫大焉。

历史一向为后来积累能量，后来一向为历史增加分量。"杂交水稻"的研究成功与大面积推广，不仅让雪峰山区的农耕稻作进入了新的发展时期，而且从这里推向全国、走向世界，消除了人类有史以来因粮食危机而一直挥之不去的饥饿威胁。也正是因为如此，雪峰山区不仅是传统稻作文化的发源地，也是当代稻作文化的重要基地。

首届"雪峰山传统稻作文化节"的成功举办，站在历史的角度上看，是对传统农耕稻作文化的传承与弘扬；站在现实的角度上看，是对当代农耕稻作文化的坚守与发展。参加活动的人们热情如此高涨，反响如此强烈，影响如此深远，超出了主办者的预期。既有元宝田村的村民，也有溆浦县城的居民，还有来自怀化、来自湘西自治州的远道客人；既有机关干部和企事业单位的员工，也有著名专家教授和著名作家与诗人，这说明雪峰山区的农耕稻作文化深入人心，深入泥土，渗透岁月，体现了雪峰山儿女对农耕稻作文化的热爱。雪峰山儿女质朴无华的品格情操、吃苦耐劳的勤勉本色、坚忍不拔的顽强意志、自强不息的奋斗精神、坚定不移的理想信仰，都可以从雪峰山下的农耕稻作文化中找到答案。

文化是历史的沉淀与积累，历史是文化的载体与平台。浩浩荡荡的岁月长河，多少辉煌灿烂的历史文化，因这长河的浪奔浪涌而诞生，也因这长河的潮起潮落而消失，唯有农耕稻作文化至今不失其色，不易其根，不变其本，陪伴着人类社会的前进步伐，铿铿锵锵，跌跌宕宕，从远古走到今天，也必将从今天走向未来。因为人活着要吃饭，要吃饭就得种田、就得耕地，这是必需的，更是永恒的。

清人姚鼐《山行》诗云："布谷飞飞劝早耕，春锄扑扑趁春晴。千层

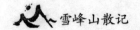

石树遥行路，一带山田放水声。"

宋人范成大《田园杂兴》诗云："昼出耘田夜绩麻，村庄儿女各当家。童孙未解供耕织，也傍桑阴学种瓜。"

面对雨后的田园青山，目睹难分高下的争先恐后，弯腰扯秧的我，想起古人这些描写乡村田园生活与先民劳作场面的优美诗句，那是多么美的画面呀！我们这一代所谓的城市中人，身上的泥土气、草根味，是怎么也抹不掉的，尽管已经跻身于闹市，少不了灯红酒绿，免不了附庸风雅，但生命的根，依然深深地扎在泥土之中，想拔也难以拔出来。因为那是一种情怀、一种信念，注定萦绕今生今世。灵魂何处安放？谓曰：田园青山，芳草山花。

古诗人笔下的田园与乡村，自然早已面目全非，他们讴歌的劳作场面也早已成为绝响。但是，无论是作为一种文化现象，或是作为一种经济形态，农耕稻作都必然会与时俱进，常在常新。一场普普通通的插秧活动竟然如此轰动，除了慰藉怀旧情结，满足好奇心态，深层次的原因亦当如是。

雪峰山生态文化旅游公司是做旅游的。但旅游并非单纯的游山玩水，单一的猎奇尝鲜，一饱眼福。旅游的最大功能在于开阔人的视野，陶冶人的情操，提升人的品位。把旅游做成文化是旅游的本意回归。把祭神农、插秧、捉鱼等一类活动上升到文化高度，把传统农事与现代旅游结合起来，让人身临其境，亲身体验，游在其中，乐在其中，人生境界的升华与道德情操的陶冶也就在其中了。尤其是在城乡差别变得模模糊糊的今天，农村人一拨接一拨涌向城市，种田汉子一个接一个洗去腿脚上的泥巴陆续上岸，村寨空旷，田园荒芜，农耕衰落，已是客观现实。习近平总书记语重心长地指出，城镇化建设要看得见青山，记得住乡愁。农耕稻作文化就是牵肠挂肚的乡愁所系，就是别梦依稀的故园所在。

由何国喜先生主编的画册《欢腾的梯田》，记录了"首届雪峰山传统稻作文化节"活动的一个个精彩瞬间，拍下了一幅幅生动画面，还有那些让人感叹不已的情景与细节。如果你是活动的参与者，欣赏这本画册，美好的回忆会在你的心头挥之不去，让你激动不已；如果你不是活动的参与者，欣赏这本画册，期盼与渴望会让你插上想象的翅膀。

"锄禾日当午，汗滴禾下土。谁知盘中餐，粒粒皆辛苦。"任何时候，人都应当"居庙堂之高""思田园之苦"，感"一粥一饭，当思来之不易；半丝半缕，恒念物力维艰"。

"春种一粒粟，秋收万颗子。"那是先人祈盼的收获季节。

雪峰山下，稻作文化的发源之地。

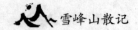

猪栏酒吧飞歌

猪栏酒吧①，闻所未闻的新鲜事儿，的的确确的真实存在。

你去过猪栏酒吧喝过酒吗？你到过猪圈包间唱过 KTV 吗？

也许去过，也许没有去过。但不管去过到过或没有去过到过，你第一次听说猪栏酒吧时，大概都会以为那是《天方夜谭》中的一谈，痴人梦语中的一梦，荒诞，怪异，离奇，离谱。

酒吧，"葡萄美酒夜光杯"；KTV，莺歌燕舞云追月。风雅、风流、风情，时尚、时髦、时兴。猪栏，从来与牛棚、羊舍、狗窝为伍，何曾有过与酒吧和 KTV 沾亲带故的时候？但是，生活从来五光十色，没有办不到的，只有想不到的，不仅超乎寻常，而且出乎意料。风马牛不相

---

①猪栏酒吧系雪峰山生态文化旅游景区别开生面的重要景点,奇思妙想,极富创意,深得游客青睐。游雪峰山,猪栏酒吧必去。

及的酒吧和 KTV，还真的就同猪栏猪圈走到一起去了，而且还走得潇潇洒洒，有模有样。这样的奇闻怪事，就发生在怀化的雪峰山下，出现在溆浦的二都河畔，那是湖南雪峰山生态文化旅游公司精心打造的一道亮丽风景，那是雪峰山旅游人别开生面的一种文化创意。猪栏里"兰陵美酒""玉碗琥珀"；猪圈里载歌载舞，华尔兹、探戈，"阳春白雪"与"下里巴人"相得益彰，一起出彩。人世间的奇闻奇迹，都是从异想天开开始的。幻想、梦想、空想、理想，落脚点都在那个"想"字上。科技与科幻也不过是一字之差，中间并无藩篱。

十多年前，今天的雪峰山生态文化旅游核心景区的穿岩山下，曾经是大康牧业的养殖基地。现在的猪栏酒吧，就是当年的众多猪场之一。两栋低矮简陋的房子，盖着工艺粗糙的青瓦，房子里面，用砖头隔出数十间猪圈，每间可容纳四五头肥猪，或容纳一头母猪带上一群小猪。回首当年，这里是猪的天下、猪的乐园。养猪人的声声吆喝，大猪小猪的阵阵叫唤，组成多声部的大合唱，从早到晚，热热闹闹。

没有人想到，也不会有人想到，正是这样的大合唱，唱出了雪峰山的精彩，唱出了雪峰人的豪迈，一路高歌，就把大康牧业唱向了全国，直到最终唱成怀化这块土地上的第一家上市公司。

再接再厉，勇者所为；急流勇退，智者所谋。公司上市了，身为大康牧业创始人的陈黎明退出了，前景看好的上市公司交由别人打理。但是，一个立志于创业的人可以选择业态，可以改变业态，却绝不会放弃创业。于是就有了雪峰山生态文化旅游的兴起，就有了猪栏里的酒吧和猪圈里的 KTV。

猪栏酒吧建在从溆浦县城通往北斗溪乡的公路旁边。跨过并不宽敞的沥青路面，清清澈澈的二都河蓝格滢滢，载着一河的草木清香和田园风光，从从容容地流向远方。两岸起伏跌宕的峰峰岭岭，无论是巍峨壮

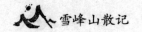

观的万千气象，或是妩媚娟秀的千般风情，都因了二都河的波光艳影楚楚动人，都因了猪栏里的打打闹闹、呈现出一派生机盎然景象。

大康牧业易主，雪峰山旅游兴起。原有的养殖户有人继续跟着大康奔小康，有人转身旅游搞开发。为了日子尽快好起来，生活尽快富起来，乡村尽快美起来，八仙过海，各显神通。操旧业也好，创新业也罢，最终都是为了搞事业，为了山里人心中那个一直燃烧的梦。

大康牧业的原生猪养殖基地，变成了雪峰山旅游核心景区一道独特的人文景观，猪栏不再养猪了。

人长时间赋闲，就没了精气神，疾病来了；房子长时间空着，就没了烟火味，沧桑破败就是它的命。在今天的山里，老百姓的日子红红火火了，他们的向往也越来越美好、越来越时尚了。别墅式的楼房如雨后春笋，别说闲置的因陋就简的猪栏，就是人自己精心建造、世代居住的大小宅院，不也空的空了、闲的闲了、倒的倒了、拆的拆了吗？不倒不拆的也任其风吹雨打。谁还在乎那几根老木头，那几片旧青瓦，猪栏就更不用说了。山里人呀，何曾有过如此"财大气粗"，如此竞相豪奢！真"不知天上宫阙，今夕是何年"。他们似乎淡忘了"一粥一饭，当思来之不易；半丝半缕，恒念物力维艰"的持家古训。也有财大气不粗的人，这就是致力于雪峰山旅游开发的陈黎明和他的同事们。

一家拥有绵延七百里雪峰山的旅游公司，一个曾经身为上市公司的董事长，当然拥有一定的财力。但大有不同的大，大气概、大度量、大情怀、大事业、大手笔是大，大脚、大手、大吃、大喝、大挥霍也是大。雪峰山旅游公司和陈黎明属于前者，大公司有时就是在意小铜板，"大老板"有时也喜欢抠门儿。克勤克俭，精打细算，从来是兴家之正道，创业之良策。

废弃的猪栏，经过一番精心改造；空闲的猪圈，经过一番特意装修，一座山寨版的豪华酒吧诞生了。所谓山寨，那是因为酒吧与KTV建在猪栏里，外观如初，高不增加一尺，长不裁去一寸，宽不缩减半分，砖未添一块，瓦没有多一片，造型是原来的造型，结构是原来的结构，犹似嫁入豪门的村姑，没涂脂抹粉，未穿金戴银，一身素装，洗不去的泥土味儿，抹不走的草木气息。这还不山寨吗！所谓豪华，是因为散淡文人可以在猪圈里夺席谈经，浪漫骚客可以在猪圈里慷慨赋诗，风流男儿可以在猪圈里尽情高歌，花样女子可以在猪圈里翩翩起舞。还有体现传统农耕稻作文化的"博物馆"，陈列着一些几成古董的旧农具、老家什，尤其是以猪为素材的木头树根雕刻，大大小小，千姿百态，造型各异，有憨厚木讷的，也有俏皮顽劣的，有大腹便便的，也有身段灵巧的，有互殴打斗的，也有闭目养神的，还有母猪的千般温存，公猪的健硕俊朗。墙上的卡通猪尤其妙趣横生。这还不豪华吗？况且你的高谈阔论，你的诗词歌赋，你的豪迈歌声，你的优美舞姿，回荡在青山间，挥洒在绿水中，在二都河两岸的田园上氤氲，在雪峰山下的炊烟里袅袅。

　　猪栏里的文化，聚人气，凝地气，不失田园情怀，不乏山水意韵，别的地方能有吗？繁华闹市里金碧辉煌的歌厅、舞厅、夜总会，小城镇上半土半洋的娱乐场所，太多的灯红酒绿，太多的纸醉金迷，甚至免不了藏污纳垢，抑或野鹤招风，流莺惹蝶。猪栏里的酒吧KTV也有灯光摇曳，也有酒精漫溢，甚至也免不了有扑朔迷离，免不了有影影绰绰，酩酊大醉，但醉得踏踏实实，醉得坦坦然然，醉得安安稳稳。因为醉在这片多情的青山绿水间，醉在这块炽热的土地上，醉在一碧如洗的穿岩山下，醉在波光荡漾的二都河畔。

　　唐人岑参歌之：

　　"忽如一夜春风来，千树万树梨花开。"

　　元人王冕唱道：

"忽然一夜清香发，散作乾坤万里春。"

猪栏酒吧的歌声再次响起：

"雄赳赳，气昂昂，跨过鸭绿江……"年过八旬的原中国人民志愿军老战士、著名老作家谭士珍缅怀抗美援朝的烽火岁月。

"向前！向前！向前！我们的队伍向太阳，脚踏着祖国的大地，背负着民族的希望……"当过兵、扛过枪的原市社科联主席瞿春林重温军旅生涯。

"鼓足干劲闹生产呀，齐心建设咱新农庄……"致力于乡村旅游扶贫的陈黎明描绘他的美好蓝图——社会主义新农村。

"我们的家乡在希望的田野上。炊烟在新建的住房上飘荡，小河在美丽的村庄旁流淌……"憧憬，向往，在猪栏酒吧里回放。

"山也笑，水也笑，你看祖国大地满园春，形势无限好哇；天也新，地也新，一代革命新人在成长，一片新面貌哇……"今日之中国，不正是如此吗！

"我们走在大路上，意气风发斗志昂扬，毛主席领导革命的队伍，披荆斩棘奔向前方……勤恳建设锦绣河山，誓把祖国变成天堂！"

是怀旧吗？是，也不全是。是娱乐吗？像，也不全像。猪栏酒吧飞出的歌，是不同时代的喝彩，是从未忘却的初心，是现实的理想蓝图，是前行的力量之源，是开创未来的激情所在。歌声里，有远去的枪林弹雨，有曾经的金戈铁马，有和平阳光下的你追我赶，有曾经"楼上楼下，电灯电话"的简单追求，有甩开膀子奔小康的流金岁月，更有共产党人以及中国人民、中华民族伟大复兴的梦！

猪栏酒吧飞出的歌。

乘风破浪正当时　直挂云帆济沧海

——雪峰山旅游扶贫采风采访纪实

2017 年 10 月 18 日上午九时，中国共产党第十九次全国代表大会在北京人民大会堂隆重开幕。

穿岩山上简陋的木屋里，雪峰文化研究会部分会员以及湖南雪峰山生态文化旅游公司陈黎明董事长和部分员工，聚精会神地坐在电视机前，收看大会盛况，聆听习近平总书记振奋人心的工作报告。《报告》有关实行"乡村振兴战略"的精辟论述，让坐在电视机前的他们情不自禁，一个个摩拳擦掌，热血沸腾。通过旅游开发，加快景区周边群众脱贫致富步伐，让老百姓的日子尽快好起来、富起来，雪峰山生态文化旅游公司走的正是这样一条符合"乡村振兴战略"的正确之路、发展之路、希望之路、创新之路。而雪峰文化研究会组织的"旅游扶贫新变

"化"采风采访活动，也正是以实际行动，祝贺党的第十九次全国代表大会胜利召开。

这次采风采访活动，是雪峰文化研究会今年7月中旬组织的同一主题活动的继续与深入。从10月16日开始，参加活动的会员们，无论是年过古稀的老会员，或是身强力壮的中青年会员，不管是徒步，或是以车代步，顶风冒雨，翻山越岭，走村进户，先后走访了穿岩山、雁鹅界、枫香瑶寨、蒲安冲、千里坪四个景区景点和穿岩山、枫林、元宝田、统溪河4个村20余人，实地察看旅游扶贫项目落实情况，现场听取贫困农户的详细介绍。他们有的过去一年四季，一日三餐，清汤寡水；有的外出打工回家过年却没有返城的路费；有的虽然不在贫困户的行列，但日子也是过得紧紧巴巴的，无力抵御天灾人祸；甚至有的人既因无所事事也因出于侥幸心理，成天"买码"（地下六合彩）、赌博打牌，欠下大笔债务，直至倾家荡产，背上了沉重的经济包袱。雪峰山旅游的兴起，不仅给了他们改变现状的机遇，而且为他们找回了自信与尊严。他们或把自己的田园土地、老屋旧宅以及废弃闲置的农具家什，通过各种有效的合法渠道，转化成为公司的旅游资源，并以股份形式参与旅游开发；或在公司直接的经济扶助下，开饭店，建农庄；或从外地辞工回乡成为公司的正式员工，或承包公司的建设项目，或与公司合作经营相关的旅游业务，即便是在家种田耕地的，也与公司形成新型的劳务关系，田土租给公司，所有权不变，公司委托他们耕种，按工付酬，收成归公司。短短的两三年时间，他们的日子已经大有改观，有的已经过上了小康生活，不仅实现了奔小康的最初目标，而且投身旅游开发创大业、创新业、创伟业。新式楼房盖了一座又一座，豪华小车买了一辆又一辆，智能手机换了一部又一部，用他们的话说，"就是老婆没有换了。"

穿岩山脚，两栋豪华的楼房正在施工。那是一张姓兄弟二人的豪宅。已经进入装修的一栋四层楼房，无论是外观或是内部设施，都称得上是"豪宅别墅"，凹凸形的圆柱，镶花的瓷砖地面，吊挂式的宫灯，落地式的玻璃，开窗青山绿水，进门金碧辉煌。

雁鹅界上，几十栋古旧的瓦屋焕然一新，石灰涂抹的屋檐和屋脊两头的飞角，如同一只只洁白的大雁，既像展翅欲飞之状，又像决意筑巢栖息之态，给了这座始建于明清时期的古村以灵动的鲜活。

家乡的巨变，吸引了外出打工的年轻人相继返回家乡。会员中有人曾经多次到过雁鹅界，见到的几乎都是清一色的老人。老村、老屋、老人曾是雁鹅界的全部。而今走进村子，穿着时尚的年轻人出现在村头村尾。他们带着新的见识、新的技能、新的生活理念，回归家乡，回归田园，用自己的美好青春，建设自己的美好家乡，丰富自己的美好人生。年轻的贺方礼就是其中的典型代表。在公司的支持帮助下，贺家的旧宅已建成雁鹅界上第一家集食宿于一体的家庭式宾馆——雁栖山庄，拥有 16 间客房近 30 个床位，公司委任他负责经营。采访时，多少有些腼腆的他说了一句发自肺腑的话："过去我给别人打工，没有想到现在自己也当上了小老板。"一种满满的获得感、自豪感，在他的脸上荡漾开去。

是的，他能不自豪吗！回想当初，穷得叮当响的他，妻子丢下孩子离他而去，因为嫁给了雁鹅界，嫁给了贺方礼，就等于嫁给了贫穷，嫁给了看不到尽头的苦日子。回乡投身旅游开发才两三年的时光，贺方礼富起来了，雁鹅界美起来了，一位如花似玉的城里姑娘爱上了雁鹅界，爱上了贺方礼，牵手走进婚姻殿堂，为他生儿育女。

三年来，雪峰山旅游开发已投入资金 3 亿多元，修建公路 50 多公里、桥梁 11 座，先后建成了穿岩山、阳雀坡、山背梯田三个国家 AAA 级景区，以及枫香瑶寨、二都河红军长征路、猪栏酒吧、蒲安冲、情侣谷、千里坪等景区景点，创办了雪峰文化研究会、怀化动力雪峰文化传

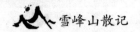

媒公司、花瑶艺术团、龙潭民间民俗表演队等学术研究、文化传媒、艺术表演团体。统溪河风情小镇、大花瑶云端中的空中索道等一批新的重大开发项目，正在紧张地建设或缜密的论证之中。穿岩山、山背已成为国家级康养中心。三年之内，长期或季节性安排贫困人群就业达 2000 多人（次），实现劳务收入近 7000 多万元，帮助创办农家客栈 62 家，惠及群众 7 万多人。"买码"的不再"买码"了，打牌的不再打牌了，游手好闲地转向依靠诚实劳动挣钱了。欣欣向荣、文明进步的乡村已经到来，或正在到来。

"乘风破浪正当时，直挂云帆济沧海。"三天的采风采访虽然马不停蹄，但看到的、听到的还只是一个侧面、一个局部，许许多多的精彩还不为人知。党的十九大的胜利召开，"乡村振兴战略"的正式提出，既为雪峰山旅游的快速发展指明了方向，更为雪峰山旅游开辟了广阔的发展前景。景区内世世代代以种田为生的农民，有的已经由传统型的农民变成了新时代的农工，还没有变的也正在朝着这条大道上疾步如飞，潮涌而来。方兴未艾的雪峰山旅游公司，将与景区群众一道，共同开创雪峰山区的美好未来。

2017 年 10 月参加雪峰山旅游扶贫采风。原载《怀化日报》

高路入云端

——重上穿岩山^①

2016 年 3 月 29 日，农历早春二月。由省旅游研究院编制的《湖南省旅游业"十三五"发展规划纲要》正式公布，雪峰山生态文化旅游进入全省十二个重点旅游功能区建设行列。

雪峰山上，桃花、梨花、杜鹃迎风怒放；沅水河畔，垂柳、水柳、杨柳竞相吐绿。于此之际，我想起了穿岩山，想起了穿岩山的路。

时光倒回到两年前，穿岩山声不出溆浦，名不见经传。同许多大山名山相比，穿岩山既不高大巍峨也不雄伟壮观，身高长到八百多米就戛然而止了，体宽胖到十几平方公里就瘦身减肥了。虽然峻峭崔嵬，但不险象环生，尽管苍茫逶迤，但不气吞长虹。在大山拥拥挤挤、群峰林林

---

①穿岩山原为省级森林公园，后上升为国家级森林公园。

立立的大湘西，它形单体瘦，貌不惊人。多少春去秋来，几度花开花落，不怒亦不嗔，不悲亦不喜，超然物外。但短短的两年之后，颜值暴涨，身价倍增，不仅已是当地不存争议的名山大山，而且让数百公里之外的湘江之滨，几千公里之遥的京沪广深，直至海外，既闻其名，也识其形。文人墨客、专家学者，甚至国际友人，时有慕名而至，尽兴而归。"安危冷暖年自知"的日子被打破了，无人问津的山花有人赏了，穿岩山从此风生水起。

　　一手策划编导了这幕精彩大剧的，是湖南雪峰山生态文化旅游有限责任公司实控人陈黎明①，一位土生土长的溆浦汉子，一位参军扛过枪、复员当过官、辞职下海养过猪的热血儿郎。他凭着一双大脚，揣着满腔激情，拼却一怀热血，硬是在野草荆棘丛生的穿岩山上踏出了一条路来。一条一头连着茶马古道，一头连着沪昆高铁的古今穿越之路；一条不畏艰辛、不惧坎坷、勇于攀登的开拓奋进之路；一条弘扬雪峰山精神、续写雪峰山传奇、传承雪峰山文化的探索创业之路；一条美化一片山水、造福一方百姓的惠民富民之路。

　　2013年，一个深秋的夜晚，我与几位朋友应约，第一次登上穿岩山。由于夜晚出行，可惜了沿途的旖旎风光。

　　越野车换挡，马力加大。凭直觉，车子在爬坡了，而且坡还很高很陡，弯还很多很促。车子左转右拐，我们的身子随之东倒西歪，忽儿前倾，忽儿后仰，忽儿向左，忽儿朝右，起伏跌宕，如荡秋千。息声屏气的我们，神经和肌肉都绷得紧紧的，明知毫无意义，也睁大眼睛盯着什么也看不清的前方。

　　夜晚、路窄、坡陡、弯急，这几个词儿凑在一起，就是一连串大

---

①陈黎明先任公司董事长，后董事长换人，陈以公司实控人称之。

写的"险"字，用提心吊胆形容当时的紧张心情毫不夸张。驾车的何国喜先生森林公安出身，有着在弯弯山道、恶劣路况驾车的丰富经验。为了分散我们的注意力，舒缓一下过于脆弱的神经，安抚一下过于紧张的情绪，他不时抖出一两句诙谐幽默的话来，但我们的响应有点勉强。他告诉我们：这条路是陈黎明上山之后修的，以前只有一条羊肠小道，隐藏在野草与荆棘丛中。那时，陈一手创办的大康牧业已经上市，正是顺风顺水之际，他可以坐享清福，因为功成名就；也可以"老马恋栈"再接再厉，因为众望所归。但是，他选择了辞职，由前呼后拥的上市公司董事长重新回归无业状态，开始了他的第二次创业。而早在十多年前，他辞去公职的第一次下岗，也许或多或少有国营商贸体制改革这一大的背景因素使然，那么这一次辞职，则是不存异义的自动下岗。

就个人而言，我尊崇古今中外那些一旦功成名就，即转身急流勇退的人。他们淡名利、重名节，寡物欲、重情操，以苦为乐，以累为荣。这是一种境界，一种情怀。陈黎明先是从官场跨入商场，后又从上市公司董事长回归平民，从繁华闹市回到乡村山野，但归田而不解甲。越野车上，颠簸的我们为之感动与敬佩。

半山腰，一栋简易的木屋，一盆燃烧的炭火，一桌热气腾腾的乡村饭菜，他与我们围炉而坐。此时的他，家安在穿岩山上，即便不像地道的"山大王"，也像朝夕耕作的旧时山里农民。但他的举止谈吐、人生阅历和学识修养，与粗犷鲁莽的"山大王"，与心系"一亩三分地"的旧时山里农民，即便不存在天壤之别，但也相去甚远。

退一步，进两步，这是军事术语。其实，生活也是战场，人生也是打仗。把上市公司与董事长的位置拱手与人，义无反顾地走向绿水青山，走向田园乡村。这一步不仅退得很远，而且还退得有几许悲壮。他当然不是赤手空拳。所谓身无分文，胸怀天下，那只是对一种精神的赞

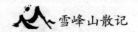

美，大可不必较真。十多年大康牧业的创业生涯，让他有条件从此坐在穿岩山上，与清风明月为伴，与芳草绿树共舞，春天看岭上山花烂漫，夏日听林中蝉鸣鸟啼，秋天品"层林尽染"的浓浓秋色，冬日赏漫山遍野的风花雪月，携一份自由自在的清闲，图一份远离江湖的逍遥。然而，好战士永远身在战场，好男儿岂可贪图享受？锦衣玉食不是他的追求，清闲安逸不是他的人生。脱下军装，战士冲锋陷阵的使命没有终结；离开体制，共产党人的公仆本色没有改变；放下大康，开拓创业的追求没有放弃。面对穿岩山下那些还在为贫穷与落后纠结的乡村百姓，他在思考，思考帮助他们脱贫致富的路在哪里？

山区农村，有过轰轰烈烈的大办农业，有过遍地开花的乡镇企业，更有过得失失衡的"农业学大寨"，即便是进入改革开放后的几十年里，也曾有过大搞山地开发的一阵热潮。抛开政治层面上的左左右右，理论层面上的是是非非，这一切的初衷，也都是为了让落后的山里农村尽快好起来，尽快富起来。但是，事与愿违，劳而无功。究其原因，也许能说出一大堆，但似乎又都忽略了这样一个基本事实，那就是这些行为，都没有离开把人不切实际的主观意愿强加于自然资源之上，以不计成本的蛮干消耗资源，期望换取财富的积累与增长，这就无法避免功亏一篑、得不偿失的惨淡结局。乡村没有好起来，农民没有富起来，而人赖以生存的生态环境却恶化了。

前车之鉴，后事之师。他想为农民做点事，但不能重走所谓"无工不富"的路，更不能重蹈所谓"改造山河"的路。经过一系列实地考察和论证比较，一条不以消耗资源为代价，而是以资源为依托，加快山区脱贫致富的路找到了：这就是开发山区旅游，实现资源在有效保护的前提下合理开发利用，在开发利用的基础上实现有效保护，当地农民参与其中。

旅游，曾经是有钱人和有闲人的生活方式，是风景名胜之地与历史文化名城的品牌与专利。在人们还在为一日三餐发愁的年代里，这样的事儿你提都别提。人们让非耕即读的处世文化理念熏陶了几千年，尤其在"以农为本"的落后山区，旅游就是游山玩水，与游手好闲、好吃懒做无异，除了"败家"别无含义。像郦道元、徐霞客、李白、郭守敬这些"一生好作名山游"的历史名人，戴在他们头上的桂冠是地理学家、水利学家、诗人，很少称他们是旅游家或旅游学家。今天，我们的国家强大了，社会进步了，人们的口袋里有钱了，先进的科学技术又把人从繁重的体力劳动与繁忙的脑力劳动中解放出来，闲也有了。有了钱就要消费，有了闲就要消遣，旅游无疑是首选。

雪峰山区幅员辽阔，有风光秀丽的明山秀水，有悠久灿烂的历史人文，别的地方有的这里有，别的地方没有的这里也有。特色就是我有你没有，你有他没有。如此看来，绵延七百里的雪峰山，不但不比别处逊色，甚至更为出色，更能出彩。国家高度重视发展旅游事业，把旅游视为推动经济社会发展的一项重大产业，写入了社会发展的规划纲要。高速开通了，高铁也开通了，天险雪峰山不再是天险了，偏僻边远的大湘西不再偏僻边远了。

穿岩山，雪峰山的一脉。羊肠小道上，陈黎明用自己的双脚，不停地丈量穿岩山，丈量雪峰山，丈量雪峰山区域内的山山水水，丈量山有多高、坡有多险、路有多长。他已不记得有过多少次上上下下了，有过多少次来回往返了。统溪河、龙潭、葛竹坪、横板桥、九溪江、龙王庄、北斗溪、大华、温水、沿溪、思蒙、两丫坪、罗子山、虎形山，雪峰山区域的河流山川留下了他的足迹，边远偏僻的乡村瑶寨留下了他的身影。年复一年孤芳自赏的山花迎风怒放了，自生自灭的野草摇曳多姿了，寂寞不语的山水喜笑颜开了。

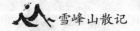

两年的时光匆匆过去。一条立足雪峰山区、依托沪昆高铁、服务当地经济社会建设、造福山区农民群众、项目开发与精准扶贫相结合的创新之路，终于展现在人们面前。这是一条有别于传统理念的山区发展的路，一条春风般温馨、阳光般敞亮的路，一条通向实现伟大复兴的中国梦的路。这条路从穿岩山起步，向雪峰山攀登，向大湘西延伸，向五湖四海招手。

湖南雪峰山生态文化旅游公司正式落地，国家级穿岩山森林公园剪彩开园；雪峰文化研究会、怀化动力雪峰文化传媒、研究会溆浦分会、龙潭民俗分会、雪峰山花瑶艺术团等机构与团体陆续建立；山背花瑶梯田、阳雀坡与雁鹅界古村、枫香瑶寨与无边际游泳池、红军长征路、风情小镇、茶马古道、山背索道、猪栏酒吧等项目，或已正式投入使用，或已开工在建；景点景区的客服中心、游人步行栈道等硬件设施先后竣工；观音洞、沈家湾、枫香坪等的十多条水泥公路正式通车；雪峰文化杂志、电视专题片《龙潭抗战的民间记忆》《古宅疑云》《花瑶梯田》；电视栏目《朗朗其声》《报告首长》以及大型群众参与性活动"传统农耕稻作文化节""腊八节"等颇具影响力的旅游文化产品接连问世；屈原与溆浦、龙潭抗战史、九溪江李家湾之谜、花瑶迁徙史、侗族苗族历史人文风情、雪峰山区自然风光等学术理论研究成果及文学、摄影、音乐等艺术创作作品相继推出，穿岩山、阳雀坡、山背梯田国家 AAA 级景区通过评审正式挂牌。接二连三的大手笔、大动作，既在意料之中又在意料之外，既合乎逻辑又超乎常规，让人目不暇接。

景区离全面开放当然还有一段距离，但游客已经络绎不绝，节假日里更是浩浩荡荡，蜂拥而入。从溆浦到怀化，从怀化到大湘西，从大湘西到长沙，从长沙到全国，从国内到国外，无论朝至暮归的，或千里迢迢专程而来的，二都河畔载歌载舞，穿岩山上流连忘返，山背梯田醉不思归。2015 年的入园游客已达 20 余万人（次）。一个筹建不过两年，

许多主体项目工程还在施工之中的旅游景区，游人争相前往，一睹风采，这在旅游行业实不多见。

建设热火朝天地加速推进，穿岩山已今非昔比。一座典型欧式风格的小木屋与原有的木房子并肩而立。谁能预料，中西文明竟然在穿岩山上同放异彩，传统与时尚竟然在绿树丛林中、悬崖绝壁下相互辉映。

那座积木式的小木屋是穿岩山的"五星级宾馆"，美观大方，功能齐全，但非陈黎明的官邸别墅，他仍然住在初上山时建的那栋简朴的木房子里。人是很复杂的行为体，有人囊中羞涩，贵族派头十足；有人身价见涨，平民情怀依旧。前者让人不敢恭维，后者令人敬佩不已。

穿岩山除了那座标志性的欧式小木屋，还有一条新修的青石板路从山庄屋后起步，笔挺挺地直冲山顶。每次上穿岩山，都控制不住攀登的欲望，踏着上千级台阶，穿过"南天门"，直上穿岩山顶峰。然后站在悬崖峭壁之上，看苍山，听林涛，神游浩茫广宇，思接万里千载。北宋名相范仲淹"居庙堂之高则忧其民，处江湖之远则忧其君"，故而有"先天下之忧而忧，后天下之乐而乐"。陈黎明不是范仲淹，但他在没有路的穿岩山上，开辟了一条直上云端的攀登之路，在崇山峻岭的雪峰山区，开创了一条没有先例的旅游富民之路，其情怀和境界，即使不能与范相提并论，但也相去不会太远。

"春江浩荡暂徘徊，又踏层峰望眼开。风起绿洲吹浪去，雨从青野上山来。"又一次登上穿岩山，熟悉的木板楼房，熟悉的茂林修竹，熟悉的山风与鸟音，还有那半轮山月和一天星斗，都让我有一种"前度刘郎又重来"的亲切之感。我也是穿岩山的老面孔了。

鲁迅说："天下本没路，走的人多了，也便成了路。"而最早的探路者，或许唯一人尔。

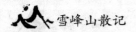

统溪河

统溪河不是一条河。统溪河是雪峰山下的一个建制乡，乡政府所在的地方叫沙洲。因为是一级政府所在地，人们习惯称沙洲为"统溪河镇"。

像别的山里小镇一样，统溪河简单而不简陋，古朴却不古旧。一条不宽不窄、长不过一两百米的街道，布满了参差不齐的商店与民宅，既有清一色的老式木屋，也有砖木混合的"亦土亦洋"式楼房，还有20世纪八九十年代留下的红砖青瓦，但吸人眼球的当属近年来陆续修建的新式"小洋楼"，那是小镇迈入小康生活的重要标志。这些不同式样、不同风格、不同材质的房屋建筑，让人从中解读小镇的昨天，解读小镇的今天，也解读小镇的未来。

从溆浦县城出发，没走几步，就置身于拥挤的崇山峻岭之中。青山逶迤，遮天蔽日，奇峰险岭，直指苍穹，彰显了山的高大和岭的险峻。

清澈的二都河从两岸青山的夹击中挣扎着穿过，蹚一河跌宕起伏，荡一河义无反顾，唱一河春花秋月，展一河似水柔情，歌舞相伴，奔流而去。山里的风，软软悠悠，恣意弄情地吹，吹起一河羞涩的迷人波光。二都河，女人一样的河。

也许，是这山，是这水，蕴藏了某种机缘，让原本穷乡僻壤的统溪河，即便不是流光溢彩，但也非等闲之地。2300多年前，一位伟大的诗人"入溆浦余儃徊兮，迷不知吾所如"。他在这片山水间吟哦徘徊，写下了影响深远的传世名作。他，就是楚国的三闾大夫屈原。

"若有人兮山之阿，被薜荔兮带女萝。既含睇兮又宜笑，子慕予兮善窈窕。"这是屈原笔下的"山鬼"，美得让人蚀骨销魂，妖得让人荡气回肠。今天，这位"美女"已是两千多岁的垂垂老媪，但读之依然让人爱之深深，恋之切切。她的美丽，她的多情，她的单纯，她那如同这二都河水一样清澈的双眸，甚至她身上那股令人想入非非的妖媚鬼气，彻底颠覆了鬼的狰狞、阴森和冷酷。这样的"山鬼"，你能不为之倾倒吗？

当地人说，屈原描绘的那个"山鬼"，就风干在那个叫洞垴上的地方。那里，一尊酷似人形的石柱，立于悬崖绝壁上，下临深溪湍流，雨天有云雾蒙面，晴天有彩霞披肩，藤萝绿叶轻缠慢绕，山花芳草相依相偎，远看苗条而高挑，近观眉清而目秀，一如豆蔻年华的村姑少女。其实是与不是都不重要，重要的是《九歌》《离骚》等不朽作品的创作灵感，来自包括统溪河在内的溆浦的山水灵气，来自包括统溪河在内的雪峰山下的奇风异俗。屈原和《楚辞让统溪河、溆浦、雪峰山区域，变得丰腴而厚重，浪漫而飘逸，艳丽而空灵。

一个地方，既需要有文的熏陶，也需要有武的洗礼。有山有水才成风景，有文有武才成风尚，文以滋情，武以励志。建武二十四年（48），东汉名将马援带着数万大军，一路浩浩荡荡，仗剑执戟，杀将而来。马援是汉

代名将，能征善战，尽管此时他已年过花甲，仍毅然率师出征，平息武陵"蛮"乱。

"蛮"是古代对南方少数民族的统称，冠以不同地名加以区分，如"五溪蛮""武陵蛮""荆蛮""长沙蛮""南蛮"等。他们中既有炎帝部落的后裔，也有来自九黎部落的传人，今天的苗、瑶、侗、土家等少数民族，几乎都是由"蛮"演变而来。马援征"南蛮"征的就是生活在武陵郡的瑶与苗。于是，以溆浦为中心的武陵郡，大军压境，兵凶战危。但意想不到的是，刚刚走到"湘西门户"沅陵的大门口，马援就一病不起，死于军中。这场来势汹汹的大战，自然也就草草收场。

征"蛮"大军虽然距统溪河还远在一两百公里之外，但大军剑指"南蛮"所造成的高压态势，波及了整个武陵郡地。溆浦自春秋战国至汉代新莽，一直是黔中郡、武陵郡、义陵郡的腹地，并几度为郡之治所。"南蛮"不仅在这块土地上繁衍生息由来已久，而且势力日益壮大，与地方府官相抗，与其他民族相争，免不了时有发生。如今马援奉命征讨，强大的声势咄咄逼人，对他们自然造成了巨大的威慑。而本来就烦着他们的地方官府恰好借此"东风"，剪除心腹之患，即便是不能根除，至少也要削弱他们的势力，打掉他们的气焰。

生活在统溪河一带的"蛮"人属瑶族一部。他们的先人因跟随炎帝征战，被黄帝打败，退出中原，一路南迁，凭着一双赤脚和一身尘土，跨过黄河，越过长江，一次又一次辗转迁徙，其中一支经沅江入溆水，并沿着溆水进入二都河流域，最后在这块土地上停下了脚步。当马援的征"蛮"大军剑指武陵郡时，统溪河力不从心，无法为他们提供安全保障。于是，他们不得不又一次迈开脚步，向着高山的更高处走去。说得准确一点，他们是在日益迫近的战火中，是在地方官吏的狐假虎威中，被迫离开统溪河，逃往雪峰山东麓的高山密林中的，从此隐居下来。当地学者认为，这有可能就是以山背为中心的溆浦花瑶和以虎形山为中心的隆回花瑶的起源，今天统称为雪峰山花瑶。好在上苍没有绝情，没有亏待这个多灾多难的族群，把一个风姿绰约的名字——花瑶，慷慨地送给了他们。

相对于龙潭、低庄、桥江、江口等大镇，统溪河就是一个体单形瘦的"小老弟"。但是，屈原把自己宁折不弯的背影留在统溪河的波光里，花瑶把一个族群迁徙的足迹留在统溪河的记忆里。统溪河，你还小吗？还不足以跻身于重镇名镇的行列吗？从你升起的第一缕炊烟算起，你经历的蹉跎岁月，已漫长得无法丈量；你拥有的阅历沧桑，已厚重得难以掂量。我每一次在你身边徜徉，总像是踏着千年兴衰与人世悲欢，总像是走在一条遥远得不能再遥远、深邃得不能再深邃的历史隧道中，透过不再肆意飞扬的烟云尘埃，感受你走过的风雨历程，感受你经历的流离颠沛。在峡谷与乱石中左冲右突的二都河，奔腾的浪花似乎还在不停地回放一位诗人的悲愤长吟，闪烁的波光似乎还在叙述一个族群曾经的多灾多难。我与统溪河，沉默着，倾听着。

统溪河，你不是一条河，但不是河的统溪河却又汇入另一条大河之中。这是一条无形的河，虽然看不见汹涌澎湃，却能感受到波澜壮阔，烟波浩渺。统溪河，你就是这条大河绽放的一朵浪花，你就是这条大河高扬的一段涛声。

随着十多公里开外的沪昆高铁开工及建成，沉寂千年的统溪河，一夜之间将从封闭的大山深处走来，然后一个华丽转身，就会变得激情洋溢，神采飞扬。一座座神奇怪异的崇山峻岭，一面面险象环生的悬崖绝壁，还有那两山排闼的一线峡谷，都将化为旅游线路上的一道道风景，展现出迷人风采。

2015年1月，规划中的统溪河大坝正式开工，围堰、清基、打桩、浇注。一座连接二都河两岸的拦河大坝，将满怀深情地留住二都河的清

（何国喜 摄）

清流水，留住统溪河的物华天宝和未来岁月。集山水风光与花瑶风情于
一体的休闲小镇，亦将风姿绰约地出现在统溪河的土地上。那时，见证
过诗人屈原的孤愤行吟，见证过花瑶被迫迁徙的统溪河，风轻轻，水清
清，人悠悠，歌悠悠。

　　我与统溪河已是老相识了。春节前夕，当我再一次来到这里时，亲
切之感油然而生。离过年还有一个多月，但这里的年味儿比别的地方来
得早一些、浓一些。"新农村饭庄"专门用来熏烤腊肉的小房子里，金
黄色的腊肉已满满地挂了一屋子，一口四四方方的火塘里燃着柴火，四
壁、楼顶悬挂的腊肉让人满口生津，垂涎欲滴。大湘西的腊肉就是这样烤
出来的。原大康牧业董事长、今雪峰山生态文化旅游公司当家人陈黎明先
生雅兴大发，挥毫泼墨：肉香飘万里，腊味进千家。横批：腊肉人家。

　　一副红红火火的春联，喜气洋洋地贴在烤房的门框上，贴在统溪河
爽朗的笑声里。

哈山

溆浦有座名山，说准确一点，溆浦有一座还不是名山的名山。这座山，就是哈山。

哈山位于溆浦县统溪河乡。统溪河地处雪峰山东麓。是故，哈山也是雪峰山一脉。统溪河属溆浦二都河，入溆水，然后七弯八拐，汇入沅江。是故，哈山亦属沅江流域。

哈山上承雪峰山之傲骨而巍巍，下吸二都河之灵气而苍苍。南临小横垅，北抵桐木溪，东接龙王江，西连辰溪县的苏木溪。四邻之名，皆与水有关，育孕滋养，哈山遂成。八百米海拔上摩苍穹，无数座青峰横断云霄，晴时捧红日耀蓝天，雨天挽雾岚舞长空。林木芳草，葱茏鲜美，山花野果，鸟啼蝉鸣。山中景物，亦无别样。然哈山之魅力，全系在一个"哈"字上，日后若为名山，必因"哈"名。

哈，属形容词，义与"傻"同，用途极广。哈哈大笑、嘻嘻哈哈，表示情态；哈气、哈腰，表示动作；点头哈腰表示奴性；哈里哈气、马大哈、哈宝、哈儿、哈卵，形容迟钝、木讷、憨厚，做人不精明，处事不灵泛。用"哈"字组成的这些词或词组，既有贬义也有褒义，善意相劝者为褒，恶语相向者为贬。老百姓日常生活中对"哈"字的使用，多数情况下褒多贬少，当然也包含了调侃的风趣与幽默的韵味，如哈宝、哈儿，也包括哈卵，语气平和，亦庄亦谐，词虽不雅，亦属善意。山名哈山，也属此列。

哈山本名穿岩山①。这名字有几分俊朗硬壮，阳刚气特旺。但哈山毕竟是山。是山，就天生有几分秀气，除非它是一座光秃秃的乱石岗，寸草不生的不毛地。是山，又天生有几分灵气，除非它本来就不是山，如"文山"，总是同"会海"称兄道弟，让人反感。

穿岩山有自己的灵气，这灵气又因哈而生。因此，穿岩山的灵气也是一股哈气，一种哈趣。

一日，随众友上山。半道中，见一巨石立于道旁，上书"哈山"二字。山为自然之物，源于天成，岂有哈与不哈之分？遂不得其解。近而视之，旁书小字数行，曰："哈，心口合一也。湘人兴三打哈，博乐无穷。以一抵三，常遭众围，飞在险中，犹如穿岩。哈运叵测，有利欲之在，享闲情之乐，悟人世之道，乃哈中之趣也。"做庄家的明知寡不敌众，仍然慨当以慷，抗衡较量，纵横周旋，勇气不减。此不哈，孰哈？

孰料这哈山之名，源于扑克游戏，实在出人意料。巨石的左下角落款："义陵哈人"。哈人题哈山，释哈义，成哈趣，即便不是妙不可言，那也别有一番意韵。

号"义陵哈人"者何人？陈黎明也。

————————

①穿岩山系湖南雪峰山生态文化旅游的核心景区。现为国家级森林公园。

"溆浦"二字作为地名，最早出现在屈原的诗中："入溆浦余僶徊兮……"汉高祖五年（前202）置义陵县，唐高祖武德五年（622）更名溆浦，沿用至今。

溆浦自古乃富庶之地，物华天宝，人杰地灵，文化博大精深，源远流长。往远处看，有屈原的模糊背影徘徊于山水间；往近处看，有向警予、向仲华、舒新城、向达等人的神采英姿屹立于溆水岸。向警予为妇女革命运动先驱，向仲华为开国将军，舒新城、向达则通古达今，堪称大师。他们都有一身哈气。屈老夫子就不去说了，他放逐此地，籍非溆浦。向警予，即便算不上是名门望族的金枝玉叶，那也是大户人家的闺秀千金，时人没有料到，这位知书达礼的向家小妹，却义无反顾地站在那个时代的对立面，以一如花女子的柔软肩膀，扛起颠覆乾坤的历史重任，最后献出了宝贵生命。她的风采与情怀，往远不比花木兰、穆桂英逊色，往近则胜过"鉴湖女侠"秋瑾一筹。向仲华早年创立新华通讯社，晚年与著名的许世友将军一道镇守南疆，指挥对越作战。舒新城、向达等人一头扎在书堆里，成为公认的大学问家。他们是溆浦的人杰。他们身上的哈气是一种精神境界，一种人生追求，并为此矢志不渝，穷其一生。

陈黎明身上也有一股子哈气，因为生长在同一块土地上，是同喝一江之水长大的溆浦男儿，骨子里有与前辈相同的血性。他三十岁不到，就担任了县外贸公司经理，经济师职称，虽然官不足七品，谈不上位高权重，风光显赫，但也不是默默无闻之辈，更非芸芸众生的布衣草民，凭着出类拔萃的业务能力与多年的官场历练，若不改弦易辙，从一贯之，即便不是鹏程万里，直上青云，但也未必就不能位出其右，木秀于林。

然而，青山座座皆春色，天涯处处有芳草，人各有志。正当仕途风生水起之时，他从官场退回民间，弃官为民，另辟蹊径，自起炉灶，从

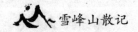

而有了大康牧业的从无到有、从小到大、从弱到强，最终上市。世俗一点，他已功成名就，既可以"因循守旧"，坐享其成，也可以乘风破浪，再来一个"九万里风鹏正举"。但是，他又一次全身而退，把自己一手创建的大康牧业连同董事长的镀金椅子让与他人，由上市公司的董事长退回到从头再来的创业者，一头扎进他怎么也亲不够、爱不够的穿岩山，在竹林葱郁的半山腰上起木屋，建山庄，似乎从此寄情山水，归隐林泉，一身闲情逸致。假若果真如此，陈黎明就不是哈人，溆浦也就没有哈山了。

陈黎明把家安在陡峭险峻的穿岩山上，却把目光投向一年四季花红草绿的故乡土地，投向纳千种风物、容万般风情的历史文化名山——雪峰山。

2014年底，湖南雪峰山生态文化旅游有限责任公司成立，穿岩山省级森林公园挂牌。紧接着，全国整块规模最大的山背梯田，抗日战争决胜地龙潭，山清水秀的二都河，风光旖旎的诗溪江大峡谷，与明末李自成隐踪之谜有关的九溪江李家湾"红毛将军"古宅，阳雀坡、雁鹅界、枫香坪、观音洞等古村古寨，旅游开发蓝图囊括了半个溆浦。尤其穿岩山省级森林公园成立，让千年沉寂的荒山野岭横空出世。民间俚语：哈人有哈福，实不知哈山也有哈福。

置仕途前程于不顾，稳稳当当的"铁饭碗"不端，甘愿无官一身轻，从官场到猪场，从有人"侍候"自己，到自己"把猪当人侍候"。此不为哈，孰哈？

不恋上市公司董事长的八面风光，迈开脚步走村串户，挥汗如雨翻山越岭，规划游路，选景定点，自找苦吃，自甘受累。此不为哈，孰哈？

远离繁华闹市，不屑灯红酒绿，居木屋，饮山泉，品粗茶，一碗米饭，几块红薯，几片萝卜白菜，几杯淡淡米酒，却道胜过美味佳肴无数。

（何国喜　摄）

此不为哈，孰哈？

穿岩山有了陈黎明，就有了从未有过的山庄，就有了一缕散发着农家气息的蓝色炊烟。穿岩山因他而得哈山之名，他因穿岩山而悟哈人之道。山与他，皆得哈中之趣，同享哈中之乐。是哈非哈，见仁见智。

入夜，万籁俱静。一抹银辉，洒在隐隐约约的苍松翠竹之上。近处朦胧，远方迷茫，峰峦肃穆，山影婆娑。夜幕下的穿岩山，绰约的风姿让人生出几多遐想，好一个月华如水之夜！

从官场到商海，由单位领导到民营企业家，到一介"山民"，变换的是身份，不变的是情怀。

走进山庄，一尊大佛，笑对客来客往。

佛，民间戏称哈佛。哈山当然不能没有哈佛。哈人迎哈佛，上哈山，哈得妙趣横生。

哈山一山的大山气概，山庄一色的农舍风情。鸡唱黎明，犬吠斜阳，绝集镇闹市之喧嚣，无红尘滚滚之纷扰，一派山里人家的清闲恬淡，唯有书卷之气肆意漫溢。在山庄的每间客房里，各种各样的书籍立于架上，政治、经济、军事、历史、人物、文学，山庄几成书院。

　　至于陈黎明当初是不是因为打了一场"三打一"，打出了一座哈山，不得而知。但打出了人生的另一番风景、另一种境界，却是不争的事实。

　　哈山还非名山，穿岩山依旧是它的通用称呼。但是，哈山未必就不能叫响。因为有其哈，才有一种境界升华，才有一种精神蔓延，才有一种文化传承。

　　哈与不哈，如同郑板桥的"难得糊涂"。

　　　　　　　　　　　　　　写于第一次上穿岩山。原载《怀化日报》

观音遗忘的角落

观音洞，一个普通得不能再普通的小山村，三面青山环绕，一面两山相对，如同一个大写的"U"字。参差不齐的几十户人家，随意挂在半山腰上。相对的两山，在前方不远处逐渐收拢，那就是山门，通向外界的唯一出口。

车在熟悉的地方停了下来。记得去年第一次来时，这里坑坑洼洼，车轮碾过，地面发出"沙沙沙"的摩擦之声。第二次来时，路面正在硬化，车只能停在"前方施工，禁止通行"的节点上。从第一次到这一次，即第三次，相隔不过一年多点，虽然离焕然一新还有距离，但也今非昔比。水泥公路通到了村口，村子里的几条人行小道已全部用水泥硬化，晴天两脚灰、雨天两脚泥的状况一去不复返了。旧貌，正在换上新颜。

观音洞既没有莲花观音，也没有寺庙禅院，只有山门口处一座孤独

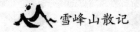

的石山，从野草茂密的峡谷里霍然而起，像擎天的柱石，威威武武，挺身而立。石山上怪石嶙峋，或形如兽，或貌似人，其中一尊颇有几分女人神态，称为"观音石"，观音洞之名亦由此而来。

那石头是不是真像观音菩萨，谁也无法验证，因为真正的观音谁也没有见过。人们见到的都是庙里的木雕和泥塑，或坐或立。那是工匠以及善男信女们的美好想象，只能算是一种理想的物化。

观音洞山多地少，散布在山脚与山腰的旱地水田，不仅总面积有限，单丘单块的面积也是小得可怜，牛耕几个来回，甚至一两个来回，就是一丘或一块。但是，这有限的田土，却养育了几百年甚至上千年的乡村烟火与饮食男女。有趣的是，全村除了迎娶的一代代媳妇，全部姓侯。这样的独姓村落，不论是贫穷或是富裕，不论是显贵或是卑微，都纯得如同山涧流水，如同清风明月。

了不起的侯氏，独占了这一方青山绿水，独顶了这一片白云蓝天，独享了这一轮皎洁山月。观音洞，也是"风景这边独好"。

村里老人介绍，他们的祖籍原在长沙侯家塘。清朝康熙年间，先人首迁沅陵，后由沅陵再迁这里，至今三百多年。在他们到来之前，有向姓人住在这里，住了多少年，没人知道。后来，向姓迁走了，至于因为什么原因，去了哪里，几百年前的往事，人们口口相传，传着传着就变得模糊不清了。他们比较一致的认同是，侯姓人到了这里之后，人丁兴旺，家业日大，向姓人自愧不如，于是就迁走了，这好像是向姓人有点儿自动退让的味道。也许一如他们所言，因为无论是自然界或人类社会，都逃脱不了物竞天择，优胜劣汰；也许是因为这块巴掌大的地方太穷了，人家向姓人已经谋得了好的去处，于是就干脆把这荒山野岭留给他们，还落下个好名声；也许都未必如此，因为赞美先人历来是后人之德，侯氏族人当然也不例外。

然而，"多情却被无情恼。"三百多年过去了，侯姓人没有成为大姓望族，既没有人挣得功名，更没有人成就大业，即便是在中华人民共和国成立后的半个多世纪里，也没有出过一个大学生，没有出过一个吃"国家粮"（当干部）的。叫观音石的那座石山，还是那么高大，那么陡峭，那么险峻，那么冷酷；叫观世音的那尊人形石，还是那么瘦骨嶙峋，沉默无语，面无表情。

山花开了又谢，谢了又开，溪水清了又浊，浊了又清。

观音菩萨，仁慈善良的象征，与尘世最为结缘，并且结的都是善缘，套用流行的说法，应该叫最接地气。在世俗的理念中，她一直慈悲为怀，情系苍生，指点迷津，点化冥顽，解人之难，成人之美，凡是功德无量的好事、善事、美事，她几乎统包统揽。在书上，在戏里，她开口"苦海无边，回头是岸"，闭口"救人一命，胜造七级浮屠"，似乎她就是"救苦救难"的"专业户"。世人赞美不已的所谓菩萨心肠，大概指的就是这种悲天悯人的慈善情怀。实事求是地说，她的人气指数，高于任何一位大神大仙。但细一琢磨，她与人间其实也没有结下什么善缘，种下什么善果。人们记得的大概只有大闹天宫的齐天大圣孙悟空、对嫦娥非礼的天蓬元帅猪八戒、流沙河里兴风作浪的卷帘大将沙和尚，他们得到了她的点化，走上了阳关大道，日后修成正果，其他鲜有所闻。

人总是容易被神感化，而神却从来没有被人感动。观音菩萨没有赐福给用她的名字命名的这个小山村，侯氏族人三百多年没有盼来大富大贵，这与观音在人世的口碑很不相称，与她头上的神圣光环相去甚远。她不像尘世中人想象的那么高尚、那么神明、那么大慈大悲。她点化孙悟空、猪八戒、沙和尚，那也都是奉了如来之命而为之。她是南海大佛，与玉帝、如来、王母、太上老君等大神平起平坐，除了如来和玉帝，没有谁有权力对她发号施令。一个散落在深山老林里的无名小村，尽管以她的名字命名，也是入不了她的佛心与法眼的。不妨聊侃一下那位背井离乡的侯氏先人，

他当初举家迁徙的举动苦了后来的子孙，如果他当初不离开长沙，如今窝在观音洞的他们，不也是省城的市民吗！阴差阳错，他们成了大湘西的乡村山民，世世代代守着挂在半山腰上的家园，守着这巴掌大的蓝天，守着这几块竹簟子大的薄田瘦地，守着敬着"救苦救难"的观音，熬过了数不清的日月轮回，直到雪峰山旅游兴起，才有水泥公路从山外延伸到家门口，才有包括我在内的一拨接一拨陌生面孔出现在村前村后。

我对一村民说："你讲讲，为什么村里没有出过一个大学生，没出过一个吃国家粮的?"

他回答说："你站在山脚边的大路上，根本不会想到这里面还有一个村子，还有一百多号人住在这里。本来三面环山，一面敞开，也是个好地势，但观音石那里两边的山挨得太近了，观音菩萨站在中间，封住了出路。当初老祖先想到的可能就只是安全，不想与外界交往过多，却没有想到断了子孙的出路……"

我知道我没有能力转变他的观念，只好胡编："你知道你们的老祖宗孙悟空吗? 上到凌霄殿、八卦炉，下至龙王宫、阎王府，天上地下都被他翻了个底朝天呢！观音菩萨把你们关在山里，又亲自守住山门，怕是为了防止你们出去惹是生非吧！观音也不是你想象的那么好得不得了，怀里装的也不全是慈悲与善良。你看，她对你们侯家就是不发慈悲。"

他笑了笑，无言，整个观音洞也无言。

观音，民间也称"观世音"。观世音者，观察世上之声音也。声音是用来观察的吗? 声音需要的是倾听。千手观音或许能指出千万条通往佛门的路，却指不出一条让天下苍生幸福的路。

"菩提本无树，明镜亦非台。本来无一物，何处惹尘埃。"说的极是。

观音洞，空有观音之名，却无观音之实。或许，一切虚无缥缈的美好祈盼，都只能是聊以自慰。

古树与古村

四月立夏，莺飞草长。

观音洞村，丛林翠叠，山岗绿漫。山是绿的，水是绿的，风是绿的，阳光也是绿的，整个村子都是绿的。屋前屋后的竹笋顶着两片嫩绿，踮着脚尖儿直往上蹿，把"后来居上"这个词儿注解得淋漓尽致。村前几株高大的古枫枝繁叶茂，透亮的阳光穿过偌大的绿色树冠，碎成斑驳陆离，洒在新修的水泥路上，风吹树摇，树摇影乱，别有一番夏日情调与乡村意韵。绿，是这个小村的唯一色彩。

藏人多以山为神。凡有人烟的地方，大大小小的山坡上挂满了五彩经幡，随风飘动，既光鲜艳丽又神秘玄妙。据说，那飘动的经幡，是代替人在不停地诵读经文。而在大湘西，古树就是神，几乎每个村子都有自己的神树。

叫观音洞的这个村子,神树就是那棵大榉木。大榉木已号称千年古树,准确年龄没有人说得清楚。问村里老人,他们不仅说自己小的时候,这棵大榉木就有这么高、这么大了,就被雷劈掉半边了,还有半边让风给折断了。而且自己的爷爷也讲他们小的时候,大榉木就有这么高、这么大了,就被雷劈掉半边了,还有半边让风给折断了。"绕口令"式的回答,毫不走样的代代相传,今天依然。

经历了太多的风吹雨打,难免不留下过多的伤口疤痕。重创之下的大榉木,虽然身躯前倾,却没有倒下,依旧一如既往,栉风沐雨,上傲苍穹,顽强地支撑着这一片蓝天,深情地呵护着这百年古村。

新枝嫩芽,从曾经的伤口上长了出来,长成粗大的枝丫,尽管不再荣荣茂茂,却依然呼风唤雨,但又毕竟苍老年迈。春天来了,所有的树木都已绿叶成荫,这棵大榉木却才吐出点点嫩芽,像村中的老人,身上的棉衣总是要比年轻人晚脱十天半个月的。好在晚脱十天半个月,也不影响老人健朗的身板和旺盛的精气神。

(谌晓荣 摄)

　　站在大神树下，我想起唐代张若虚的《春江花月夜》："江畔何人初见月？江月何年初照人？人生代代无穷已，江月年年只相似。"江月如此，树木又何尝不是如此。

　　我还想起民间谚语：山中自有千年树，世上难逢百岁人。

　　在大神树面前，人不仅是矮小的，更是怯懦的，甚至还是微不足道的。

　　人老了，会弯腰驼背，满脸皱纹。树老了，会树皮斑驳，枯枝脱落，裸露的树干裂痕纵横，皱纹道道。这样的状态，让人既满怀敬意又万千感慨。也许，正是有了人的敬意与感慨，大榉木才被神化，才被赋予灵性。

　　村子里的老人说道，大神树能预知年景。立春过后，若是北边的树枝先吐绿，这一年必定大旱，田地减产，甚至颗粒无收；若是南边的树枝先发芽，就必定风调雨顺，年丰人康，六畜兴旺。

　　多少年来，纯朴的他们"察叶观天"，站在大榉木下预测年景，推定收成，应验了的记在心头，没有应验的忘却殆尽。人的思维定式，总是自觉或不自觉地朝向好的一面，规避不好的一面。应验了的记忆重叠复加，有时候就是会让平淡无奇变得神乎其神，这与列宁说过的"谬误重复一千篇就是真理"有点异曲同工。原本木木讷讷的榉木树，就这样神采飞扬、神奇神圣起来，预测的功能超过了气象预报站。气象站一天一报，它一报就是一年，而且预测的不只是风雨雷电和阴晴冷暖，还有庄稼人时时挂在心头的年景。

　　几易寒暑，春去秋来。大榉木的功能如今无用武之地了。村里的年轻男女外出打工去了，年景与他们已经没有了太大关系。风调雨顺也好，天旱少雨也罢，他们在城里干活儿挣钱。城里不种庄稼。留在村子里的不是老人，就是小孩，既然已无力耕田种地，自然也就无须春播秋收。几亩稀薄贫瘠田土上的收入，曾让老去的一代代山民，在不堪回首的

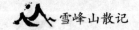

艰难困苦中度过了漫长的饥饿岁月，起早贪黑，一年到头，还远远不如今天的儿女们外出打工赚钱来得快，赚得多。由于耕田种地已不再是乡村的生活主题，春天来了，大神树哪一边枝头先发芽，也就无所谓了。爱哪边先发就发吧！

然而，大榉木既然成了神树，神的功能从来就不是单一的，即所谓神通广大。预测年景的功能没有市场了，不等于不能预测别的，人世需要预知的事情太多了。于是，大家照样给大榉木披红挂彩，逢年过节或有喜庆之事，照样不忘禀告神树，让它分享自己的欢乐与幸福。同时种种不那么顺心如意的事儿，如小孩子们闹个小病小灾，老人们有个三病两痛，遇上这一类不大不小的事儿，人们就去给大神树烧纸燃香，希望大神树理解、同情自己的痛楚与困苦，为自己消灾祛难。若见好转，再到大神树下去了愿谢恩；若是没有好转，也没有谁去责怪。由于大榉木具有了这样的"神功"，全村人的知心话儿，它听得最多，听得最细。总而言之，这棵大榉木一年四季红红绿绿，喜气洋洋。

大榉木被神化了。神化了的大榉木长在岁月的过往里，长在村人的情感里，长在人们那单纯而又朴素的憧憬里。虽然人许许多多的美好憧憬，并没有因为大神树的暗地相助而成为事实，但有大神树保佑着，总比没有要好，毕竟神树能凝聚人心，促成共识，即便是不幸或痛苦，也能因它的存在，或是忘却，或是淡化。那浓也一阵、淡也一阵的袅袅炊烟，那长也一声、短也一声的鸡鸣犬吠，那富也一年、穷也一年的山村光景，就这样因了这棵大神树的存在，循环往复，绵延不息。

人类的早期也是在树上生活的，虽然后来从树上跳将下来，但树毕竟是人类最初的家园。或许，正是因了这一缘故，人对树充满敬意，直至敬畏。

大古树，乡村的守护神。

第二辑

溆浦历史悠久，文化底蕴深厚，屈原放逐留下的"忧国忧民"文化基因，给溆浦子民以深刻影响，直到今天，还依然在溆浦人的血液里激荡奔流。

——摘自《从经世才到经世学》

紫荆风物耐人思

　　紫荆山，海拔 1300 多米，重峦叠嶂，绵延起伏。溆浦、安化、新化三县的部分城镇乡村散落四周，资江以及众多溪涧迂回其间。伫立峰峦之巅，长发飘飘，裙袂翻飞，即便是凡夫俗子，也免不了系一身仙风道骨，超然物外，忘却尘世。

　　紫荆山是湘西山区与湘中盆地的分水岭，是梅山文化与雪峰文化的接合部。

　　天下名山多矣。泰山、华山、黄山、峨眉、武当……数不胜数。同这些名山相比，紫荆山不足以并肩而立，甚至还微不足道。但是，如此诗意的名字却让紫荆山钟灵毓秀，光彩照人，有紫气东来，得紫微高照，必是祥瑞所在。这样的吉祥寓意，又有几山获得？

　　紫荆山，就这样怡然自得，从容淡定，笑看天上云卷云舒；就这样知足自乐，沉默不语，目睹人间潮起潮落。

再次登上紫荆山，正值春光明媚。山上红绿叠映，田园莺歌燕舞，丛林鸟语花香，直惹得人眼花缭乱，更撩得人心花怒放。于此之际，置身花间草丛，你不想"花心"怕也办不到了，因为这春色实在是浓得化不开去。在这样的日子里登名山，赏春色，自然是格外的爽心悦目，意气风发。

"胜日寻芳泗水滨，无边光景一时新。等闲识得东风面，万紫千红总是春。"蓦然回首，朱熹老先生陪你踏春来了。

紫荆山，一手挽着湘西，一手牵着湘中，与湘西第一山——雪峰山遥遥相望。据说，天高云淡之时，驻足峰顶，环绕在紫荆山身前身后的大小城镇及村村寨寨，都在一望之中，或模糊不清，或清晰可辨。尤其距离最近的溆浦县城，虽然市声不闻于耳，但楼亭城郭却依稀可见。正是有了紫荆山的深情守望，原本蕴含着湘西的神秘与诡异的溆浦山水，又兼有了湘中的妩媚与温婉、开阔与坦荡。雪峰文化与梅山文化在这里相互交融，共生共荣。

溆浦作为一个地理称谓，早在春秋战国时期就已出现在屈原的《涉江》之中："入溆浦余儃徊兮，迷不知吾所如。"但这块让屈原"迷不知吾所如"的土地，实在是一块多情重义的土地。晋人常林《义陵记》载汉高祖二年，项羽杀义帝于郴，武陵人（时郡治溆浦）缟素哭于招屈亭。汉高祖闻之曰："义陵"（今溆浦）。

武陵人在招屈亭前放声痛哭，意在为义帝熊心申冤鸣不平。这微弱的哭声，竟然传到了远在咸阳的刘邦的耳朵里，这足以说明溆浦在当时已经是声名远播。这一丰厚的历史底蕴，让溆浦自古以来就在经济与文化上超越周边地区。这样的超越，除了自然条件相对优越之外，多元文化的浸润无疑是得天独厚的优势。

岗东、两江、善溪，号称"三江"。三江之水注入资江，构成湖南

湘、资、沅、澧四水中的资江之源，不是唯一，也是之一。大湘西的大
小溪河几乎都是沅江的支脉，唯有三江之水另行其道，这让溆浦的历史
人文多了一分璀璨，让这块土地多了一种精彩。明神宗万历八年
（1580）进士邓少谷，曾国藩执弟子礼的湖湘文化经世学派先驱严如熤，
晚清抗英名将郑国鸿，著名共产党人、妇女运动领袖向警予，新中国开
国中将向仲华，教育家、出版家、辞书家舒新城，历史学家向达等人，
诞生在溆浦这块土地上也就顺理成章了。因为这块土地，既张扬着雪峰
文化的血性，又闪耀着梅山文化的灵光。呷得咸、不怕难、霸得蛮，既
是湖南人的个性特征，也是湖湘文化的个性特征，更是雪峰山与紫荆山
儿女的人格特征与文化特征。这样的特征，正是源于雪峰文化与梅山文
化的共同熏陶，潜移默化。梅山文化的梅山大神张五郎，既是狩猎之
神，一向为猎人尊崇敬奉，又是神通广大的民间巫医，除魔驱邪，救死
扶伤。可见在这块土地上，天人合一，神人合一，天地人神感应互通，
谱写了周边地区难以等量齐观的历史与人文。

　　雪峰文化的最大魅力，也许在于那一层层难以彻底揭开的神秘面
纱；梅山文化的最大魅力，也许在于那怎么也抹不去的那种原始色彩的
扑朔迷离。梅山道师施法，至今仍以远古战神、梅山文化始祖蚩尤为面
具，那一系列的腾挪跳跃，做唱念打，似巫也非巫，似傩也非傩，似舞
也非舞，似戏也非戏。究其根源，就在于素有梅山文化发源地之称的紫
荆山处于湘西与湘中的交界之地，两种文化相互交融渗透，既创造新的
形式与内容，又保留原有的教义与仪规。

　　名山之所以成其为名山，既不在于体积有多大，海拔有多高，也不
在于地形地貌怎样的奇形怪状，而是在于文化底蕴有多深。假如没有文
化或少有文化，所谓名山，也就是有名字的山而已了。

　　名山以文化而名。而山的文化主要表现为寺庙文化，或者说寺庙是

名山文化的主要载体，所谓登山逛寺庙，进庙看文化。

在湖南，在大湘西，高大巍峨这顶桂冠轮不到紫荆山，雪峰山就比它高出一大截。但紫荆山既是溆浦的名山、大湘西的名山，也是湖南的名山。原始粗放、浪漫飘逸甚至荒诞怪异的梅山文化根植于山前山后的土地上，根植于这块土地上古往今来的历史人文中，虽然没有固定的物化标识，但既无处可寻又无处不在。而与梅山文化同山共殿的佛、道、儒，则有属于自己的物化实体，或者叫固定场所，这就是龙泉山的龙泉寺。有了这样的区别，宗教信仰也就有了朝野之分，有了主流与非主流之分。

龙泉寺位于紫荆山下，唐玄宗开元六年（718）首建，至今历1297年①。据说，建寺处的岩石中一泓清泉喷涌而出，势若龙腾，声如龙吟，雨季流量不增，旱季流量不减，即便是山洪暴发，那泉水亦清澈如常。冬天似温泉，夏季如冰凌，酷暑之际，水呈黄色，犹似龙涎。于是，人们认定此地为藏龙之地。是故，山名龙泉山（寺所在的山头为紫荆山一脉），水名龙泉水，寺名龙泉寺。龙山、龙水、龙寺，彰显了紫荆山的文化底蕴。而让我感到美中不足的是，泉眼依然在，泉水照样流，但传说中描绘的那种气势却荡然无存。

紫荆山古为"蛮人"栖息之地。宋代，包括紫荆山"蛮人"在内的"梅山蛮"王化归顺，龙泉寺迎来了香火鼎盛时期。

尘世国泰民安，神界仙界其乐融融，太平盛世既是人的祈盼，也是神的向往。如来、观音、玉皇、圣帝、孔子、赵公元帅以及梅山教开山祖师陈法华等大神大仙、圣人先哲，纷纷落户聚集此山，这既让五光十色的灵异光焰普照一方红尘，也让善良纯朴的芸芸众生感受一方神灵。这种景象也未必天天都是如此，但已延续了一千多年，直到20世纪中

①此文写于2015年。公元718~2015年，相差1297年。

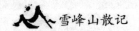

期寺庙被毁，从此沉寂了二十多年。如今，目睹如同普通农舍的所谓大殿，让人感慨系之。神也罢，仙也罢，终究是斗不过人的。人间的喜怒哀乐和尘世的沧海桑田，决定了神界仙界的清寒寂静与安危冷暖，即便不关乎生存，至少也关乎香火。

不言而喻，在佛教四大圣地的五台山、普陀山、峨眉山、九华山的大寺大庙面前，紫荆山的龙泉寺微不足道，即便是放在南岳衡山的大雄宝殿面前，用"小巫见大巫"也还不足以形容二者之间的悬殊，更不用说同世界佛教圣地兰毗尼、菩提伽耶、萨拉陀、拘尸那罗那些神圣辉煌的建筑相比了。但是，山不高，不等于招不来神仙；水不深，不等于藏不了蛟龙，小庙未必就容纳不了大佛。如来、观音、玉皇、圣帝、孔子、赵公元帅等，这些上界的主宰与人世的圣贤，不也同样在这里安家落户，而且一住就是千年嘛！

毕竟紫荆山的景色太美了，风情太纯了，灵气悟性太高了，与其去那些熙熙攘攘的名山大川挤挤挨挨，抢地盘，争香火，还不如享有这一方清静、安宁与舒畅。神仙，知足也常乐，常乐得知足。至今保存完好的那14座舍利塔以及众多的僧人之墓，春天山花为之祭，秋天落叶为之悼，夏天金蝉杜鹃为之歌，冬天山风飞雪为之舞。这样的景观，方圆数百里内别无二处，此不为圣地，何处才为圣地？就凭这个，紫荆山跻身名山之列应是无愧的，龙泉寺位列名寺之榜也是不逊色的。

龙泉寺现存的木质建筑，系当地老百姓所修，其结构、式样、工艺、风格，与当地农村20世纪七八十年代的民房无二。老百姓有的是虔诚，缺少的是财力，只能量力而为，能做到让大神大仙、大圣大贤们的木雕泥塑之身以及历代圆寂的僧侣塔墓得以躲避风雨，让前来朝山拜佛的香客们有个固定场所，也就善莫大焉了。神圣远离了金碧辉煌，神秘远离了阴森肃穆，高高在上的大神大仙、大圣大贤反而多了几分亲

（何国喜 摄）

近，那些舞刀弄枪、面目狰狞的凶神恶煞也多了几许和善。孟子说得好："达则兼济天下，穷则独善其身。"六根未净的我们如此，不食烟火的他们同样如此。阿弥陀佛！

紫荆山下，阡陌纵横，田园如画。但龙泉山上，龙泉水中，龙泉寺里，都没有龙，以龙命名只是人对龙的祈盼。然而，紫荆山还真的藏过"龙"，那就是新中国的开国元帅贺龙。

山下，古村子。一位老人说红军曾在这个村子住过一晚，并指着一间厢房，口气不容置疑："贺龙当年就住在那间房子里。"

红军在这座村子住过是可信的，因为红军长征经过紫荆山下。至于贺龙是否住过那间厢房需要考证，但可以肯定的是那间厢房曾经住过一位红军首长，只是不一定就是贺龙。贺龙是湘西桑植县洪家关人，"两把菜刀闹革命"的传奇故事人人皆知。对大湘西而言，贺龙永远都是一个让人感受温暖、为之自豪的英雄话题。他永远活着，活在大湘西的青山绿水间，活在大湘西的过去、现在以及未来的时光里。不管在那间厢房里过夜的是不是贺龙，但那支队伍是贺龙率领的队伍，他们在紫荆山下留宿了一宿。如此说来，紫荆山还是红色的山、革命的山，虽然不及

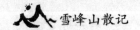

井冈山雄伟高大，光照千秋，但也为中国革命做出过重要贡献。这一抹红色，为紫荆山增添了亮度。

"会当凌绝顶，一览众山小。"站在紫荆山顶，颇有几许登高壮观天地间的唯我独尊。满目风物，醉在其中。

紫荆花开，姹紫嫣红。紫荆山，令人景仰的山，耐人寻味的山。

原载《边城晚报》，标题为"紫荆风物耐人思"。2016年《旅游散文》第一期改标题为"紫山荆"。收入本书标题依《边城晚报》。文字重新做了校对。

太多记忆的阳雀坡

阳雀坡，远离喧嚣的古村。

听这名字，就想起袅袅炊烟中的田园与村庄，想起高高低低的坡坡岭岭，想起绿树林里的声声鸟啼，想起田园上的阵阵蛙鸣，想起渐行渐远的山里人家，还有那些鸡啼犬吠相伴的似水流年。

是时，揣上一怀乡愁，走进历百年沧桑而风物依旧、古风犹存的阳雀坡，走进曾经的喧闹一时、风光一时，而今却几近人去楼空的旧时民宅，寂寞与萧条已是不容争辩的现实。只有脚下的青石板小路，眼前的青瓦木屋，长着无名野草的断墙和斑驳陆离的残壁，仍以一种似曾相识的守望，支撑起岁月的朝花夕拾，珍藏着门窗背后的斑斑点点与丝丝缕缕。

阳雀坡，一首用平平仄仄写成的格律诗，一阕用清风明月填就的长短句，吟唱着大清的遗风余韵，记录着民国时期的如烟往事，还有新中

国半个多世纪留下的精彩画卷，以及今天古村自身的落寞与衰败。

阳雀坡位于溆浦县横板桥乡①的株木村，一个既普通又不普通的古老村庄。普通，是因为它同雪峰山下许许多多的山村一样，青山环绕，挨屋连舍；不普通，是因为它有自身独特的历史文化。虽然它的过往岁月并不都是流光溢彩，但这兴盛衰落过后的从容不迫与释然淡定，却足以让人流连忘返，心存敬意。

从清朝乾隆年间第一座宅院兴建，到咸丰年间最后一座大院勉强建成，历八十余年。八十余年六座院落依山而起。从第一缕烟火升起到现在，历两百多年。两百多年人口不满三百。

光阴荏苒，花开花落，天地几度翻覆。从努尔哈赤子孙建立的大清，到孙中山创建的中华民国，到中华人民共和国成立，以及改革开放之后的三十多年，不管是城镇或是乡村，何曾有过置身事外的"真空净土"，何曾有过远离世道、不染尘埃的"世外桃源"？唯有阳雀坡是个例外，与这两百多年历史的大小节点，都一一擦肩而过，甚至照面也不曾打一个。面貌依旧，院落如故，除了村头那栋建于20世纪70年代末的砖木结构屋子②，没有一栋新式建筑。而即便是这唯一的当代建筑，与山外那些华堂洋楼相比，甚至与坡前坡后的那些新式民宅相比，也是天壤之别。假若没有那栋刺眼的砖房子，没有村前的水泥电杆，这里，就是典型的大清岁月，全然另一番光景。

古宅院的存在，对于以往那是一种珍惜，对于现实又显得有点排斥，既让人不甚明白，更让人不胜感慨。或许，村口那块石碑上"与人为善，取财有道；只许修屋，不准拆房"的先人遗训，一方面让阳雀坡得以"不管风吹浪打""我自岿然不动"，同时也让阳雀坡持成守旧，

---

①横板乡现已并入龙潭镇。
②此建筑现已拆除。

裹足不前。

古村，离不开一个"古"字。由这"古"字衍生而来的古老、古朴、古风、古道，构成了古村的全部。尽管老气横秋，却依旧巍然屹立，气宇轩昂。古村古而不朽、老而不腐，得益于自身文化底蕴的顽强支撑，得益于绵延不息的香火传承。

阳雀坡人过去全部姓王。王姓自古就是大姓，《百家姓》上排在第八位。《百家姓》受制于作者生存时代的政治背景考量，并非真实人口数量的确切定位，如按人口，王姓不居前一，也居前三。枝繁叶茂的王姓人丁兴旺，才俊辈出，一大批王氏子孙在"二十四史"中留名。阳雀坡王氏为"三槐世第"，系太原王氏分支。"三槐"始祖王祐，生活在强唐过后的五代十国至北宋前期。此人了得，江山几度变色，社稷几易其主，而他却风生水起，一路青云直上，历事后晋、后周和宋三朝，官从县令累至监察御史、集贤院修撰、户部员外郎、开封知府、兵部侍郎，史称文武忠孝，名噪一时。知开封时，有人密奏魏州节度使符彦卿谋反，上欲除之，令王祐出大名府"相机行事"，事成以相位许。

"三槐"始祖为人正直，办事公道，用现在的说法，就是实事求是，不唯上命，不投上好。一番明察暗访，王据实禀报，并以全家人的性命担保，为符洗冤。这让谋反起家的赵匡胤很不高兴，许诺一风吹过，改知襄州。临行前，他在自家院落里手植三棵槐树，后世王祐一脉，遂称"三槐世第"，"三槐"从此成为这一脉王氏的堂号。王祐种槐时坦言："吾子孙必有为三公者。"后人果然不负所望，儿子王旦，官至宋真宗朝宰相，尔后历代都有王祐的后人在朝为官。郁闷的王祐，终于扬眉吐气，含笑九泉。

阳雀坡王氏距王祐虽隔一千多年，但"三槐"堂号带给他们的姓氏荣誉，始终维系着他们的精神世界，支配着他们的生活方式，尽管几曾

举家迁徙，辗转千里，分分合合，"三槐"堂号始终伴随着他们流离颠沛。阳雀坡有幸，成为王氏一脉的安身立命之地。我从年过古稀的王身承老人滔滔不绝的叙述中得知，那是因了王家当初一位年轻寡妇无意中的喜出望外。

年轻女人丧夫，留下的不仅是孤儿寡母度日的艰辛，还有门前挥之不去的是是非非，这让守寡的女人们如履薄冰，稍有不慎，即成众矢之的，落个身败名裂。王家这位名冯娥的年轻寡妇，同样感受到了某种潜在的威胁与恐惧，闻到了貌似闲言碎语的飞短流长。出于自保，她欲择地迁居。一日路过阳雀坡，小儿子大便。荒郊野外没有茅厕，只能就地挖坑，不期眼睛一亮，竟然挖出了一堆闪闪发光的黄金白银，这让正举步维艰的冯娥眼睛为之一亮，布满忧愁的脸蛋儿顿时流云飞霞。不用说，这是一块风水宝地。于是，她带着年幼的儿子，从黄茅园乡的湾潭村迁了出来。阳雀坡从此有了袅袅炊烟，有了呼娘唤儿之声，更有了与日剧增的王氏家业。这一年，为清乾隆十九年（1754）。

王身承老人讲得眉飞色舞，脸上的笑容如同蓝天上的太阳，温暖着阳雀坡的寂静与空旷，温暖着古老的宅院与门窗，也让我沉默于感慨之中。他讲的其人其事，有关细节难免掺入了一些善意的编造与杜撰，但都不重要，重要的是体现了作为王氏子孙对于先人的朴素情感，重要的是说明了阳雀坡王氏的开基祖母冯娥恪守妇道，精明能干，持家有度，教子有方，不失为传统文化称道的贤妻良母。

阳雀坡原名阳雀窝，想必因阳雀垒窝筑巢于此而得名。这里，三面环山，状如鸟窝，形同满月。这样的山川形胜，为风水提供了可以想象的空间。有趣的是，当向着同一方向弯曲延伸的两山即将握手言欢之时，却又不经意地戛然而止。一沟流水，从中间穿过，流向山外。茂密的翠竹与苍松绿杉浑然一体，掩映着灰墙青瓦以及跃跃欲试的飞檐翘角。村前的几丘水田，浅浅的水面波光闪闪。

同天下所有的平民百姓一样，有了财富积累，首先是修屋建宅院，光大门庭，提升门望；其次送子念书，争取功名。国人津津乐道的"耕读传家"，所指大概如是。于是，一窗一门，一柱一石，反复打磨，精雕细刻，追求品位；一张板凳，一把椅子，雕龙錾凤，描花绘彩，着意细节。目睹六座宅院以及过时的农具家什，不由人不称道王氏先人的耕读家风。至于在这种家风的熏陶下，诞生过多少光宗耀祖的显赫人物，我不知其详，但的确有人身为民国军官，他就是王修奎，王身承老人的亲伯父，乡人称他为"将军"。王修奎是不是将军无关紧要，紧要的是家族中的确有人报效国家，有人投身疆场，那是不争的事实。

1950 年，抗美援朝战争打响，王氏儿郎王修坤参军入朝，保家卫国，一去六年。我采访他的时候，他已年近八十，但身板健壮硬朗。他是通信兵，负责战地野外架线，炮火硝烟里摸爬滚打，枪林弹雨中出生入死。从朝鲜回国后复员转业，安排在县邮电局工作，直到退休。像许许多多志愿军老战士一样，他现在唯一的心愿，就是想在有生之年去一趟朝鲜，看一看当年的战场阵地，看一看长眠在异国他乡的战友。

"教孝教忠绵世泽，且耕且读振家声。"王氏子孙，没有辜负这一对联所包含的叮咛与期盼。

两百多年过去了。老屋可以不拆，但新房不能不建。如今年青一代几乎都生活在溆浦县城或龙潭镇上，家自然也安在那里。青壮男女常年在外打工挣钱，只有为数不多的妇孺和老人留守家园，守护着祖先留下的古老基业，守护着曾经风风光光的梦。那梦，太古老了，古老得与现实既不同色，也不同调。曾经的显赫一时和富甲一方，都无可奈何地交给了以往的流年光景，交给了远去的春花秋月，尘封在岁月深处。

阳雀坡，一个系了太多记忆的古村庄。待到山花烂漫时，我会再一

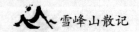

次走近你，再一次听阳雀争鸣，听蛙语如歌，还有那些尚不为人知晓的故事与传奇。

　　阳雀坡，你等着。

　　原载《怀化日报》《旅游散文》《湖南日报》。标题分别为《阳雀坡，太多的记忆》《太多记忆的阳雀坡》《阳雀坡》。收入本书标题依《旅游散文》。文字重新做了校对。

九溪江　李家湾①

　　叫九溪江的地方，一定是溪河纵横、流水欢歌的地方，一定是青山飞虹、绿水泛蓝的地方。

　　一场春雨，一阵春风，一抹阳光，红了一树樱桃，翠了一行垂柳，绿了一地小草。九溪江，多了几分春色。

　　九溪江地处溆水上游。溆浦方言保留了不少中古读音，称"江"为"岗"，"岗"就是溪，溪就是"岗"，意指比河小的溪流。九溪江当地人叫着"九溪岗"。而这"岗"字，我想应该是水缸的"缸"。水往低处

---

　　①2015年春，有幸陪同贺刚、符炫两位专家，考察九溪江李家湾的神秘古宅。当地学者认为，李家湾是李自成的隐踪之地，但无确凿依据。李家湾的神秘古宅确有许多存疑，但因缺少有说服力的确凿证据，能够证明李自成本人或李之后、部属曾经隐于此地。本人既无意正本清源也无力拨开历史迷雾，只是抒发一番感慨。

流是水的天性，"流水上山岗"是在发明了抽水机后才有的颠覆现象。缸是储水用的。在没有消防车的年代里，人们或用陶瓷大缸，或用青石板镶成四方水池，储水应急，称为"太平缸"。方言称九溪江为"九溪缸"，意思是众多溪水在这块像一口大缸的盆地汇合，充足的水源成就了这块土地的过往。

溪，可大可小。大的似河流，可以行船放排；小的如沟渠，抬腿一跃即到对岸。淌过九溪江的小河虽不波澜壮阔、浩浩荡荡，但也不是纵身一跃就能过得去的。从此岸到彼岸，也有几米甚至十多米不等的河床水面。雨季水涨，可放排行船，旱季清浅见底，可捕鱼捞虾翻螃蟹。

有了这条不大不小的溪流，青山熙熙攘攘、峰岭重重叠叠的九溪江，不仅有了别样的一番冉冉物华，而且有了神秘的李家湾，有了神秘的古宅。那些让山风吹干的过往岁月，有的珍藏在历史的记忆深处，让人闲暇之时得以回望品味；有的物化成老去的木屋与落满灰尘的家什农具，还有那些让时光磨得平光溜滑的青石岩板，令人感一番岁月匆匆，叹一回世事苍茫。在那来来去去的人群里，也有我的模糊背影。

李家湾是九溪江乡光明村的一个自然古村，木屋青瓦，竹篱土墙。

村前，溪水奔流；村后，青山如屏，形同一个大写的英文字母："U"。规整的一栋栋老式木屋，坐落在"U"字的半月形里。九溪江隔着一片平平展展的稻田，从村前几十米远的地方缓缓流过。河对岸的山叫龙形山，村后的山名虎形山，李家湾就躺在虎踞龙盘之中。左前方的山名猪形山，大概是山中之王得食有保障，若是没有猪，虎就难以生存。村子的右边，是自然延伸的一脉低矮山丘，宛若游龙，呈欲归大海之势。九溪江乡政府、九溪江小学，就设在那如同龙之脊梁的山丘之上。

按照风水原理，此地的象征、寓意显而易见，既藏龙又卧虎，且龙有水可戏，虎有猪可餐。于是，就有了李氏先人兴土木、建宅院，然后

就有了李家湾和李家湾的奇闻逸事与兴盛衰败。

有意思的是，现在生活在李家湾的人们并不姓李。他们与当初的李氏既不沾亲，也不带故。但既然名李家湾，说明李姓人曾经是这个风景秀丽的山湾湾里的在籍村民，只是不知道他们为什么走了，什么时候走的，走到哪里去了，连个背影也没有留下，只有这气势恢宏又风光不再的李氏基业，以及老百姓口中许许多多的"天方夜谭"，留在九溪江的土地上，留在李家湾清清瘦瘦的炊烟里，留在雪峰山下年复一年的朝朝暮暮里。

李姓，一个了不起的大姓望族，从道教的祖师爷老子李聃，到被神化了的托塔天王李靖，到大唐王朝的李渊、李世民以及后来的历朝历代，历史的舞台上总有李姓人的造型与亮相，而且还扮演过不错的主角，留下了许多文治武功的套路与招式，让后世赞不绝口。假若撇开李姓，中华五千年历史就会出现断层，华夏文明就会少了几许厚重与辉煌。九溪江假如没有了李家湾，虽然青山依旧青，绿水依旧绿，但少了一分底蕴，少了一分品位，少了一分生动，少了一分神秘，更少了一分魅力与精彩。

李家湾的李氏自然与老子李聃、与托塔天王李靖、与大唐皇室不搭界，但也有过流光溢彩的日子和春风阳光的过往。青石板铺就的大天井，排列有序的高大木房瓦屋，韵味十足的雕梁画栋，几近传神的飞檐翘角，别具风情的雕花门窗，以及整齐划一的建筑布局，尽管年代久远，又疏于修缮，曾经的巍峨已化为腐朽或正在化为腐朽，曾经的壮观已经霉烂或正在霉烂，也依然淹没不了主人有过的显赫身份与富裕家底，也照样闪耀着只有大富大贵人家才有的炫目光焰，散发出只有豪门大户才有的阔绰气概。只是那样的情景已经一去不复返了，留下了人去楼空的落寞与苍凉。

一块被锯掉了半截的残缺匾额，只剩下落满尘埃的"名震国"三个

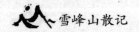

大字。锯掉的是个什么字？有人说是"名震国魂"，有人说是"名震国威"，又都难以服众。著名考古学家贺刚教授推测为"名震国埜"。他认为那个字有可能就是一个生僻字，出现的频率不高，锯匾的村民不认识，所以才没有任何印象。埜，野的异体字，意同。"国埜"即朝野。推测有道理，逻辑上能够成立，但目前也还是一家之言，没有成为定论。

　　"震"的含义，意指事物因遭遇外部力量冲击或干扰，发生的颤抖或动摇。一个人或一个地方，名气与势力大得让国魂、国威、朝野为之颤抖、动摇，那岂不是国之大不幸吗？这样的人物与这样的地方，有可能就是国家的颠覆者，国岂能容忍？我惊叹这块残匾的分量。堂堂正正的镀金大字，笔力刚劲、风骨饱满，不管是"名震国魂"或"名震国威"，或别的什么，这匾的赠者与受者身份都绝非一般。在等级森严的封建皇权制度下，从赠的角度看，给人以如此高的评价、赞美，需要身份、地位与之相匹配，信口雌黄会招来横祸，历史上的"文字狱"还嫌少吗？从受的角度看，获得如此殊荣的人需要有功绩、声望与之相匹配，否则，不是欺君犯上，也是沽名钓誉，同样引火烧身。残匾实在不可小视，它至少说明了李家湾曾经有人功成名就，显赫一时，其地位和影响不仅让后世，甚至在当时也让人驻足仰望，不胜感佩。

　　光宗耀祖的金匾，因主人及其家族的消失，变得一文不值。后来的人把它锯成残缺，今天的我们只能几声唏嘘，一阵叹息。然而，匾可以锯断，它承载的荣耀与风光不是一把铁锯就可以锯掉的。于是，一个"红毛将军"的传奇神话便活跃在人们的茶余饭后，这寄托了怎样的一种人文情怀？面对破落的豪宅大院，目睹残缺的雕梁画栋，还有损毁的八字形大门和那些陈旧破损的坛坛罐罐，既让人直看得满眼都是沧桑，也满眼都是荣光，更满眼都是迷茫。

　　李家湾现在的村民，朴素善良。朴素是他们的情感，善良是他们的品格，尽管他们与这里的老主人以及老主人的后人们没有任何关系，但他们对老主人及其家族却满怀敬意。也许是苦于这种敬意无从表达，才有了"红毛将军"的诞生，并由此认定最有气派的那栋豪门大宅，就是"红毛将军"的故居。又据此进一步推测，那位"红毛将军"就是推翻朱明王朝、龙椅还没有坐热就被清军赶出了北京、从此下落不明的"闯王"李自成。但有趣的是传说中的"红毛将军"，既像人，也像神，还像妖。他小时候是蛇的化身，长大后武功高强，与龙王战，还吃过人，这实在有点儿让人毛骨悚然。

离奇的故事，荒诞的情节，或许只能说明这块残匾是真实的，"红毛将军"是虚构的，李自成是演绎的，实难扯到一起。最大的可能是那位神通广大的"红毛将军"，也许就是匾主人的错位与演义。国人的英雄情结向来根深蒂固，当英雄的智慧、能力超乎想象时，就要想办法让英雄"神"起来。五千年的英雄豪杰，似乎都没有逃脱被神化的宿命与厄运。何况那块残匾的主人以及他的后代已经不知所踪，这就让神话的产生与传播更加顺理成章。或许，神话从来是英雄的最好归宿，英雄从来是神话的最好源头。

开创李家湾基业的主人连同他的子子孙孙走了，走得如同从人间蒸发。他们何时走的，为什么要走，并且为何要以这样的方式离开生活多年的九溪江李家湾，抛却这一份宏大基业，一走不再回头，甚至连一个回望的眼神也不曾有过，只有曾经温暖过他们的那一轮春光，依旧陪伴着村前的数点桃花；只有曾经吹绿过九溪江水的那一缕春风，依旧摇曳着屋后的那片翠竹。年年岁岁，岁岁年年。

李家湾，扑朔迷离的李家湾，迷得精彩，迷得有品位。有句名言叫"是金子总会发光的"。李家湾也是一坨金子，它的光芒在九溪江这块土地上闪烁了无数的冬去春来，或许因过于微弱，没有照亮李氏家族前面的路。

今天，九溪江又迎来了一河桃花春汛，遍地二月春色。年轻的乡党委女书记梁金华带着专家、学者、媒体，在李家湾走了一回又一回，看了一遍又一遍。他们的到来，或将预示着李家湾的过去、现在以及将来，都将不再是痴人的梦语，沉睡的李家湾将被崭新的春天唤醒。而古宅的迷雾疑云，已引起专家、学者们的兴趣与关注，他们出现在李家湾，出现在"红毛将军"古宅。于是，多少年来无人问津的九溪江李家湾是李自成本人或李之后人、李之部属的隐居之地，一时成为热门话题。但不论是赞同之声或是质疑、反对之声，又都还不足以让方方面面认可。

"源出平泉流润桑田旧世业，根盘郯架花开兰桂新人文。"一村民保存的两块长匾上的一副对联，已经说得明明白白，不知下落的李家湾李氏祖籍平泉，农耕桑麻，习文读书。对联充盈着书香人家固有的春风得意。

祖籍平泉已毋庸置疑，但称平泉的地方至少有三处：河北平泉市、甘肃镇原县平泉镇和四川简阳市平泉镇。四川的平泉挨不上边，古宅的建筑规制与装饰，明显带有北方建筑风格。河北平泉为辽宁、内蒙古、河北三省（区）的交界之地，历史上鲜卑、女真、契丹、蒙古族的先人，先后在那里一边放马牧羊，一边蚕食中原土地，由此与中原王朝的大小战争一仗接着一仗。战争造就英雄，成就伟业，同时也制造死亡、伤残和难民。也许某一场战乱，导致一大批流离失所的河北平泉人长途跋涉，辗转南下，最后有人定居在这山重水复的九溪江李家湾，多少代中某一子孙成就功名，然后建了这样的豪宅，也不是完全没有可能。但是历史没有这样的文字记载，民间也没有类似的故事流传，尤其同后来的"走"扯不到一起，即便是文学想象也缺乏生活素材。因为那个"走"太神秘了，太悲壮了，万贯家财，显赫名声，一概不顾，一夜之间，绝尘而去，人不知，鬼不觉，从此杳无音信。可以肯定地说，他们一定是遇到了不可抗拒的外部压力，遇到了足以让整个家庭毁灭的巨大危机，不仅必须要走，而且还要不留痕迹，防止对手追杀。因此，值得探讨的就只有甘肃平泉，因为甘肃平泉与李自成有关。

李自成系陕西米脂人，与甘肃平泉似乎也不怎么搭界。但是，历史也有出人意料的时候。这高大豪华的神秘古宅，是不是李自成本人或后人或部属的隐居之所？取决于祖籍平泉的李家湾李氏是不是来自甘肃平泉？这样的可能性也未必不能成立。当然，这也只是逻辑上的推理，没有让人信服的事实依据作为支撑，也只能是一厢情愿。然而，探究历史上的陈年旧事，一厢情愿有时比两情相悦更有魅力，更让人欲罢不能。假设水一样蒸发了的李家湾李氏，就是李自成或李自成后人或族人部属的后代，那么对联中的"祖籍平泉"，也就不存争议的是甘肃平泉了。

李自成这一脉李氏，本是北方游牧民族羌族的分支党项人拓跋思恭的后裔。党项羌曾经与吐谷浑联手抗击吐蕃。唐高宗时期，吐谷浑被吐蕃所灭，党项羌臣附于唐。唐高宗赐党项羌以皇姓，拓跋思恭改名李思恭。拓跋思恭的后裔从此以李为姓出现在历史舞台上。尔后，唐僖宗封李思恭为夏州节度使，后又因平定黄巢有功，再封夏国公，这也是以后与宋朝分庭抗礼的塞上王国号称"西夏"的来由。

宋仁宗宝元元年（1038），李元昊在其祖李继迁、父李德明的基础上，正式建立独立于中原王朝的西夏王国。而早在西夏立国之前，李继迁从青海一路南下甘肃平泉，把西夏的势力推进到了陕西一带，距米脂县城北30多公里的继迁寨因李继迁而名。这样的迁徙不是逃难，而是开疆拓土，米脂因此成了李自成的故乡，而甘肃平泉则成了李自成的祖籍之地。如此看来，九溪江李家湾李氏"祖籍平泉"有可能是甘肃平泉。因此，李自成本人或李的后人、族人、部属隐居李家湾，就成了合理推测。因为李自成兵败南逃是历史事实，不论正史野史都记载了他在"湘西门户"常德石门的

亡命足迹，但对于石门以后的去向则众说纷纭，莫衷一是，而最后都以"隐踪"一语带过。在我看来，到了常德石门的李自成已经无路可走，往北，清朝的追杀大军一直尾随其后，李已无力杀回马枪；往南，与他有家仇国恨的"南明"小王朝尚在，去了等于上门送死；往西，云贵高原还未"清化"，几年后又成了仇敌吴三桂的地盘；往四川，他与同为反明的张献忠虽有交集，但往来不多；虽同为"造反"之人，理念并不完全相同，张献忠有过为他所不齿的"归降诏安"，况且几年后吴三桂入蜀。由此看来，隐身湘西的深山密林或许是当时的唯一选择，除非他不想活了，离开湘西，自投罗网。当然，这也仅仅只是一种推测。推测是建立在假设这一基础之上的逻辑想象，不一定是事实。但历史一定是既定事实。

李家湾留下的谜团疑案太多、太复杂了。神秘的李家湾，神秘的古宅，还要在神秘中继续神秘下去，直到雾散云消的那一天。

"昔人已乘黄鹤去，此地空余黄鹤楼。黄鹤一去不复返，白云千载空悠悠。"李家湾，一湾和煦的阳光，一湾温存的春风，一湾跃跃欲飞的梦。"黄鹤"飞回的日子，或许已不太远，或许仍遥遥无期。

环顾四野，桃花、梨花，开旺了坡坡岭岭。

原载《怀化日报》

从家族意识到家国情怀

——溆浦龙潭宗祠的红色文化

宗祠，又称家庙、祠堂。顾名思义，家庙即一家之庙，宗祠即一宗之祠。祠堂，祠为祭祀的地方，堂即公共场所。

宗祠起源于上古，始称宗庙，天子独享。汉代以前，有官爵身份的上层显贵，有幸分享这一天子之荣。魏晋至唐代，民间建庙流行。延至宋代，朱熹改宗庙为家庙，并创立堂制，民间称宗祠为祠堂，大概源于"堂制"的产生。朱老夫子这一改一创，民间立庙建祠潮起，明清达到高峰。

祠与庙的称谓演变，揭示了宗祠的起源，即先有庙，后有祠，庙是祠的前身，祠是庙的延续。规模远超家庙的宗祠，在囊括家庙全部功能的基础上，增加了宗族本身乃至地方社会事务的诸多管理职能。此后安

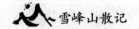

放族内先人灵位，行驶族内公权，参与地方事务管理，承办公益事业，就成了宗祠的责无旁贷与义不容辞。宗祠的社会功能由此彰显，最终成为社会管理的辅助与补充，承担了许许多多影响与意义远远超出自身存在的责任与义务。溆浦龙潭宗祠则最具有代表性。

溆浦龙潭号称"宗祠之乡"。据当地专家学者统计，在直线距离东西长 12 公里、南北宽 9 公里的坐标系统之内，从明清到民国，陆续修建宗祠 66 座，至今保存完好或基本完好的 40 座。庞大的宗祠群，既是龙潭一道亮丽的历史人文风景，也是龙潭地域文化的一大特色。"宗祠之乡"的桂冠戴在龙潭头上，不敢说当之无愧，但也不显得勉强，更不存在沽名钓誉。

龙潭宗祠名声之大，除了宏大的建筑规模、多元的建筑风格、成熟的宗祠文化令人刮目相看之外，还有一个重要原因，就是龙潭宗祠在传承传统文化的同时，从"五四"前后到中华人民共和国成立，直到今天，一脉相承的红色文化给龙潭宗祠及宗祠文化留下了抹不去的时代烙印。中国妇女运动先驱、著名共产党人向警予龙潭劝学，中国工农红军红二、红六军团龙潭征战，中国军民最终打败日本的雪峰山会战之龙潭战役，人民解放军解放大湘西和湘西剿匪，这一系列重大的历史事件，龙潭宗祠不是袖手旁观者，而是身临其境、倾力相助的参与者，经受了战火洗礼，做出了应有贡献。这是龙潭宗祠及宗祠文化最光彩夺目的章节，最嘹亮高亢的旋律，最振奋人心的节拍，最绚烂夺目的色彩。虽然宗祠及宗祠文化不可避免带有抹不去的旧时代烙印，甚至包括在某个时候或某一层面的封建宗法残余与封建迷信残余，但不影响人们对于龙潭宗祠的赞美，更无损于龙潭宗祠的存在价值。

走进龙潭宗祠的红色文化

红色文化，指在由中国共产党领导的争取民族独立和人民解放的历史进程中，诞生、形成、发展、壮大并延续至今的革命文化。从五四运动到现在，红色文化一直是中华大地上的主流文化，是五千年中华文化史上最光辉的篇章，是中华文化先进属性的集中体现。

龙潭最早的宗祠为粟氏宗祠，始建于明正德元年（1506）。从那时到中华人民共和国成立，多少次兵火战乱，多少回中原逐鹿，龙潭宗祠或许有过墙塌瓦飞、门破窗落的衰败，有过蛛网绕梁、野草迷漫的荒芜，甚至也有过香火微弱、呻吟挣扎的窘迫，但时至今天，仍然屹立不倒。究其原因，既得益于几千年传统文化提供的扎实根基与丰厚土壤，也得益于龙潭人与生俱来的文化情结。而红色文化的融入，则是其中不可或缺的重要因素。

——向警予劝学，开先进文化进宗祠之先河。向警予，杰出的共产党人、无产阶级革命家、我国早期妇女运动著名领导人。她出生于1895年，父亲为溆浦县商会会长。这样的家庭背景，她即便是成不了一代名媛，那也是小县城里的大家闺秀。然而，19世纪末20世纪初的中国，黑云压城，山雨欲来。时势没有让向警予成为小县城的大家闺秀，没有成为富商的金枝玉叶，而让她成了"花木兰"式的一代巾帼女杰，成了著名的共产党人、红色的职业革命家，以33岁的年轻生命，铸就了永恒的人生与人生的永恒。她在龙潭宗祠的劝学活动，约发生在1916~1919年这一时期之内。

向警予生在县城，老家不在龙潭，而在观音阁镇。观音阁向姓与龙潭向姓虽非同宗，但天下同性皆一家，同姓的氏族渊源具有相同或相近的情愫与文化认同。这就使得向警予有机会认识龙潭，走进龙潭，并产

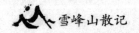

生亲切之感。

　　1916 年，向警予从长沙周南女校毕业，回到溆浦。湘江的怒潮与岳麓山的红枫，让这位出生于小县城的女子脱胎换骨，转变为典型的新时代女性。怀着"妇女解放"和"教育救国"的理想与抱负，她回到溆浦教书育人，担任男女合校的小学堂校长（学堂为其兄向仙钺所创）。

　　身为校长，又是男女混校，下乡劝学，既为职责所在，也为现实之需。几千年来，儒家文化提倡男女有别，读书是男子的专利，女子"无才便是德"。无论旧时私塾或新式学堂，大门从来不向或很少向女子开放，即便传说中的祝英台也是依靠女扮男装，蒙混过关。向警予实行男女混校，这在当时是被视为有伤风化的荒唐之举。她只能顶着压力，拼尽全力，亲自下乡劝学。

　　向警予龙潭劝学，今已过了百年有余。百余年前，中国共产党还没有诞生，但距离 1921 年只相差几年的短暂时光，新的社会思潮已经在古老的中华大地上四处漫溢。很显然，这已经是暴风雨来临的前夜。

　　1919 年，五四运动爆发。消息传到溆浦，向警予带领师生上街游行，以示响应。两个月后，她应蔡畅之邀，赴长沙参加"周南女子留法勤工俭学学会"，年底赴法，从此献身人民的革命事业，直到牺牲。她百余年前劝学的具体内容与细节已无从知晓，劝学的对象不论是家长或是学生，都已经不在人世。但可以肯定的是，她的劝学内容一定是当时的新思想、新理念，反对封建礼教，提倡妇女解放与男女平等，争取女子与男子一样享有受教育的权利。因为她是从长沙周南女校毕业的，是一个充满新思维的年轻知识女性，一个坚定的女权主义者。

　　向警予在龙潭劝学，离不了向氏宗祠。一方面，她是向氏后裔，况且宗祠本来就负有兴学助学之义务。另一方面，宗祠是公众集会场所，有条件把活动组织起来。

向氏宗祠，留下了向警予的飒爽英姿，留下了她的苦口婆心与慷慨激昂。三年前，我在向氏宗祠所在地的金屏村徜徉。那里，一棵五六个人手拉手才能合抱的古树郁郁葱葱，巨大的伞形树冠荫蔽着一大片土地。同行的孙克先生对龙潭宗祠文化素有研究。他告诉我，这棵大古树是金屏村的风水树，是向氏族人的"保护神"。他曾聆听过村里老人回忆向警予在大古树下的劝学情景。可惜天不假年，当我来到这里时，那些老人早已作古。他们，有的或许就是向警予当年的劝学对象。遗憾的是他们把劝学的诸多细节带走了，带到另一个世界上去了。

向警予龙潭宗祠劝学，也许还不能视为红色文化，但却是当时的先进文化。它的传播，为红色文化的到来做了铺垫，进行了预热。

——红军长征，宗祠有幸迎远客。1935年11月，由贺龙、萧克等人率领的中国工农红军红二、红六军团离开湘鄂川黔根据地，踏上万里征途。从进入溆浦到离开，停留近一个月，其中一部驻扎在龙潭。包括龙潭在内的溆浦城乡，一时"红旗漫卷西风"。

龙潭位于溆浦县南部，境内山高林密，峰峦叠嶂，既是怀化、邵阳两市的接壤地带，也是湘西与湘中的交通要道。龙潭有肥沃的土地，有丰富的物产，号称"担不尽的龙潭"。特殊的战略地位与富庶的经济状况，让龙潭一直是兵家必争之地。历史上的秦楚之战、汉代多次初平"南蛮"、三国时期诸葛亮西征、历朝历代"平苗""伐蛮"、明末清初李自成隐踪，直到近代的抗日战争，龙潭都曾是硝烟四起。红军长征途经雪峰山，龙潭也是必经之地。敞开大门迎接红军，成就了龙潭宗祠的一段历史佳话。

红军是人民的军队，维护老百姓的利益是红军铁的纪律，是红军奉行的建军宗旨。进入龙潭，红军没有在店铺林立的龙潭镇上安营扎寨，没有征用乡下老百姓的房屋以解行军之乏，而是选择祠堂（宗祠的另一

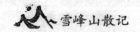

称呼）作为临时营地与办公场所。金屏村向氏、云盘村谌氏、牛皮洞谌氏、大金厂向氏与冯氏等宗祠，都是红军的临时军营。

红军在龙潭及溆浦停留期间，先后同围追堵截的国民党军队进行过燕子坳、溆浦县城西郊和深子湖之战，三战皆捷，但总体上仍然属于休整。休整不等于休息，休整是相对于作战而言的。第二次土地革命战争时期，毛泽东同志规定红军的三大任务：打仗、筹款、发动群众。驻扎龙潭的红军打土豪所得，一部分用于军队后勤保障，一部分分给穷苦百姓。同时开展"扩红"，号召青壮年参军。溆浦党史研究资料记载，全县参加红军的近3000人，其中龙潭300余人。

红军的严明纪律，赢得了老百姓的拥护与爱戴，为红军在龙潭的休整提供了便利与保障。送柴送菜，通风报信，许多军民鱼水情的感人故事，至今在龙潭的土地上代代相传。向氏宗祠至今保存着当年红军使用过的马灯，既是对那段峥嵘岁月的深情缅怀，也是开展红色文化教育、革命理想教育的生动教材。

总之，红军在龙潭的时间虽然短暂，但为龙潭宗祠及宗祠文化注入了强大的红色文化基因。龙潭宗祠也一直以传承红色文化为己任，紧跟时代的前进步伐。

——龙潭抗战，书写抗日战争的胜利史诗。1945年春末夏初，雪峰山会战之龙潭战役正式打响。这是龙潭"身经百战"中的最后一战，也是最值得历史铭记的一战，打出了中华民族不畏强暴、不惧强敌的英雄气概，打出了中国人民近百年来未曾有过的扬眉吐气，打出了民族的尊严与自信。龙潭宗祠在这场事关国家与民族存亡的战争中，不顾自身安危，置身枪林弹雨，发挥了自己能够发挥的作用。聚集在各宗祠的龙潭儿女不顾倾家荡产，甚至连祖宗的牌位也有可能化为灰烬，先人的灵魂也有可能流落荒野，仍然在所不惜，义无反顾，在中国共产党抗日民族统一战线旗帜的感召下，接受宗祠分派的支战任务。

小黄沙张氏宗祠与前沿阵地鹰形山仅隔一垄稻田，相距不过一两百米，阵地上的枪声、人的说话声，甚至开饭时筷子与饭碗的敲打声，都听得一清二楚。张氏宗祠负责给在山上作战的中国军队供应饭菜和从阵地上转移伤员，在枪林弹雨中穿行，在生死线上游走，随时都有伤亡发生。但是，没有一个人畏缩不前，宗祠头人把任务派给谁，谁就挑起饭菜、扛上担架，迎着密集的枪炮声朝山上走去。如今已是耄耋之年的一位老人在当年的送饭途中，一颗子弹打在他挑饭菜的扁担上。扁担是杂木做的，质地坚硬，子弹在扁担上一弹，落到他握着扁担的手上，从此他少了一根手指。我见到他时，他举着只有四根手指的手掌说："龙潭抗战，我贡献了一根手指。"语气里流露出无比的自豪。龙潭的地方武装如"雪峰部队"，响应宗祠号召，扛起守土之责，全力配合军队对日作战，甚至平日里打家劫舍的土匪也举长枪、挥大刀，走进对日作战的行列里。

龙潭民众参战支前，宗祠是召集者与组织者。宗祠组织青壮年护村，维持战时治安；宗祠组织募捐，为战争提供物资保障；宗祠分派任务，为支援战争派夫派工。宗祠悉数捐出了自己的钱粮（旧时宗祠有自己的田产，用于宗祠活动与公益事业）。乡村的富裕人家，镇上的大小商贩，响应宗祠号召，慷慨解囊。宗祠及龙潭民众一共捐了多少钱粮、多少物资，出动了多少人力，至今也是未知数，没有人统计，也无法统计，更不需要统计，国家记得，历史记得，这就足够了。

硝烟散尽，功成人远。龙潭宗祠为龙潭抗战的胜利，做出了自己的贡献。

——解放大湘西，龙潭宗祠功不可没。1949 年 10 月 1 日，中华人民共和国宣告成立。在相距千万里之遥的大湘西，人民解放军用进军的

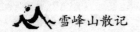

豪迈步伐，用嘹亮的冲锋号角，向新中国献礼。

大湘西山高林密，民风彪悍，匪患猖獗，社情复杂。国民党政权企图凭借这块土地，构筑负隅顽抗的"大本营"。但"青山遮不住，毕竟东流去"。1950年初，人民解放军第47军完成了在四川的作战任务之后，马不卸鞍，人不解甲，回师湘西，大规模的湘西剿匪迅速展开。百年匪患最终被彻底清除，千年湘西迎来了历史新纪元。

湘西剿匪无论在作战规模上，或战争的艰难程度上，都足以在战争史上留名。在此之前以及在这一过程之中，以陈策、谌鸿章为代表的共产党人，采用隐蔽或半公开的方式，策反地方民团，引导、掌控地方武装，并及时组建了由我党我军直接领导的湘西纵队。陈策、谌鸿章等人的地下活动，有相当一部分在龙潭的谌氏、向氏等宗祠里进行。这一时期的龙潭宗祠，扮演了辰溪、溆浦两县以及湘西共产党人开展地下斗争，配合解放军进军湘西的指挥部与联络站的"角色"。而早在1948年清明节前夕，龙潭向氏宗祠召集族人商议清明祭祖扫墓。在谌鸿章等人的支持与指导下，担任过溆浦县县长的向承祖借机征得族人同意，民间武装"雪峰部队"正式成立。

1949年4月，当人民解放军的进军号角在雪峰山下吹响时，雪峰部队在龙潭向氏宗祠宣布起义，正式编入由陈策等人组建、领导、隶属人民解放军第47军的湘西纵队。8月，湘西纵队陈策部与国民党暂编第2军张玉林部，在辰溪、溆浦、怀化（今中方）三县交界的罗子山展开激战。从龙潭向氏宗祠里走出来的雪峰部队，为激战中的湘西纵队送去大量急需物资。寡不敌众的湘西纵队撤出战斗后，在龙潭向氏等宗祠里隐蔽休整。

湘西解放了，湘西纵队改编，原雪峰部队改为沅陵军分区独立团，原湘西纵队一部改编为湘西军区直属大队。在尔后的湘西剿匪战斗中，他们与人民解放军第 47 军密切配合，为彻底肃清湘西百年匪患，不惧流血牺牲，英勇战斗。湘西的山水忘不了他们，共和国的历史忘不了他们，湘西的人民更忘不了他们。

从家族意识到家国情怀

宗祠是封建社会的历史产物，也是封建家族、宗族内部关系的产物。宗祠的出现，在于协调族人的内部关系，培育筑牢族人的认祖归宗意识，维护族人的共同权益。供奉在宗祠里的神灵和一代代先人的在天之灵，为这些作用的发挥提供了强大的道德伦理支撑。事实上，这里的神灵已经包括了历代先人，先人已经是神化了的先人。宗祠用神的意志和祖规族制，把族人的思想统一起来，把族人的言行规范起来，把族人的力量凝聚起来，实现家族、宗族的长盛不衰，是设立宗祠的初衷，也是古人治家、修身的举措。如果说家也是一个文化概念，那么这个初衷与举措，既是家族文化的核心内容，也是宗祠文化的核心内容。

从本质上看，红色文化与宗祠文化是对立的两种概念。但从封建时代一路走来的龙潭宗祠及宗祠文化，当初没有拒红色文化于大门之外，尔后没有与红色文化针尖对麦芒，而是共同把龙潭这块古老的土地点缀得五彩斑斓，生机盎然。

红色文化为什么能够被本质对立的龙潭宗祠及宗祠文化所接受、保护与传承，并给龙潭宗祠及宗祠文化以蓬勃的朝气和生机？促成这一格局形成的因素是多方面的，但其中的一个重要原因，就是龙潭宗祠及宗祠文化固有的家国情怀，这是红色文化能够走进龙潭宗祠，并成为宗祠文化重要组成部分的前提所在。换言之，龙潭宗祠之所以能够敞开大门，迎接先进文化与红色文化的到来，不惧违背妇女不得进入宗祠的

祖训，容许向警予利用宗祠开展劝学；不惧日本人的机枪大炮，尽其所能参与、支援对日作战；不惧国民党卷土重来秋后算账，迎接红军进宗祠休整，并在宗祠里开会发动群众打土豪，号召年轻人参加红军；不惧一旦泄密会付出巨大代价，长期为共产党人的地下斗争提供掩护，都是家国情怀使然。

家国情怀，即一个人对家与国所抱有的特殊情感。这种情感一旦确立，驱之不散，挥之不去，引导人自觉地捍卫家国尊严。当二者发生冲突时，置国于首位，先国后家，舍家为国。中华民族从来就是具有家国情怀的民族。"陟升皇之赫戏兮，忽临睨夫旧乡。仆夫悲余马怀兮，蜷局顾而不行。"这是屈原被放逐的思国情怀。"国破山河在，城春草木深。感时花溅泪，恨别鸟惊心。"这是杜甫处乱世的伤国情怀。"四十年来家国，三千里地山河""雕栏玉砌应犹在，只是朱颜改。"这是南唐李后主"归为臣虏"的亡国情怀。"商女不知亡国恨，隔江犹唱后庭花。"这是杜牧游秦淮的忧国情怀。"王师北定中原日，家祭无忘告乃翁。"这是陆游临终前的悲国情怀。"把我们的血肉，筑成我们新的长城"，则是近百年来中华民族与中国人民最为真挚、最为炽烈、最为激扬的爱国情怀。

家国情怀把家与国连在一起，有国才有家，有家不忘国。说到家国情怀，又不能不提及西汉名将霍去病："匈奴未灭，何以家为"；不能不能提及南宋名将岳飞："精忠报国""还我山河"。他们气贯长虹的铮铮誓言，是家国情怀最有境界的精准表达。在上下五千年的中华民族史上，无论是哪一姓人称帝，哪一民族立国，一脉相续的家国情怀从未褪色，更不变味，始终在民族的血液里沸腾，在国人的生命中激荡，直到今天。

龙潭宗祠，没有像屈原、杜甫、陆游等人那样的慷慨悲歌与痛心疾首，没有像霍去病、岳飞等人那样的山盟海誓与壮怀激烈，但有同样的情怀与血性，在光明与黑暗面前选择光明，在进步与倒退面前选择进步，在革命与反动面前选择革命。在某种意义上，没有家国情怀，可以有龙潭宗祠，但不一定有龙潭宗祠文化，即便有，也不一定会像今天这样充满魅力与活力。

——家国情怀烙刻在郡望、堂号上。龙潭立宗祠的氏族并非土著，先辈千里迢迢，迁至此地，由客居到定居，成为永久居民。在交通信息不发达的年代里，离乡之人，哪一个不是系了满满的一怀乡愁？电视剧《西游记》里的唐太宗从地上抓起一把泥土，撒入酒杯递给唐僧，嘱道："宁念家乡一捻土，莫恋他国万两金！"表达的正是乡愁不可淡忘。唐僧师徒带着经书返回长安去了。他们毕竟是西天取经，不是西天谋生。而龙潭的先人们跋山涉水，历尽千辛万苦，为生存而来。从离乡背井的那一刻起，或许就已经预料到了一去不还。久而久之，尤其是延至数代以后，既不可能也无必要返回故里，返回也未必适应，故乡也不一定好过异乡。"青山处处埋忠骨""天涯何处无芳草"。安身立命，才是正道。

故乡回不去了，也不必回了。但是，那个地方不能忘了，因为那是祖先的埋骨之地，生命的根系在那里，没有那个地方，就没有一脉相承的氏族延续，就没有一宗一族、一家一户的生生不息，建宗祠的原始动因或许正源于此。为了使子孙不忘故土，他们把郡望或堂号刻于宗祠正门之上，以表达对故土的怀念。如姜氏宗祠郡望天水、张氏宗祠郡望清河、堂号百忍，王氏宗祠郡望太原、堂号三槐，谌氏宗祠郡望谯阳，向氏宗祠郡望河内，韩氏宗祠郡望南阳，等等。刻郡望与堂号于宗祠正门，既是对祖先在天之灵的告慰，也是对后人思乡之愁的抚慰，更是提醒后人不要忘了桑梓，忘了先人。因为郡望与堂号凝聚着祖先的人生，他们的功名业绩、聪明才智、德行操守，既是后世子孙为人处世的榜样

与标杆，也是郡望、堂号永不褪色的光环所在，用郡望、堂号把后世子孙凝聚在一起，召唤、激励子孙壮大基业，光耀门庭，为氏族增光。

郡望与堂号的本质意义是相同的，郡望表明的是族氏起源，祖籍何处；堂号表明的是源流世系，区分同一姓氏的不同族属与支派，两者共同作用于延续、弘扬家族文化，培养、夯实家族意识。家国情怀是从家族意识开始的。从一家到一族，从一家族到一宗族，从一宗族到一氏族，从迁徙到定居，从故乡到异土，时空的放大与延伸，概念也在扩展、充实与升华，最后归结为"家国"二字。人的乡土意识也在这一过程中随之放大与成熟起来。而当这种意识放大、上升为一种精神境界时，其结果就是家国情怀的产生与形成。家与国转化为一种情怀，家在何处已经不是特别重要，重要的是国在何处。如歌曲唱到的那样："我们都有一个家，名字叫中国。"国由抽象变具体，家由具体变抽象。

龙潭宗祠把郡望、堂号刻于正门之上，凝聚的是遥远的乡愁，涌动的是在乡愁背后的情怀。这情怀，既源于遥远的祖籍老家，也源于身旁的现实之家。而只有国，才能够实现老家与新家、大家与小家的无缝连接，这是家国情怀赖以产生的土壤和存续的前提。

——家国情怀体现在对英雄、先贤的崇敬里。在龙潭所有的宗祠里，体现家国情怀的英雄与先贤济济一堂，周文王访贤、姜子牙垂钓、苏武牧羊、桃园三结义、花木兰从军、范仲淹戍边、杨家将征辽、穆桂英挂帅、岳飞抗金，等等，他们不论是雕塑或是泥塑彩绘，都被刻画得栩栩如生，表现得惟妙惟肖，让人过目不忘。这些英雄与先贤，是古人家国情怀的典范，体现了国大于家、国高于家、国重于家的理想与信念，支撑起中华五千年的精神世界，造就了中华民族的铮铮铁骨和崇高气节。他们的故事老百姓喜闻乐道，常听常新；他们的精神哺育了一辈辈中华儿女，造就了一代代志士仁人。站在宗祠的角度上，这些历史人物是国家、民族层面上的，为天下中华儿女、为中华民族所共有。这是第一个层面。

第二个层面是本姓氏的。如张氏宗祠里有佐刘邦立汉的留侯张良，有持节出使西域的博望侯张骞，有助刘备争天下的桓侯张飞；韩氏宗祠里有打败项羽的淮阴侯韩信；有创一代文体、开一代文风的"唐宋八大家"之一的韩愈；有力抗西夏与金的宋代名将韩世忠，等等。宗祠里的这些英雄、先贤，或以武安邦，或以文治国，有功劳于国家，造福祉于民众，流美誉于后世，增光添彩于姓氏。这一层面上的英雄与先贤，是同姓人共同的荣耀，构成同姓人共同的情怀基因，是姓氏的骄傲与自豪。

第三个层面上是本宗族的。这一层面的人物，既有古代的，也有近、现代的，甚至还有当代的；有从政从军的，也有教书育人的；有科研领域的领军者，也有实业界的成功者，而尤以近、现代居多。如谌氏宗祠的谌鸿章、谌志锦等。向氏宗祠从向警予、向达、向仲华到向承祖，到本宗的其他革命先烈以及先进模范人物，到当今在全国各地各个领域具有一定影响的本宗族儿女。总之，凡是族人认为给本族带来了荣誉的人，都会在祠堂名人榜上与家谱名人栏里留名。向氏宗祠里群星灿烂，谌氏、张氏、王氏、吴氏、唐氏、夏氏、韩氏等宗祠同样群英荟萃，风流尽显。

国家有国家的英雄与先贤，家族有家族的英雄与先贤。唐太宗刻开国二十四功臣肖像于凌烟阁上，历代史家把英雄与先贤记入文字，宗祠把本宗族的显赫人物刻在宗祠墙壁上，写进族谱里，目的和意义是相同的，即鼓励后人效仿前人，继前人之志，续前人之业。

——家国情怀体现在族规族训里。宗祠是族人的宗祠，是族人的大家庭，制定族规，宣示族训，既是家国情怀的宗族、家族式表达，也是宗祠存续与作用发挥的客观需要。

族规，即一族之规。族训，即一族之训。"规"由族人制定并一致通过，约束规范族人言行，是族人共同的行为准则，强制性的，必须遵守，违规必惩。"训"多有出自某一时期本族一德高望重的先人，他的为人处世理念被后世族人认可与接受，奉为祖训或家训，也称遗训。训的作用在于对族人的引导与教化，是族人共同的思想指导原则与操守行为标准，不具备强制性，违训给予道德谴责。

族规族训是家规家训在适用范围上的扩大化，没有本质区别，有的甚至就是原封不动地移植。为便于叙述，概用族规族训称之。

族规族训是一定历史条件下的产物，既体现社会不同发展阶段的意识形态，又体现不同时期的家族文化。人与社会的文明进化过程，在宏观层面上是相同的，从野蛮到文明，从愚昧到开化，从落后到进步，从石器时代到铁器时代，从渔猎采集到刀耕火种，从刀耕火种到机械化生产，先后经历了原始公社、氏族部落、奴隶制社会、封建制社会，以及近、现代不同政治属性的社会制度与国家形态。但是，不同的氏族与族群基于各自生存发展环境差异，进化的过程与方式在微观层面上又是不相同的，于是就有了不同的历史人文，不同的宗教信仰，不同的生活习俗，不同的审美取向，即便是在现代当代文明社会，个体成长环境与受教育程度的差异性，也同样决定了人的思维方式、处世原则、行事风格的多样性与多元化。而家是群体生活模式，族是更大的群体生活模式，国是超大型群体生活模式。带着个性化差异的人生活在同一个模式里，不同利益诉求下的磕绊碰撞，甚至权益纷争在所难免，这就会影响、制约模式的正常运行，甚至威胁、动摇模式的存在与延续。国有国法，家有家规。国法家规建立在这一基础之上，族规族训也同样建立在内容相同的基础之上。

宗祠文化的核心一为"耕读传家""清白家声"；二为"修身、齐家、治国、平天下"。家国情怀，是这两种理念融合上升形成的精神境界。

龙潭宗祠，既继承、延续"耕读传家"与"清白家声"以及"修身、齐家、治国、平天下"的传统文化理念，又吸收当今的家国文化理念，是农耕文化的现代版。唐氏《家训》："国法就是家法，法规就是家规"；张氏《祖训》："爱国家以忠，重耕读励志"；谌氏《家训》："凡有产必赋税，须先留输纳之费"；向氏《家训》："急国税，戒争讼"，等等。在这些族规族训里，国家是放在第一位的，折射出龙潭宗祠"天下兴亡，匹夫有责"的社会担当意识。"渭滨渔翁志，天水虎将威。"姜氏宗祠以先人姜尚、姜维为族人楷模，弘扬"爱国是灵魂，报国是天职"的家国理念。

族规族训对于族人的规范、约束与教化，重在"修身"。张氏《族规》规定："勿薄亲友、勿略长辈、勿乱伦纪、勿好游荡、勿悭小利、勿染恶习、勿听绯闻。"向氏《族规》明定十一个"不准"：即不准"忤逆父母轻慢长者、以强压弱以众凌寡、盗卖骨肉伤害风化、天伦倒配败坏风纪、异骨承祀紊乱宗支、压抑青优阻碍上进、招摇撞骗为盗为匪、挑拨怂恿滋生讼端、借事行凶敲诈勒索、牟取暴利非法损人、偷税漏税借公肥私。"涉及个人修身的方方面面，都在不准之列。谌氏《家训》奉行"洒落保心、谦退保身、安详处事"的处世哲学。至于尊老爱幼、睦邻和亲、济穷扶困、向学尚勤、持俭戒奢等为人处世的常识理念，所有宗祠皆然。龙潭籍作家韩生学先生认为：龙潭人遵循"以人为本""以孝为先""以和为贵""以学为荣""以礼待人"的文化秉性。我赞同他的说法，但还应加上"以家为根，以国为上"，这是龙潭宗祠族规族训的最高境界，也显得更加准确与全面。

传统农耕文化中的家国情怀，给了国人奉行几千年的"耕读传家"与"清白家声"的持家修身之道，造就了一代又一代"齐家、治国、平

天下"的仁人志士。龙潭宗祠正是源于对家国情怀的坚守与弘扬,向警予宗祠传播先进文化,红军长征以宗祠为临时营地,支援对日作战全力以赴,为阵亡将士设立灵位供奉,长期为共产党人地下斗争提供掩护,支援湘西纵队与张玉林匪部作战,这一系列发生在龙潭宗祠的历史事件,都源于宗祠及宗祠文化中的家国情怀。是家国情怀让龙潭宗祠在历史重大转折关头,没有迷失方向,没有畏缩犹豫,更没有逃避退却,为龙潭宗祠和宗祠文化书写了新的篇章。

龙潭宗祠的与时俱进

宗祠客观上是封建宗法制度和封建迷信的象征,是神及先人亡灵栖身的地方。几千年的封建制度被推翻之后,拆的拆了,倒的倒了,但也有部分宗祠被保留下来。保留下来的宗祠在 20 世纪五六十年代,有的改作学校,教书育人;有的改为农村基层组织的办公之用;还有的改作集体仓库或乡镇供销合作社、粮站等经营场所。像我这个年龄的一代出生于农村的城市中人,几乎都有过宗祠里读书的经历,宗祠让我们记忆犹新。

龙潭山明水秀,古风扑面。经历了几百年日晒雨淋、风吹霜打的龙潭宗祠,见证、分享了这块土地上的古往今来,为这块土地今天的繁荣昌盛,继续发挥着应有的作用,彰显其存在的现实意义与价值。

——革命传统教育与爱国主义教育基地的承担者。从五四运动前后的新文化传播,到第一次、第二次国内革命战争,到抗日战争,到解放战争,到和平建设与改革开放,龙潭宗祠留下了不同时期的历史烙印。尤其是珍藏在宗祠里的红色文化,加上分布在龙潭周边的抗日旧战场,如红岩岭、鹰形山、青山界以及弓形山抗日阵亡将士陵园,可以大言不惭地说，龙潭就是一处完整的革命传统教育与爱国主义教育的重要基地，就是一座争取民族独立、人民解放的革命斗争历史博物馆。向警予、贺龙、任弼时、萧克、王震、向仲华、陈策、谌鸿章等革命前辈，以及各个时期在龙潭这块土地上奋斗牺牲的革命先烈；王耀武、李天霞、周志道等指挥龙潭对日作战的国民党将官，以及阵亡于此役的将士；向承祖、姜定耀、谌志锦等深明大义的民主进步人士，他们的肖像悬挂在龙潭的宗祠里，他们的英名烙刻在龙潭的记忆里，他们的精神融化在龙潭人的血液里，他们的业绩书写在我们今天为之奋斗的伟大事业里。当地群众，尤其青少年，从来就没有中断过宗祠里参观红色文物，陵园里凭吊先辈英灵，旧战场上缅怀抗日英烈。来龙潭考察的专家学者与游客，走进龙潭宗祠是他们的必选之项。

——美丽乡村建设的参与者。进入中国特色社会主义建设新时期，龙潭宗祠紧跟时代步伐，发挥自身凝聚力强、号召力大等传统优势，积极参与美丽乡村建设，参与扶贫攻坚。虽然现在的宗祠不像过去有自己的田产收入，但宗祠是族人的宗祠，众人划桨开大船，众人拾柴火焰高。宗祠鼓励族人乐善好施，倡导氏族名流贤达、成功人士以及有经济能力的族人捐赠资助。这些收入一部分延续旧规旧制，满足宗祠本身的必要开支，大部分则用于公益事业，用于族内贫困户的脱贫致富，用于天灾人祸引发的特殊困难救助，用于资助本族子弟上学或奖励本族子弟升学。向氏、谌氏等宗祠设立专项基金，帮助族内家庭困难的子弟完成学业。

龙潭地处雪峰山旅游景区的核心地带，随着雪峰山旅游的兴起，作为重要人文景观的龙潭宗祠，不仅吸引了大批游客远道而来，拉动当地消费增长，并且以其底蕴深厚的宗祠文化，带动龙潭的新人文与基础设施建设。如配合社会主义核心价值观学习，宗祠开展"尊老敬老模范人

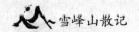

物"评选，表彰奖励那些给父母、给老人以人文关怀的年轻人，表彰奖励"尊老爱幼、夫唱妇随，邻里和睦"的模范家庭，让推进新时期的文明与进步成为每家每户每个族人的自觉行为。配合当地城镇建设规划，为龙潭的绕城公路、地下排水设施、沿河风光带以及其他基础设施建设征地用工，深入族众做工作，推动这些事关族人福祉、事关当地国计民生的重大项目加快落实，加速开发。

——优秀传统文化的保护者与传播者。历代先人创造的优秀传统文化，是后人宝贵的精神财富。保护好、传承好优秀传统文化，就是保护民族之根，传承民族之魂。龙潭宗祠历史悠久，传统文化博大精深，宗祠把继承与传播的重任自觉地扛在肩上，不忘初心，一如既往。

宗祠是安放先人灵位的地方，神话与传说、故事与掌故，或许就是先人的最好陪伴。在龙潭宗祠里，逍遥飘逸的"八仙过海"、聪明睿智的"曹冲称象"、人伦纲常的"二十四孝图"、愚昧可笑的"刻舟求剑"、大吉大利的"三羊开泰"、松鹤延年的美好祈盼、武松打虎的英雄壮举、负荆请罪的将相之和、岳母刺字的教子之道等历史人物与典籍掌故，或以雕刻，或以泥塑，或以彩绘，在一代代族人心中潜移默化，润物无声。假若没有这些，宗祠也许就没有了神圣感。没有神圣感的宗祠一定是缺少文化底蕴的，既不厚重，更缺品位。这大概是神话传说与故事掌故大量出现在宗祠里的原因所在。

宗祠是族人的娱乐场所。在文化生活相对简单的年代，看一场戏就是享受一顿文化大餐，人们争先恐后。龙潭的每座宗祠，都建有颇具规模的戏台。沅水流域盛行的辰河高腔是龙潭宗祠戏台上的保留剧种，古往今来，天上地下，将出相入，才子佳人，聚散离合，沉浮跌宕，世俗百态，台上人间万象，台下悲喜交加，感同身受。带有龙潭地方特色的木脑壳戏、花灯戏、渔鼓、三棒鼓等民间演唱形式，也时常在宗祠戏台上演，虽然十足的"下里巴人"，但老百姓百看不厌。以宗祠为单位的龙灯文化表演，更是龙潭宗祠文化的一大特色。长龙、草把龙、板凳龙神形兼备，舞出了龙潭人的不老风情；蚕灯、喔喝灯、故事灯、鹅颈灯五彩斑斓，点亮了龙潭人的无穷智慧。这些龙与灯为不同姓氏专有，如蚕灯来自张氏宗祠，为张姓人的族灯；喔喝灯来自唐氏宗祠，为唐姓人的族灯；鹅颈灯来自向氏宗祠，为向姓人的族灯；高把灯来自谌氏宗祠，为谌姓人的族灯。一祠一姓，一姓一灯，世代沿袭。张氏、韩氏、谌氏、姜氏等宗祠还运用现代音乐表现手法，以固有的传统艺术形式为基调，加入新的时代元素，创作出宗祠或姓氏之歌，为优秀传统文化的保护与传承，摸索新方法，开辟新途径。

　　宗祠是历史人文的凝聚与物化。历史人文的一项重要内容是礼仪。礼仪就是待人之道。走进龙潭宗祠，面对历代先人灵位，不讲礼仪有辱先人的在天之灵。礼仪更体现在日常生活里，体现在人的一举一动之中，口传心授，恪守遵行。如在宗祠里就餐，四四方方的八仙桌，两人一张的长条木板凳，按照宾客主从、辈分高低、年龄大小，各居其位；执壶、劝酒、劝菜，各司其职。虽然有些繁文缛节，却包含了彬彬有礼的谦谦古君子之风。席间最让人感动的是礼赞，由一人高声朗吟现编的赞美颂扬之词，众人以"好嘎"和之。如：

　　领：祠堂大门开啊，

　　众：好嘎！

　　领：今有贵人来啦，

　　众：好嘎！

　　……

欢乐祥和的气氛被渲染到了极致，即便是复杂的人际关系或邻里纠纷，也因这一声声"好嘎"，冰释前嫌，和好如初。

龙潭宗祠集优秀传统文化之大成，涵盖了方方面面，既是龙潭的民风民俗，也是龙潭的文化瑰宝与艺术奇葩。

结束语

进入新的历史时期，龙潭宗祠以开放的姿态，像当年一样敞开大门，迎接新的文化理念，大力宣传党和国家的方针、政策，宣传中国特色社会主义新时代的新思想、新理念，劝导族人坚定不移地走中国特色社会主义道路，努力建设具有中国特色的社会主义新农村。花灯戏剧团自编自导了一系列歌颂党的十九大精神、宣传国家扶贫攻坚战略、宣传雪峰山旅游开发的花灯戏和三棒鼓等演唱节目，在景区景点和周边乡村巡回演出，受到广大群众以及游客的一致好评，极大地增强了龙潭人的文化自信。

龙潭宗祠的红色文化，之所以没有因为时代的变化，没有因为社会生活某些方面、某个时候存在的物欲横流与纸醉金迷，更没有因为不同文化理念的冲击，被边远，甚至被遗忘，宗祠发挥了不可替代的传承与传播作用。

站在龙潭的土地上，只有三个词组在我的眼前反复交替：

龙潭宗祠，家国情怀，红色文化。

2018年，《雪峰文化》决定出一期溆浦龙潭宗祠文化专刊，笔者负责龙潭宗祠的红色文化介绍，故有此文。在本文不同的语境里，既使用"大湘西"，也使用"湘西"。但无论是"大湘西"或"湘西"，其含义都是指地理概念上的湖南西部。使用"湘西"一词,主要源于约定俗成以及历史形成的特定词汇,如"湘西剿匪",并非行政区划概念上的湘西。本书所有篇章的"湘西"一词与之相同。

主要参考文献:

□谌许业:《龙潭谌氏宗祠的文化自信》。雪峰文化研究会主编,《雪峰文化》2018年增刊,总第十七期。

□杨帆:《龙潭宗祠文化考察——谌氏家训的现实意义》。雪峰文化研究会主编,《雪峰文化》2018年增刊,总第十七期。

□孙克:《龙潭宗祠群概述》,雪峰文化研究会主编,《雪峰文化》2018年增刊,总第十七期。

□韩生学:《向文化致敬——走进龙潭韩氏宗祠》,雪峰文化研究会主编,:《雪峰文化》2018年增刊,总第十七期。

□邓宏顺:《铁血湘西》,作家出版社,2015年版。

□雪峰文化研究会民俗分会、文化龙潭研究会:《向家冲,中国一个秀美的红色村落》。

□文化龙潭研究会:《文化龙潭》,中国文联出版社2014年版。

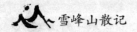

四月艳阳天

——龙潭战役旧址纪事

纪念抗日战争胜利七十周年。为国捐躯的英烈们永垂不朽！

——题记

农历四月，立夏已过。爽爽的风，吹散了迷蒙烟雨，吹走了桃红柳绿。"漠漠水田飞白鹭，阴阴夏木啭黄鹂。"时值莺飞草长的夏天，我徜徉在龙潭的土地上。

雪峰山下的溆浦龙潭，一块曾经硝烟滚滚、杀声四起的土地。半个多世纪过去之后的今天，醉人的田园风光与乡村风情，浓墨重彩地替代了曾经的岁月烽火，和平的阳光照耀这方山山水水。

我是第一次踏上这块近在咫尺的英雄土地，除了绿水青山让我为之如痴如醉之外，还有一种别样的情怀从心底油然升起。

龙潭，大县溆浦的大镇、重镇、名镇。近十万人口，270多平方公里土地，汉、瑶、苗等多民族杂居。这里，有相传诸葛亮平"南蛮"筑的城堡遗址，有历数百年人间风雨的古村老宅以及众多保存完好的氏族宗祠和其他文物古迹，真实地记录了龙潭在漫长的历史变迁中，有过的繁荣与兴衰、辉煌与落寞。

或许是造物主的宠爱与恩赐，龙潭自古以来，人杰地灵，富甲一方，"担不尽的龙潭"与"铁打的龙潭"民间流传已久。也正是因为其取之不尽的物质财富，加上四面环山、海拔过千的奇峰险岭造就的地理环境，距周边市、县都在100公里左右，于是成了一方客商云集、物资聚散的经贸重地。用现在的话说，那就是一座物流中心。这种景象延续至今，赶集之日，镇上车水马龙，熙熙攘攘，一家挨着一家的商场、超市以及大店小铺，商品琳琅满目，顾客你来他往，市声不绝于耳。龙潭，一座连接湘中与湘西的大商埠，一座湘西通向山外大世界的大码

（谌晓荣　摄）

127

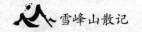

头。繁荣的物流商贸，推动着龙潭一路高歌，直到今天。

财富与交通，不仅是商贸的追逐与向往，也是政治与军事的梦寐以求。因为"普天之下，莫非王土；率土之滨，莫非王臣"。

宋代，我国封建文明重心南移。扼隆回、掣洞口、倚溆浦、控黔阳（今洪江市）的龙潭，出现了带有军事色彩的官方建制——堡。堡，即城堡，彰显的是军事意义与战略地位，龙潭从此走上了王化轨道。

历史走进大元，巡检司出现在这块土地上。巡检司为元、明、清三朝县下的基层组织，在行政建制序列上相当于现在的乡（镇），功能以军事为主。明依元制，但在保留原有军事功能的基础上，新增行政职能，巡检司正式肩负起地方事务管理之职。晚清人口增加，县不增设，巡检司终于时来运转，地位上升到仅次于县衙，相当20世纪80年代改革开放以前县下的区，甚至还要高出半格，即副县，司的主官巡检使多为县丞或与县丞同级。龙潭，就这样一步一步地跻身于大镇、重镇、名镇行列，成了大湘西一张只增辉、不褪色的名片，在岁月的起伏跌宕中流光溢彩。

"山不在高，有仙则名；水不在深，有龙则灵。"龙潭有山，环绕四周，海拔过千。但是，我没有听说哪一座大山上有过名震远近的名刹古寺，哪一条大川里有过香客盈门的道观庵院，可见龙潭不是仙境，没有神仙居住。但龙潭有"龙"，是民间传说，也是不争的事实。

有龙必先有水，有水才可能有潭，有潭才留得住龙。龙、水、潭三位一体，龙潭因此而得名。当地百姓一直相信龙潭河里有龙。春夏之交，山洪暴发，浊浪滔滔，那就是龙在翻身，龙在闹江。

龙潭河也称一都河，为溆水上游。它载着雪峰山的轩昂气宇，载着龙潭的物华天宝，流走了多少春夏秋冬，淌过了人世间的多少悲欢离合，也掀起过不少惊涛骇浪，更珍藏了几多丰年留客与渔歌唱晚。但无论是满河桃花春汛，或是半河秋水涟漪，最让龙潭引以为豪的，还是那部用鲜血书写的英雄史诗，还是那曲用生命奏响的辉煌乐章。

踏着抗日阵亡将士陵园的一级级台阶，在夹道的绿荫下缓步前行。时光，似乎回溯倒流，我不是走在今天，走向未来，而是走向昨天，走向半个多世纪前的硝烟烽火，走向曾经杀声四起的枪林弹雨。

1945 年 4 月，雪峰山照样桃红柳绿，龙潭河照样流水欢歌，田野上照样莺歌燕舞。中国人民的抗日战争进入了第十四个年头。是偶然，抑或必然？正面战场具有决定性意义的关键一战，降临在雪峰山下的龙潭。由于战争发生在雪峰山区，史称"雪峰山会战"，又因为雪峰山在地理概念上属于湘西，也称"湘西会战"，还因为敌我双方围绕芷江机场展开夺与守，又称"芷江保卫战"。商风盛行、土肥水美的龙潭，就这样别无选择地走到了战争的最前沿。或许这是不幸的，秀美的龙潭山水遭受了太多的炮轰枪击；或许这是有幸的，龙潭以自己的血肉之躯，铸就了中华民族抵御外来侵略的历史丰碑。

大湘西以神秘与神奇闻名于世，雪峰山号称"天险"由来已久。抗战十四年，日本人占领了大半个中国，但打到雪峰山下，就力不从心了，成了强弩之末。我军虽然败多胜少，但抗战锐气丝毫不减，因为有曙光在前，有胜利在望。然而，困兽犹斗，日本侵略者不会轻易放下屠刀，立地成佛。由于异想天开，必然会志在必得，即便是败局已定，也要做一番垂死挣扎。日军取道龙潭，意在占领湘西，威逼重庆。这是其战略意图。要实现这一战略意图，必须扫除隐蔽在雪峰山下的芷江机场，这是其战役目标。

芷江机场，也称盟国远东第二大机场，它是对日作战的后方重要军事基地。中国空军驻场作战，苏联空军也曾驻场协助对日作战。最让日本人大伤脑筋的是美国第十四航空大队（即陈纳德创建的飞虎队）进驻

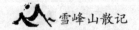

芷江，机场如虎添翼，不仅承担起滇缅公路国际援华抗战物资运输的空中支援，而且还承担了对日在华军事基地以及日本本土的远程战略轰炸。不拔掉这颗钉子，侵华日军的战略意图就无法实现。而龙潭则是通往芷江的重要通道，翻过雪峰山，经安江过榆树湾直抵芷江，或由龙潭经黄茅园到新路河抵榆树湾到芷江，全程都不过一百多公里。特殊的地理位置，龙潭想不打这一仗都办不到了。

龙潭之战，1945 年 4 月 17 日正式打响，历时二十八天。日军三个联队（109、133、120）除少量逃脱外，悉数被歼，中国完胜，日本完败。

龙潭之战既是雪峰山会战中打得最为漂亮的歼灭战，也是抗日战争正面战场敌攻我守的最后一役。此役之后，日军再也无力向中国军队发起攻击，中国军队则由被动防御、被迫抵抗，转入主动出击、全面进攻。

奔流不息的龙潭河，时而碧波荡漾，时而浪涛拍岸，时而如蛟龙长吟，时而又风平浪静。与长江、黄河相比，你不过是一条小溪；与湘西的"母亲河"沅江相比，你也只是它众多的二级支流之一。在中国广袤的土地上，侵华日军曾跨过多少大江长河，曾蹚过多少激流险滩，但面对龙潭河却一筹莫展，始终跨不过那一步之遥。二十八个日日夜夜，地上杀声四起，天上战机轰鸣。鹰形山上的最后一枪，中日双方精心准备的雪峰山会战刚一拉开序幕，就不用再打了，日军夺取芷江机场的企图彻底破产。两个月后，日本宣布无条件投降，抗日战争胜利结束。

英烈墓前，艳阳高照。面对长眠在弓形山上的七百多名阵亡将士的英灵，回首包括东北抗战在内的十四年对日作战，有过多少惊心动魄与气壮山河，有过多少感天动地与可歌可泣，也有过不少痛心疾首的溃不成军与弃城失地。而今这一切，都已随风远去，又似乎从未远离。同卢沟桥、淞沪、南京、武汉等声势浩大的保卫战相比，龙潭之战既非排山倒海，也非摧枯拉朽，战争的规模小得多。但是，那一场又一场保卫战没有保住华北、保住上海、保住南京、保住武汉，反而丢盔弃甲，先胜后败的恶性循环重复了一次又一次。即便是台儿庄、平型关、百团大战等重大战役，赢得了战役上的胜利，却未能扭转敌攻我守的战略态势。唯有龙潭一战，中华民族扬眉吐气，百年历史载歌载舞。

20世纪80年代，一批白发苍苍的日本侵华老兵回访龙潭，旧地重游。面对雪峰山，面对龙潭河，面对曾经让他们陷入噩梦的龙潭，禁不住老泪纵横。在这块土地上，他们昔日的威风再也找不到了。死里逃生的他们，一串老泪为谁而流？没人知道。或许是在寻觅与困惑中反省，或许是在执迷不悟中招魂。作为亲历这场战争的日本军人，他们忘不了龙潭，忘不了这块在他们的军事教科书上，一直坐不改名、行不改姓的中国土地。

"成师已出，誓死不还，杀寇如草，曾不闻声。寇血既沥，我尸已横……"

阅读钱基博先生撰写的这一行行碑文，沉寂的枪声犹在耳畔，远去的悲壮恍然如昨。龙潭之战，打得最艰苦的是鹰形山与青山界之战。弓形山陵园长眠的英灵，大墓里珍藏的骨骸，碑文铭刻的战况，就是鹰形山之战的真实写照。

鹰形山，标高1450米，龙潭镇近在咫尺，它与牛形山一起，卡住从隆回去芷江的咽喉要道。日军109联队一部抢先占领了这一高地，我军发起一次次冲锋，日军一次次反扑，山头几易其主。担任主攻的某部七连120多名官兵，打得只剩下7人。连长负伤，营长顶上，又一次把日军从前峰打到后峰。芷江机场出动战机，炮弹雨点般地倾泻在鹰形山上。鹰形山被削掉了整整两米，找不到一根青草，看不到一片绿叶，直到战后很长一段时间内，也没有长出一抹绿色，子弹壳至今也没有捡完。战后，鹰形山改名为"英雄山"。

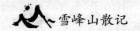

鹰形山，你无愧于这一称号。

日本老兵驻足英雄山前，禁不住感慨几许。一老兵回忆当年战况：一个排刚冲到山脚下，来不及过河，就被对面山上的中国军队撂倒了一部分，剩下的冒着弹雨过河，冲到对面山脚下，一排枪弹，仅两人幸免。他们在中国的土地上，曾经有过如踏入无人之境的兴奋，但到了龙潭这区区弹丸之地，怎么也打不出昔日的得意扬扬。也许是他们的无知与自负，忽略了脚下的这块土地，那是充满血性的大湘西；轻视了面前的这座高山，那是号称"天险"的雪峰山。同他们殊死鏖战的除了英勇顽强的中国军队，还有自古以来就疾恶如仇的龙潭民众。时任龙潭乡长谌祖镜临危受命，指挥周边三乡民众武装，与军队并肩作战。小黄沙村"抗日军民合作队"一百多青壮武装护村参战，全村没有一人外逃。瑶族猎人抄起鸟铳，千担洞一战歼敌上百，打得日军心惊胆战。被迫为日军送饭菜的村民吴文成半道上突然抄起扁担，押送他的日本兵立刻脑袋开花；村民吴老八把一个日本鬼子掐死在地；一日本兵赶走村民吴文旺的肥猪，吴一梭镖就把他送上了西天，猪得救了；村民吴文善、吴世水被迫为鬼子抬伤员，走到地势险要处一声"把这家伙甩了"，担架和伤兵一起滚下山崖；一负伤鬼子强迫村民吴文侃背他过河，走到一座桥上时吴双肩轻轻一抖，鬼子落入洪水，喂了鱼虾。至于为自己的军队当向导、送弹药、做饭菜、抬伤员，那是义不容辞。这就是大敌当前的血性湘西、血性龙潭和血性的龙潭儿女。什么叫人民战争与全民抗战？这就是人民战争与全民抗战。这样的人民，这样的战争，日本老兵无论当初或现在，都是无法理解的。他们把惨败的原因，归结于地名"大黄沙"与"小黄沙"的不吉利，拿迷信为战败开脱，表现了他们的无知与自负，但也暗藏玄机。因为日军的暴行惹得天怒人怨，到了这雪峰山下、龙潭河畔，"大皇"要"杀"，"小皇"也要"杀"。失败者的愚昧，在日本军人心中也是根深蒂固的存在。

一寸山河一寸血。多少年轻的生命倒下了，多少青春的面容消失嘞，换来的却是百年历史的重新改写，唤醒的却是中华民族的绝地奋起。从 1840 年开始，整整一百年，中国民族何曾有过扬眉吐气的时候？华夏山河何曾有过风和日丽的日子？战争打了一场又一场，对手换了一个又一个，而我们却始终没有以胜利者的姿态，接受历史的表彰与嘉奖。是龙潭之战终结了百年败军之辱，雪洗了辱权丧国之耻。1895 年清帝国北洋水师全军覆没，1945 年日本天皇宣告投降。天地轮回，胜败异位，要说短暂，已是半个世纪；要说漫长，屈指五十春秋。

"浩气门"前存浩气，"警钟壁"上鸣警钟。

往事如烟，今非昔比。龙潭这块先烈流血牺牲的英雄土地，如今风光新美如画，风情如诗如歌。陵园已经被列为省、市、县文物保护单位和爱国主义教育基地。英烈们的英雄壮举体现的是崇高的国家情怀，弘扬的是高昂的民族气节。这样的情怀与气节，属于民族，属于国家；属于过去，属于今天，更属于未来。而龙潭，永远是他们的故乡，故乡永远铭记着他们，国家和民族永远铭记着他们。

"当年鏖战急，弹洞前村壁。装点此关山，今朝更好看。"

龙潭，一方秀美的山水，一块富饶的土地，一曲英雄的赞歌，一座历史的丰碑。

原载《怀化日报》。2016 年收入由作家出版社出版的《雪峰山散文集》。收入本书依《雪峰山散文集》。内容略有删减，文字重新做了校订。

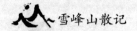

龙吟青山

　　从龙潭盆地起步，宽敞的柏油马路左拐右转，盘旋而上，直抵青山、白云、蓝天连接处。那里，就是龙庄湾，一个龙吟青山、虎啸丛林的地方。

　　龙庄湾很高，群峰昂立，最低处海拔 1120 米，最高峰凉风界海拔1614 米。山下烈日炎炎，山上清风习习，天然的清凉世界。站在龙庄湾的山顶之上朝下看，"担不尽的龙潭"也就脸盆那么大个地方了，车如蝼蚁，人无踪影，高楼大厦既像是小小的火柴盒子，又像是儿童的积木玩具，横七竖八地堆了一地。

　　龙庄湾距溆浦县城百余公里，人口不到全县的百分之一。

　　"天意怜幽草""造化钟神秀"。看不上眼的弹丸之地，鲜为人知的穷乡僻壤，往往是藏龙卧虎之地，常常有奇迹发生。龙庄湾起伏跌宕的奇峰险岭，既是龙潭的天然屏障，更是拱卫溆浦的"南大门"。独特的地理位置，造就了龙庄湾的虎踞龙盘，关雄隘险。慈禧太后、日本军人，甚至近代历史，都对这个名不见经传的地方有过刮目相看。

鹅形山，一座高不过几十米的小土岗，青松挺拔，芳草萋萋。清末正一品建威将军张德朝和他诰封五品衔的弟弟，同葬于此。

张德朝，生于清道光二十年（1840）。这一年，鸦片战争爆发，中华民族的百年耻辱从此开始。当时的龙庄湾，既听不到远在东南沿海的隆隆炮声，也闻不到鸦片味十足的战场硝烟。但是，山河破碎、丧权辱国的奇耻大辱，让包括龙庄湾人在内的中华儿女为之痛心疾首，奔走呼号。

时势造就英雄，英雄顺应时势。出身寒门的张德朝，或许从记事的那一天起，丧国之耻就烙在他的心灵深处。他从小习武，一对近一百斤重的石锤舞得虎虎生风，一身轻功飞檐走壁，如履平地。稍长，投身曾国藩创建的湘军，从兵勇到百总再到千总，迅速成为一名下级军官。

1900年，八国联军兵临城下。慈禧太后垂垂老矣，带着光绪皇帝及皇室成员"仓皇北顾"，一路向西。联军一路追杀，慈禧一筹莫展，担心老命难以保全。危难之际，张德朝率领由1000多名湖湘健儿组成的"劲字营"，于河北宣化阻击退敌。慈禧太后那颗破碎的心不再七上八下了，生死未卜的光绪皇帝及皇室成员化险为夷了。病入膏肓的大清帝国死里逃生，躲过一劫。

慈禧太后召见张德朝，先诰授正二品武显建将军，未几，晋封正一品建威将军，提督衔记名，赐匾一块，加军功三级，并特意将他的名字由张定聚改为张德朝，意即"率兵救驾，有德于朝"。此后，他统十三省兵马，横刀立马于山西娘子关前。然而，大清的气数已尽，他无力回天。辱权丧国的《辛丑条约》签订的消息传来，张德朝仰天长叹，悲愤难抑。自古将军沙场死，从来豪杰做鬼雄。刚年过花甲的他，吞金而死。

死后魂归故里，长眠在鹅形山上。两千多年前的屈原因国之将亡而投江，两千多年后的张德朝因国之蒙羞而吞金。悲哉，壮哉，何等的相似啊！

张德朝之后，龙庄湾再也没有出过显赫人物。一老乡点破迷津，说葬张德朝兄弟的山，远看像一只低头吸水的天鹅。流淌在我们身边的这条小溪原本是从小山脚下流过的，后来小溪改道，天鹅断了水，人物也就出不来了。是也非也，信与不信皆可。

张德朝身为封建官吏，救臭名昭著的慈禧太后弃国逃命之驾，虽不值得大书特书，但毕竟是在国难当头之际挺身而出，以雪峰儿女的刚烈血性阻敌于阵前，体现了可歌可泣的民族气节与家国情怀，体现了身为人臣、身为军人的责任担当。龙庄湾里卧虎，张德朝就是虎；龙庄湾里藏龙，张德朝就是龙。那冲锋陷阵的斯杀呐喊之声，就是虎之咆哮，龙之长吟。

张德朝走了，但龙庄湾藏龙卧虎依旧。1945 年 4 月，雪峰山会战之龙潭战役打响。龙庄湾境内的青山界，成了龙潭战役的主战场之一。

青山界，海拔 1400 米，既是邵阳、洞口通向龙潭以及溆浦的必经之地，也是居高临下、以逸待劳的天然关隘。当地老乡介绍，20 世纪 70 年代，青山界还保持着旧时模样，店铺面面相觑，青石板大道从中间穿过。湘西自古匪患猖獗，扼住"凹"字形的青山界，等于锁住了咽喉要道。青石板路上南来北往的商贩成群结队，土匪强盗在此越货抢劫，青山界成了让人心惊胆战的"关羊"之地。一位上了年纪的老人指着仅存的一栋破屋告诉我们：这屋子，就曾经"关过羊"。如今尽管人去屋空，门破窗损，也依然有一丝寒气逼人。青山界之战，就在这几十米长的"凹"字形山口打响。

1945 年 4 月 16 日黄昏，日军饭岛部率先占领了青山界。为夺取这一战略要地，国军第 100 军第 19 师、第 63 师一部，同日军激战 13 个昼夜，直到 29 日黎明，青山界才被国军牢牢地控制住。

这一仗，日军 800 多人陈尸荒野，国军 400 余人或亡或伤，第 19 师师长杨荫赋诗以记：

八年侵华枉徒劳，得失那有血债高。

流尽扶桑孤寡泪，可怜枯骨顶鸿毛。

青山界上的反复拉锯，近在咫尺的龙潭让日军可望而不可即，饭岛部与 133、109 联队互为掎角的战场态势始终未能形成，这为我军全歼龙潭小黄沙一线的日军赢得了时间，创造了条件。

战争结束后，军民清扫战场，收殓双方阵亡遗体。青山界南侧的碉堡群下，花岗岩砌就的大墓，安葬着中国阵亡将士的忠魂遗骨。战死的日本军人也葬于此地。前者，英烈墓；后者，倭寇冢。他们，生前死后，都在青山界上较量着。

"志坚身歼一片丹心昭日月，功成人远千秋碧血壮山河。"这是第 100 军军长李天霞为龙潭抗日阵亡将士公墓的题联。为表彰与缅怀在青山界上为国捐躯的阵亡将士，战后国民政府在此修建了"陆军第 100 军抗日阵亡将士陵园"，老百姓称"忠诚庙"，蒋介石亲题"浩气长存"，李天霞亲撰碑文。可惜陵园的六角亭、纪念塔、胜利门等建筑设施已不复存。1995 年 3 月，龙庄湾乡把开裂坍塌的大墓修复，而那些被毁的纪念设施一时却难以重建。

七十年过去了，青山界上，春来溢红叠翠，秋至云淡风轻。英烈墓前，"功成人远"四个字总在我的心头萦绕，它准确地概括了先烈们为了国家、为了民族，大敌当前舍生忘死的献身精神，更寄托着历史的缅怀与哀思。他们没有留下姓名，却把自己宝贵的青春年华与火红的生命

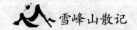

热血，交给了抗击外来侵略的枪林弹雨，交给了壮丽的异乡山河，我们才得以尽情地享受今天的和平与安宁，享受生活的甜美与温馨。也许，"青山处处埋忠骨，何须马革裹尸还"，从来就是军人的最后归宿。

沉思遐想中，蝉歌四起，彩蝶飞舞，那是唱给英烈的赞歌吗？那是跳给忠魂的舞蹈吗？我想是的，一定是的！无论是张德朝或战死的抗日英烈，都无愧于"民族英雄"的崇高称号，无愧于龙庄湾的明山秀水。

青山界为抗日战争雪峰山会战之龙潭战役的主战场之一，有幸凭吊，故成此文。原载《怀化日报》。

从经世才到经世学

——读严如煜

五百年必有王者兴，其间必有名世者

桥江，湖南省溆浦县的大镇、名镇。

从雪峰山一脉的圣人山逶迤而来的四都河，深情款款地流过桥江的丘陵平地。河的两岸，一马平川的肥田沃土，水稻、棉花、柑橘、甜蔗等农作物久负盛名，让桥江收获了一轮又一轮金谷满仓的丰稔岁月。溆浦是有名的产粮大县，桥江是溆浦的大粮仓。丰富的物产资源，又地处湘西与湘中的过渡地带，历史上的桥江当之无愧是大湘西的商贸重地。这样的地方就是丰饶富庶、物华天宝的代名词。土肥水美的章池村，就坐落在这片湘西文化与湘中文化兼而有之的土地上。

章池村，本文主人翁严如熤人生起步的地方。一座低矮的小山坡，参差不齐的新楼旧屋依山而建，梯级式地向上延伸。远望，一堵散发着明清气息的马头高墙，几幢灰瓦覆盖的老式木屋，摇摇欲坠。那就是严如熤的故居，当地人称为"严家大院"。

岁月多情，把平淡化为神奇；岁月无情，让神奇化为腐朽，神圣化为平庸。如今的严家大院，断墙残壁，门破窗斜，蛛网如帘，不闻梁上燕子呢喃，却听草间秋虫低吟。但是，这衰草遍地、危墙数面的破败景象，还是让人感受到那种属于大户人家才有的阔绰。

据严氏族人介绍，现在的严如熤故居，只是严家大院的一小部分。大院先后经历了两次折腾，直到支离破碎。一次是20世纪50年代末60年代初，生产队的公共食堂设在严家大院，全队男女老少一日三餐在大院里进行。为了适应公共场所的需要，木匠们挥斧拉锯，一部分建筑改头换面。另一次是20世纪80年代，大院里有人违背生育计划，超生孩子，又一些建筑在"通不通，三分钟；再不通，龙卷风"的计生风暴中梁断瓦飞。两次折腾，让严家大院元气大伤。

穷则思变，富也思变。进入改革开放后，严家大院里的人们口袋鼓了起来，于是紧跟潮流，旧去新来。多少代人用柴烟熏腊的旧房子被推倒在地，新式的楼房拔地而起，这让仅存的旧式木楼瓦屋，显得更加老气横秋，沧桑破败，如同耄耋老人，独自在寂静的时光里听风听雨，即便是在阳光灿烂的日子里，也似睡非睡，无精打采，沉浸在自己有过的美好岁月与风光往事里。

据《清史稿》及陶澍撰的《布政使衔陕西按察使乐园严公墓志》记载，严氏一族，宋代末年由浙江桐庐迁入溆浦。据此推算，迄今已历700~800年。严如熤出生时，严氏族人在溆浦桥江章池村这块土地上，至少已生活了500~600年。

《孟子·公孙丑》云："五百年必有王者兴，其间必有名世者。"严氏先人水陆迢迢，迁至溆浦，到严如熤出生，已经是一个"王者兴"的时光轮回。但是，五六百年的香火传承，五六百年的耕读传家，"王者兴"没有出现，却迎来了"名世者"。这位"名世者"就是严如熤。

严如熤生于清乾隆二十四年（1759），卒于清道光六年（1826），字炳文，又字苏亭，号乐园。现在能够见到的各种历史文献资料以及当地百姓的口头相传，都对童年的严如熤赞美有加，如聪明好学，读书一目十行，13岁入溆浦当时的最高学府——卢峰书院就读；从小热衷天文、地理、兵法。后人的这些赞誉，勾画了少年严如熤的大致轮廓，那就是好学上进，志向远大，少年有为。

童年的严如熤显山露水，表现出超乎同龄人的智慧与才干，得益于两个方面的恩赐。

一是家风的耳濡目染。严如熤的八代先祖严秀，明景泰年间"平苗"有功，但他谢绝受封，不肯入朝为官。严秀不居功、不受禄的举动，让朝廷感动，皇帝恩旨，去世后入忠义祠，尊为乡贤。

严祖为"国学生"，父为"贡生"。"国学生"即最高学府国子监的学生，就是今天的大学生。"贡生"即地方向朝廷推荐入国子监就读的学生，他们多是品学兼优，相当于现在的"保送生"上大学。严如熤生在书香世家，为名人之后，从小受到良好的家庭教养。用现在的话说，他没有"输在起跑线上"。这是其一。

二是地方文化的潜移默化。溆浦历史悠久，文化底蕴深厚，屈原放逐留下的"忧国忧民"文化基因，给溆浦子民以深刻影响，直到今天，还依然在溆浦人的血液里激荡奔流。而桥江系溆浦东部重镇，西连湘西，东接湘中，具有湘西血性的雪峰文化在这块土地上根深叶茂，具有湘中情怀的梅山文化也在这块土地上吐芳争艳。两种文化形成的独特氛

围，给生活在这块土地上的人们提供了丰富多彩的文化滋养，开拓了人的视野，陶冶了人的情操，塑造了人的性格。

严如熤生于斯，长于斯。家风与地域为他以后的人生前行，提供了不可缺少的原动力。

时过不久，勤奋好学的严如熤，有幸从卢峰书院，走进了湖南当时的最高学府——岳麓书院，师承时任"山长"、经学家罗典。

岳麓书院位于长沙岳麓山下、湘江岸畔，号称"千年学府"，为我国古代四大书院之一，也有人说名列榜首。书院始建于北宋开宝九年（976），清光绪二十九年（1903）改为湖南高等学堂，至今仍然是重要的办学机构。

岳麓书院自创立到明清，朱熹、张栻、王守仁等历代大师硕儒，以及难以计数的大政要员、名流贤达，甚至上自皇帝，下至布衣学子，几乎都心存敬意，推崇备至。他们或在此执教讲学，或来此游历览胜，诗赋唱和，撰联题句，极尽文化之盛。这让岳麓书院名震今古，誉满天下，一直是历代士人的向往之地，古代、近代、现代如此，当代也同样如此。毛泽东以及其他去世或健在的原党和国家领导人，或在任时忙里偷闲，欣然登临，或卸任后寻幽访古，感慨系之。当代学界的名家大师去书院讲学，更是大有人在。据不完全统计，仅1999年书院重开讲坛以来，就有余秋雨、余光中、黄永玉、金庸等数十位海内外名家大师，先后在书院开坛授课，夺席谈经。可以说，岳麓书院从来没有中断过伟人先贤的伟岸身影与名家大师的步履足迹，独领千年风骚。

岳麓书院的创办与存续，促成了湖湘文化的形成，湖南也由此赢得了"惟楚有才，于斯为盛"的千古一联。陶澍、彭浚、贺长龄、魏源、曾国藩、左宗棠、胡林翼、刘长佑、曾国荃、黄兴、刘坤一、刘蓉、郭嵩焘、唐才常、熊希龄、杨昌济、范源濂、程潜，等等，这些从岳麓书院走出来的湘籍历史名人，无一不是所处时代精英中的精英，人杰中的人杰。新中国开国的湖南籍领袖毛泽东、刘少奇、贺龙、谢觉哉以及革命先烈何叔衡、向警予、蔡和森等人，也都曾以不同方式接受过岳麓书院的文化熏陶。尤其是毛泽东，血气方刚之时求学长沙，徒步登岳麓，携侣游书院，"橘子洲头，看万山红遍。"1955 年旧地重游，岳麓山上故人聚首，书院小憩品茶唱和，"尊前谈笑人依旧，域外鸡虫事可哀。莫叹韶华容易逝，卅年仍到赫曦台。"当今著名学者余秋雨由衷感叹：整个清代，那些需要费脑子的事情，被这个山间庭院吞吐得差不多了。

天高任鸟飞，海阔凭鱼跃。严如熤走进了岳麓书院，成为一代鸿儒罗典的得意门生。

罗典主经学，执掌岳麓书院 20 余年。他不是酸儒学究、食古不化的老夫子，经学、史学、兵法、舆图、星卜等学科皆有建树。他教学授徒不拘泥于门户之见，提倡、鼓励弟子们博闻广识，尤其重视学以经世，不为学问而学问，不囿于一家之学说，不苛求学生"两耳不闻窗外事，一心只读圣贤书"。用今天的眼光看，就是开放式教学。

常言道：名师出高徒。有了罗典的精心栽培，有了湖湘文化的朝夕熏染，天赋与勤奋兼备的严如熤，成了岳麓书院的佼佼者。时任湖南学政（相当于今天的省教育厅长）张姚成称严如熤："为经世才，足当大任。"纵观严如熤一生的所作所为、所思所悟，几乎都没有偏离过"天下情怀、勇于担当"这一湖湘文化的核心价值轨迹，几乎都得益于罗典的耳提面命和岳麓书院的浇灌滋养。

清乾隆五十四年（1789），严如熤以"优贡"入国子监。这一年，他正当三十而立。三年之后，他从国子监学成归来，即为人师，乾隆五十七年（1792）讲学于沅州明山书院（原名文清书院。明嘉靖十六年邑人马元吉建书院于芷江明山南麓，以御史监湖南银场驻沅州府、大学者薛瑄谥号而名

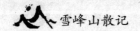

之。万历年间更名为明山书院），严如熤的名字，从此开始在湖湘大地上响起。从溆浦县桥江镇章池村一路走来的他，经历了卢峰书院、岳麓书院、国子监的寒窗面壁，至此完成了从山里大户人家的少年儿郎，到"名世者"的人生过渡与角色转换。他就读的这些学府，套用现在的说法，都是重点小学、重点中学、重点大学。这说明品学兼优的严如熤从启蒙到大学毕业，受到的教育都是一流的，这为他日后的发展，储备了足够的知识能量。

千里马常有，伯乐不常有

对严如熤而言，罗典是他的恩师，他的园丁，他的指路人。但是，罗典只是教书育人，把人培育成为有用之才，既是他的职责，也是他的力所能及，至于日后能不能做大事、成大器、创大业，那已超出了一个教书人的掌控范围，即便有意，也力不从心。

罗典"饲养"的"千里马"需要"伯乐"，时任湖南学政的张姚成就是严如熤的"伯乐"。他不仅发现了严如熤，而且把严如熤引入官场，是严如熤走上仕途的引路人。这就不得不让人想起唐代韩愈的《马说》："世有伯乐，然后有千里马。"

张姚成，字自东，一字礽轩，号忍斋，清乾隆四十年（1775）进士。他是一位儒雅的学官，乾隆年间出任湖南学政。身为学政，他对岳麓书院自然要高看一眼，厚爱一层，书院里隔三岔五就能看到他的身影，这是他的职责与使命所在，责无旁贷。一次，他与时任湖广总督毕沅、书院"山长"罗典、书法家兼诗人王文治等人游岳麓山，毕沅赋诗，他题跋。跋与诗刻之于碑，后人赞美跋与诗一样充满诗情画意。

顾名思义，学政以学为政。出类拔萃的严如熤，引起张姚成的极大关注。"为经世才，足当大任"，既是他对严如熤才学的肯定，也是他对严如煜未来的预测。

然而，"伯乐"能识"千里马"，却不能为"千里马"提供奔驰的原野。识人与用人从来就是两码事，"相马"与"用马"从来都是各司其职。天下"足当大任"者多之，但不是所有的"足当大任"者都能够获得"大任"。所以，韩愈接着大发其慨："千里马常有，而伯乐不常有。"后人存在认识上的偏差，总以为"常有"的"千里马"不能成为"千里马"，是因为"伯乐不常有"，却没有看到"伯乐"相中的"千里马"也有被当作驴子拉碾子、拉磨的。拉碾子、拉磨的"千里马"自然不被人视为"千里马"，虽然四只蹄子也在不停地扬起落下，但始终是在原地转圈子。从屈原开始，历朝历代都有不少人怀才不遇。他们壮志难酬，悲愤抑郁，故而发之为诗为文，流传至今。文学史留下的那些孤愤之作，就是拉碾子、拉磨的"千里马"们发出的长啸与悲鸣。

"经世之才，足当大任。"张姚成没有看走眼，但没有看走眼不等于就必然如其言。为了严如煜成大器，张姚成穿针引线，铺路搭桥。清乾隆五十四年，严如煜以"优贡"入国子监，虽然没有资料证明是张姚成举荐的，但作为学政玉成此事，应毋庸置疑，因为除了爱才之心，还有作为学政的业绩与荣耀使然。教育就是培养人才，向国子监输送"优贡"生员，既是学政的职责所在，也是学政的业绩所在。严如煜以"优贡"入国子监，虽然也要经过考试，但品学兼优，尤其是其中的"品优"，须地方认可鉴定，这中间是少不了张姚成的爱才之心与成人之好的。

严如煜走进了旧时读书人心仪神往的地方——皇帝身边的国子监，虽然不是金榜题名，身价却因此行情看涨。

但是，国子监是学府，不是吏部。入国子监就读，参加科举，只是通向仕途的桥梁，即便是取得了功名，也不等于就一定顶戴花翎，同样还存在找不到工作而陷入待业的窘迫与无奈。古代官制有"候补"一词，意即

等候补缺。有的人获得资格而一候多年，甚至到死，也没有补到一官半职。

进入国子监的学生统称为"贡生"，因选拔的条件和渠道不同，分为恩贡、岁贡、拔贡、优贡、副贡。不同的贡生实行不同的教学形式与学制。严如熤为优贡，每三年选拔一次。国子监的学制有长有短，学生分坐监与不坐监。严如熤属于坐监生，历时三年。清乾隆五十七年，他已进入明山书院讲学，清乾隆六十年（1795）出任湖南巡抚姜晟的幕僚，参与平定湘黔边界"苗乱"。此时距他入国子监就读，已时过六年。

国子监的坐监科班生，至少相当于现在的全日制大学生。正是有了国子监坐监生的镀金学历，走出国子监的严如熤，不仅很快得以为人师表，而且不久又得益于张姚成推荐，成为湖南巡抚姜晟的幕僚，相当于现在的省长秘书，参与"平苗"军机。从"大学毕业"到"省长秘书"，他只用了短短的几年时间，可见仕途之顺，升迁之快。

张姚成为了严如熤的成长，尽了应尽和能尽之力，他不愧是他的"伯乐"。但是，他只是一省学政，推举严如熤进国子监就读、入姜巡抚幕府当差，都在力所能及的范围之内，但他没有能力把自己相中的"千里马"，直接送进呼伦贝尔大草原或科尔沁大草原。当严如熤成为姜晟的幕僚之后，张姚成的"伯乐"使命也就到此结束了。往后的事儿，他也心有余而力不足，爱莫能助了。

幕僚不是官，幕僚是参谋、文案一类人员，经办具体事务，有时也提点儿建议、出点儿主意，供巡抚参考，也可视为参与决策，但也仅仅只是参与，因为人微言轻，说话的分量不够。然而，严如熤凭借自己的学识，在幕僚这个平台上才华初展。上任伊始，他向姜晟上《平苗议》十二则，提出"剿、抚、防"三策并举。他深入土司，会见酋首，取得了一向与苗不和的仡佬（湘黔边界地区少数民族之一）支持，"苗乱"始平。他以近四年的幕僚生涯和"平苗"的亲身经历著就的《苗防备

146

览》一书，至今也是研究湘黔苗族历史沿革以及文化习俗不可多得的重要资料，为后人治理苗疆提供了难能可贵的成功经验与有益启示。

清嘉庆五年（1800），朝廷以孝廉方正开科取士，严如熤赴京应试。此时，川、陕、楚三省的"白莲教"愈演愈烈，朝廷劳师兴兵，久攻不克，长剿未果，成了一块久治不愈的心病。于是，这一年的科举试题要求上"平乱"之策，用意不言而喻，与其说是朝廷通过大考选人才，还不如说是皇帝通过策试问计谋。严如熤在湖南"平苗治乱"的亲身经历帮了他的大忙，策论《平定川、楚、陕三省方略策》一挥而就：

"军兴数载，师老财匮。以数万罢惫之众，与猾贼追逐数千里长林深谷中。投诚之贼，无地安置，则已降复乱；流离之民，生活无资，则良亦从乱。乡勇戍卒，多游手募充。虑一旦兵撤饷停，则反思延乱。如此，则乱何由弭？臣愚以为莫若仿古屯田之法。三省自遭蹂躏，叛亡各产不下亿万亩。举流民降贼之无归、乡勇戍卒之无业者，悉编入屯，团练捍卫，计可养胜兵数十万。饷省而兵增，化盗为民，计无逾此。"

这是《平定川、楚、陕三省方略策》的要旨所在，既有对久乱不治的社会背景、经济原因以及从乱者个人原因的透彻分析，也有如何收拾乱局的具体措施，即在军事征剿的基础上效汉唐之法，把"三省自遭蹂躏"而造成的"无主"土地收集起来，安置因没有土地而四处流窜的无业游民，避免他们或为"贼"所蛊惑，或因生存所逼，入伙助虐；安置战俘与降者，防止他们因找不到生活出路而死灰复燃，重操旧业；建立半军半民化的"屯民"管理体制，实行联防自卫。如此，则化"贼"为民，改恶从良，寓兵于民，平战结合，屯田自给，不仅减轻了朝廷负担，更重要的是化解了生乱之源。

《平定川、楚、陕三省方略策》是对汉唐屯田的继承与发展。汉唐用兵西域，劳师远征，常受粮草之累，屯田的目的相对单纯，即解决军队给

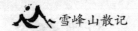

养，满足作战与守土之需。严如熤的屯田，解决军队供给、缓解国库压力只是一个方面，重心是"安民"与"治乱"，用意之深，作用之大，都是汉唐屯田不具备的。可以说，他把屯田这一单纯的经济手段，上升到一个崭新的高度，极大地丰富了屯田的政治、经济、军事、社会意义。他的某些措施，在我们今天的农垦事业中，也还可以看到某些相似的地方。

严如熤参加的应试，也称为"廷试""殿试"或"御试"，属于国家大考，皇帝亲自出面，应试者的策论皇帝亲自批阅，这对应试者既是无上的荣光，也是巨大的压力，因为成败在此一举。"殿上衮衣明日月，砚中旗影动龙蛇。纵横礼乐三千字，独对丹墀日未斜。"这是宋代诗人夏竦的《廷试》，信心满满，春风得意。"月落乌啼霜满天，江枫渔火对愁眠。姑苏城外寒山寺，夜半钟声到客船。"这是唐代诗人张继的《枫桥夜泊》，应试落榜，迷惘惆怅，抑郁难遣，夜不能寐。

严如熤的《平定川、楚、陕三省方略策》，文笔洋洋洒洒，叙述剖析有理有据，赢得了正苦于面对三省之乱无计可施的嘉庆皇帝高度赞赏，擢定第一。不知道是为了吸引皇帝的注意力，抑或的确是意犹未尽，他在结尾处特意写道："迫寸晷，限尺幅，未得尽虑愚忧。"这一伏笔打动了嘉庆，传旨严如熤第二天赴军机处做详细说明，这等于是让他这个应试者给军机处的大人们上一课。严如熤趁热打铁，再上《屯政方略十二事》，对《平定川、楚、陕三省方略策》进行补充与完善。郁闷之中的嘉庆眉头舒展开了，降旨在圆明园召见严如熤。一番交谈，君臣甚欢。他的《屯政方略十二事》疏，嘉庆批给川、楚、陕三省督抚采行。召见后的第二年，即嘉庆六年（1801）二月，严如熤补洵阳知县。候补期不到一年，可见嘉庆对他的器重。

这场应试，让严如熤风光至极，这对于他本人，对于严氏家族，对于溆浦四都河畔的桥江镇章池村，都是空前绝后、至高无上的荣光。有关严如熤的所有历史文献、研究著述，几乎无一例外对此事津津乐道，本文也不例外。

当了知县，严如熤由一介书生、一名幕僚，成了朝廷命官，用了大约六年时光。

"九州生气恃风雷，万马齐喑究可哀。我劝天公重抖擞，不拘一格降人才。"这是晚严如熤四十多年的龚自珍的诗，但诗中"万马齐喑"的局面却早已存在。嘉庆时期，既有康乾盛世的余光照耀，也有腐朽衰落的端倪初现。从雪峰山下小山村里一路走来的严如熤一跃而起，证明了他的确才识过人。但是，精彩的开端未必会带来日后的一帆风顺。人生的过程总是少不了跌宕起伏，荣辱沉浮，仕途更是如此。

洵阳地处陕西东南部，为鄂陕边地，交通要道。巴山秦岭，峰峦迭起，如同旧时的湖南湘西，堪称"盲肠"，历史上不是兵火战乱，就是盗匪猖獗，少有消停的时候。

严如熤的出生地溆浦，在地理概念上属于湘西。而他早年又在今天湘西自治州的乾州、浦市一带参与平定"苗乱"。凭着经验与学识，上任之后，面对乱象丛生的洵阳，他实行坚壁清野，动员乡民，筑堡以固守，练勇以御"敌"。洵阳很快得到了有效治理，甚慰上心，加知州衔。

出色的管理能力与显著的治乱政绩，换来职位的不断升迁。清嘉庆九年（1804）补同知，同年又授汉中知府；清道光元年（1821）升陕安兵备道，加陕西按察使衔，衔至三品；道光五年（1825）迁贵州按察使，因陕民上书挽留，未上任即回任陕西按察使。此时，严如熤已年过花甲，一年后病逝于任上。陕人上书，愿以异乡沃土，葬严于当地，以便陕人供奉祭祀。这块土地实在太了解他了，太熟悉他了，太需要他了。而他已把自己的一生献给了这块土地，"其卒也，秦民巷哭，如失慈父母"。但是，皇帝却恩准故里父老所请，归乡安葬。同时恩准陕西

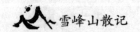

汉中建祠立位，以慰陕人之愿。

从任洵阳知县算起，严如熤为官二十六年，从姜府幕僚算起，他从军从政三十一年。也许是他善于治乱，二十六年的从政为官，都在陕西靖乱安民，治山治水。从洵阳到汉中，从知县到兵备道，到领按察使衔，几乎一生都在"治乱"与"安民"。每到一地，政绩彰显，深得民众拥护。他施政的出发点与落脚点，都放在民生这个根本问题上。从早年湘西治"苗乱"，到陕西平"教乱"，从"联营伍、立保甲、治堡寨"，到以后的兴水利、开工厂、劝民农桑、鼓励耕作、植棉纺纱，传授技能；建社仓以赈灾荒，修书院以启民智。他的这些从政举措，用现在的话说，就是重视民生，标本兼治，老百姓直受其惠。为了这些新政的实施，他不仅自己身体力行，而且把妻儿也搭了上去。夫人教民妇纺织，儿子书院义讲，全家人都在为改善治地民生效力。

当官为民的良知情怀，脚踏实地的从政风格，赢得朝野上下一片赞美。但是，他也曾有过十年政声鹊起、仕途止步不前的官场际遇。政绩说明他无愧于当年张姚成的评定："为经世才。"但张姚成的预测却没有成为事实，"足当大任"的严如熤没有被委以"大任"。他一生的最高职务是按察使，而且还不是"升、迁、授、擢、任"，而是"加"，即在原有的职务上追加一个较高的职务，相当于现在的以下兼上。到后来实授时，可惜天不假年，几乎成了追任。

清代按察使掌一省之刑名，包括官员的考核纠察，上面还有总督与巡抚，他们才是一省的最高军、政长官，按察使与都指挥使、布政使并列，但排位第三，相当于现在的省纪检监察部门负责人。站在章池村严家大院的屋檐下看，那当然是很大的官了；站在朝廷上看，那就很难算得上是大政要员，国之重臣。

严如熤没有被委以"大任"，本"为经世才"的"千里马"只在陕西的部分土地上，跑几个来回，转几个圈子，最终也没有跑出"城阙辅三秦，风烟望五津"，没有离开过巴山秦岭。因为自从当了洵阳知县，嘉庆就是他的"伯乐"了。

嘉庆这位"伯乐"既是"相马者"更是"用马者"，他让你驰骋疆场，你可以扬蹄疾驰，昂首奔腾；他让你拉碾子、拉磨，你就只能原地转圈圈。也许，嘉庆是在用其所长。

严如煜是因为一篇廷试策论博得嘉庆赏识的，尔后又因洵阳、汉中的由乱到治获得赞许。而当时的陕西汉中一带，又正需要严如煜这样的人去经略。因为他对"治乱"与"治贫"情有独钟，专心致志，亲力亲为；他对地理山川兴致盎然，对百姓的繁务琐事不厌其烦。《苗防备览》《三省边防备览》《汉江以北四省边舆图》《三省山内总图》《汉江以南三省边舆图》《三省山内风土杂识》，以及丁母忧期间应两广总督那彦成之约撰写的《洋防辑要》等著述，虽然事关朝政军机，却又都少不了一村一寨、一店一铺、一沟一渠、一关一隘。他的诗与文，虽然不失抒情言志，即兴而歌，谈古论今，记事载道，却同样离不开桑麻稻麦，春耕夏锄。《悯农词》《谕农词》《祈晴词》《喜雨词》《夏耘词》《下乡决讼谕民词》《水厂咏》《铁厂咏》《纸厂咏》等，所表达的都是一种挥之不去的天下苍生之念和田园乡村之情。在嘉庆皇帝看来，对严如煜的使用，正是用其所长。所以有论者认为，严如煜十年未迁，正是因为他是治汉中、镇南山的不二人选。但是，陶澍以为严如煜"劳于治民，拙于事上"，翻译成今天的话，那就是他不善于唯上，只知道唯民。

陶澍的说法有一定道理。严如煜一生仰慕范仲淹。范仲淹是北宋的名将名相，文武兼备，由于爱对朝政说三道四，由副宰相贬为陕西四路宣抚使，后死于赴任知颍州的路上。严如煜对范仲淹的仰慕，源于《岳阳楼记》里的千古名句："先天下之忧而忧，后天下之乐而乐。"他自

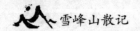

号乐园，著《乐园记》以明志。他们的人生观，有不少相同之处。

"世有伯乐，然后有千里马。千里马常有，而伯乐不常有。"这是定律。而是不是千里马，不仅取决于相，更取决于用，这也是定律。

从经世才到经世学

严如熤为官一生，虽然不是政绩斐然，却赢得了时人的拥戴和后人的赞誉，《清史稿》没有忘记他，为他立了传。但是，张姚成认定的"为经世才，足当大任"，如所言，又不如所言。

严如熤一生历任知县、厅同知、知府、兵备道、按察使。知县、知府分别为一县、一府的最高行政长官，也就是现在的县长与市长；同知本为副职，掌管盐、粮、捕盗、江防、海疆、河工、水利等事；厅是同知办公的署衙称谓，以后逐步演变为具有行政区划建制性质的组织架构，称为"散厅"，字面意义即为设置在地方行政区划中的独立或半独立的行政机构，大约相当于现在的某些开发园区，同知即为这一区域内的最高负责人；兵备道为一省军事重地的兵务管理官员，掌监督军事和参与境内战事。按察使前面有过介绍。由此观之，严如熤官至三品，位到省级，但称得上规范意义上的"经世"，却只有知县与知府。虽然知县、知府经略的那个"世"，相对于大清帝国的疆域版图，不过是弹丸之地。然而，麻雀虽小，五脏俱全，一府一县，农、工、士、学、商，除了外交，朝廷管的那些事儿几乎都有。要说"经世"，这才是本来意义的"经世"。他以后的官衔品级虽然高于知府、知县，但权力却不是全方位的，或为副职，或仅限于某一方面，如果说这也是"经世"的话，那只是广义上的"经世"。从这层意义上看，严如熤人未尽其才，才未尽其用，"经世"才华没有得到充分发挥。而张姚成所说的"经世之才"，应该不是一个加按察使的定位。

"劳于治民，拙于事上。"陶澍这八个字，是对严如熤官场生涯的盖棺论定，既包含了对"经世之才"不"经世"的惋惜，也包含了对严的人品操守、官德官风的赞许。严如熤仕途上栉风沐雨，砥砺而行；官场中摸爬滚打，心无旁骛。他既没有因为得到过嘉庆皇帝的赏识而炫耀显摆，也没有因为得到治地民众的拥戴而邀功争宠，更没有因为十年未升迁而心存怨气，不为官而官，不为名而名。仕途官场，得陇不望蜀者能有几人？严如熤就是这"能有几人"中的一个。他虽然不拒绝权力，但没有奢望权力，至少没有去刻意追求权力。他是一个务实的官，无论他的施政理念或施政行为，都体现了古代为官者的良知与情怀，关注治地苍生，不辱职守，不负天下。考察山水地理，了解社情民意，治山治水，解民之困，几乎是他每到一地的必修课。做幕僚时深入苗疆，遂成《苗防备览》；做知县、知府时"唱大风"于巴山秦岭，濯双足于汉江渭河，遂有《汉江以南三省边舆图》《三省山内风土杂识》；治乱理政有屯田之议，惠民富民有水利之策，育民化民有书院之兴。他的这些著述，类似今天的政策理论研究和工作调研报告；他的这些举措，用今天的话说都是国计民生工程。他的诗因情而发，文因事而起，既没有伤世感怀的忧郁之态，也没有怀才不遇的哀怨之声，更没有吟风弄月的低俗之气。学为所用，用之所学，由此被后人尊为湖湘文化"经世学"的先驱。又因他的著述着墨非山即水，笔下多农稼桑麻，所以又被称为"田园派"学者。他自己没有想到，时人也没有想到，张姚成认定的"经世之才"没有成就他生前的风光，后人馈赠的"经世学先驱"却成就了他身后的不朽。

"经世学"是相对理学而言的。理学是儒学中的一大学派，形成于北宋，程颢、程颐、朱熹是这一学派的创始人。理学的最大特点是奢谈

"义理",学究味太浓,多于事无补,或裨益甚微,因而被视为空疏无用之学,这与魏晋时期的玄学有一点儿相似。学术风气从来反映社会风貌,烙刻时代印记。一般而言,社会处于太平盛世之际,学术则以高深玄奥为荣,士大夫们乐此不疲;社会处于萎靡衰落之时,热衷于坐而论道、空谈清议的学术风气就免不了被世人诟病,取而代之的则是直面世事的经世学风。清王朝入关,经历了顺、康、雍三朝的励精图治,到乾隆朝盛世景象达到了顶峰。但物极必反,顶峰就是终点,走到头了,下一过程就是衰退与败落。衰落到无可挽回时,新的轮回又开始了,所谓的凤凰涅槃和浴火重生,指的大概就是这种周而复始的更替现象。

乾隆时期,大清国运昌盛,宫中无鳌拜之忧,内地无"三藩"之乱,边地海疆无噶尔丹、郑经之患,真正的太平盛世。天下歌舞升平,学界"阳春白雪"。乾隆末到嘉庆时期理学再度升温,以空谈为特色的学术风气再度高涨盛行,疏远社会,漠视现实。如史学,局限于纠错勘误,对历史发展规律的研究,对古人功过是非的探讨,似乎都是对祖宗的"大不敬"。这样的学术风气,引导世人盲目效法祖宗,一如旧时神龛上的对联:敬天地自然富贵,孝祖宗必定荣华。带来的后果,必然是因循守旧,不思进取。

进入嘉庆朝,清王朝的衰落迹象更加明显了。声势浩大的"白莲教起义",一方面表明社会阶级矛盾、民族矛盾的尖锐对立;另一方面也说明大清王朝的驾驭能力日渐弱化。嘉庆之后的道光二十年,即严如熤去世后的第十四年,鸦片战争爆发,接下来就是中华民族的百年耻辱。正是在这样的历史背景下,严如熤的"经世学"不仅应运而生,而且得以弘扬光大。

湖湘文化一向以"天下情怀、社会担当、敢为人先"著称于世。严如熤成为"经世学"的先驱,既是湖湘文化对他的滋养培育,也是他对湖湘文化的重大贡献。湖湘文化因"经世学"的诞生变得更加丰富多彩，充满活力与生机。在他身后，魏源、陶澍、曾国藩、左宗棠、胡林翼等人成为这一学派的代表人物。清代后期，思想领域里的中学为体、西学为用，经济、政治生活中的戊戌维新、洋务运动，社会实践中的实业救国、教育救国等口号与思潮此起彼伏，都与"经世学"有着割不断的内在联系，甚至都是"经世学"在实践中的运用。虽然这些实践没有达到预期目的，但对于推动历史前进，改变历史航向，产生了极其重大的深刻影响。

严如熤成为"经世学"的先驱，也许不是他的主观所愿。站在学术理论的角度上看，他的"经世学"并没有形成完整的理论体系，甚至连"经世"这一概念在他的著述中也少有提及。他之所以成为后人公认的"经世学"先驱，首先在于他的著述从内容到风格，都是针对具体问题而言的，不是为学术而学术，为理论而理论。其次在于他几十年如一日，用自己的亲身实践，验证自己提出的设想、观点和策略。最后在于他的著述与实践开启了一代务实学风，推动国人转变治学观点，刷新学术风气，重视知与行的辩证统一，坚持学与用的一致性。不知不觉之中，严如熤完成了由"经世才"到"经世学"的过度与转换。

子在川上曰：逝者如斯夫，不舍昼夜

严如熤不是名家大师，也非学界泰斗，但在他去世后的190多年里，研究他和他的"经世学"虽然不是高潮迭起，也没有出现"严如熤热"或"经世学热"，但也一直没有中断，川、陕、湘、楚等地尤甚，常有成果问世。作为历史人物的严如熤不为后世忘却，自然有不忘的理由，这就是他和他的"经世学"的价值所在。

逝者如斯夫，不舍昼夜。站在四都河岸，河水奔流不息，清浊交替，

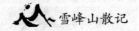

潮来汛去。严如熤以自己的品格和才学，赢得了后人的尊崇与缅怀。他的一生，给后世为官者留下了几多有益启示：

——为官不能没有情怀。严如熤官不过三品，功不出南山。纵观古往今来，东土西域，官的权威与人望不取决于权力的大小与地位的高低，尤其死后，权力与地位随风飘逝，一概不存。能让后人不忘的只能是官的苍生情怀，只能是政为民出的施政行为，只能是脚踏实地的官德官风。在"立官牧民"的封建时代，严如熤做到了"先天下之忧而忧，后天下之乐而乐"。理政不忘以民生为本这一施政之要，治乱不忘"官逼民反"这一生乱之源，屯田以安置流民，开释以感化"降贼"，而不是简单地穷追猛打，赶尽杀绝。这些理念与措施，与我们今天的"标本兼治"，多少有一点儿异曲同工，殊途同归。

——为官不能没有政绩。离开政绩，官就不是官了，即便是官也只能是昏官、庸官、懒官，甚至贪官。但政绩是什么？什么样的事才称得上政绩？不同的人有不同的解读，甚至不同的历史背景与不同的施政环境以及不同的衡量标准，哪怕同一事物，人们的看法也不尽相同。开拓者不屑于萧规曹随，守成者不认同除旧布新，弄潮儿向潮头立，胆小鬼作壁上观。但归根结底，政绩的有无以及政绩的大小，最终体现在民生上。老百姓因政而受益，官因造福于民而得民心，这就是政绩的最好体现，反之亦然。秦始皇的骊山阿房宫，甚至万里长城，都算不上政绩，前者供自己寻欢作乐，后者没有给国家和人民带来安宁。李冰父子的都江堰是政绩，从建成到现在都在浇灌成都平原，并且由此造就了"天府之国"。严如熤为官不谄媚于上，有权不苛政于民，所做之事多在解民之困、去民之忧、了民之难。所以治地才会有"其卒也，秦民巷哭，如失慈父母"的感人情景出现，才有陕人"愿比朱邑、桐乡，请其柩入南山，弗得，则吁请祀名宦"的请愿行为发生。

——为官不能没有担当。官即领导者。现代社会学认为，领导就是管理。称官的年代叫"治理"，儒雅的说法叫"经略"，商人的说法叫"营销"，幽默的说法叫"打理"。不管哪种说法，体现的都是一种为官的责任使命与社会担当。担当就是有作为，没有担当就是不作为。昏官、庸官、懒官不作为，贪官乱作为。严如煜是有担当的官，治学，学以致用；施政，政以为民。从军"平苗"入苗地、盟仡佬；三省治乱筑寨堡、联营伍、练团勇、行屯田。他为官洵阳、潼关与汉中三地。洵阳山高林密，匪盗猖獗，自然条件恶劣；潼关与汉中自古为"边关要塞"，历史上向为多事之地。李世民屯兵潼关，扼咸阳与长安，遂有李唐。关中为汉中平原东大门，陕、晋、豫三省要冲，刘邦据汉中而得天下。严如煜的一生，都耗在这块乱象丛生的土地上，"每遇盘根错节，无不迎刃以解，其措施略见于所著书。"连嘉庆皇帝也承认："以南山二十年镇静之功，非公莫属。"

——为官不能没有学养。学养即学问与修养。学问决定一个人的品位与底蕴，修养决定一个人的德行与操守。严如煜出生在富裕人家，家学深厚。稍长，先后就读于卢峰书院与岳麓书院，尤其是在岳麓书院师承罗典，影响了他人生的方方面面，使他最终得以成为湖湘文化"经世学"的前锋与先驱。他从政为官，虽然不曾"青云"直上，却从不忘"青云"之志。他为诗为文，既有"阳春白雪"的格高调雅，也有"下里巴人"的朴实自然。

"啜茗清谈，上瞩天光，旁睨树影，空翠落衣，清风满袖，咸熙熙然有徜徉自适之意。"《乐园记》中的寥寥数笔，情景尽然。

"苗以次搜至其室，艳氏色，胁以从，氏正色语曰：村中老弱皆逃散，我非不能去也，顾自以老父病不忍舍之去，今日之事尔能贷我两命，惟命杀我而贷我父惟命，苗强掖行不能动，以氏之恋其舅，先刃之，氏奋起夺刀连斫二苗，遂自伏刃。"《高村孝烈妇纪略》中的烈妇之烈，烈得悲壮，烈到极致，足以让五尺须眉为之汗颜。

"雨丝丝，云缕缕，处处陇头打秧鼓。农人蓑笠夯湾犁，柳荫乌犍系四五。"《耕田歌》明白如话，尽得田园韵味。

"朗诵岳阳楼上句，湖光八百荡天风。"《汉台咏史·范文正公》浑身豪气，意深境阔。

"种得菊苗三百本，待他风雨伴重阳。"《杂兴》闲适怡然，如陶潜再现。

"最怜天气新凉后，一院蝉吟不胜秋。"《秋日杂感》深沉冷凝，婉约如斯。

结束语

泱泱大中华，上下五千年，官无以数计。严如熤非朝廷重臣与封疆大吏，却扬名于当时，载誉于青史，流芳于后世。雪峰山绵延千里，群峰林立。他就是群峰中的一座，虽然生前位不高，权不重，身后也谈不上妇孺皆知，但历史没有忘记，后人没有忘记。他少小离家负笈远游，死后长眠故土，生为田园野老，死亦烛照龟灼，"后之有志经世者，必将取镜焉"。

因《雪峰文化》2016 年出溆浦名人严如熤专辑写此文，原载《雪峰文化》2016 年增刊。

主要参考文献：
□《湖湘文库·严如熤集》一、二、三卷，岳麓书社 2013 年版。
□《清史稿·列传一百四十八》卷三十六，赵尔巽主编，中华书局 1977 年版。
□《辞海·历史分册·中国古代史》《辞海·历史分册·中国近代史》，上海辞书出版社 1980 年版。
□《中国近代史》（上），范文澜著，人民出版社 1979 年版。

阳雀坡"王老"

他当过"村官",但不是社会名流,不是达官贵人。"村官"既不入流也不显贵。他属于草根布衣,但我称他"王老"①。

国人崇尚礼仪,称谓是一门大学问。民间的通用称谓是在姓氏前面加一个"老"字,如"老王""老李""老刘"等。若是把姓移到"老"字前头,如"王老""李老""刘老",那就不是一般的人了,因为决定这一移位的前提是那个人的身份、地位和资历、名望。这样的人物,要么是功成名就、风光显赫的大政要员,即便已退出江湖,告老归隐,但名望依旧;要么是学富五车、才高八斗的饱学之士,即便已江郎才尽,力不从心,但权威尚存。而我称"王老"的他,与以上两种人相

---

① 阳雀坡古村系雪峰山旅游的景点之一。本文主人翁系阳雀坡村民,2014年我第一次见到他时已年过古稀。老而不闲,退而不休。

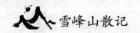

去十万八千里，风马牛不相及。他就是溆浦县龙潭镇阳雀坡古村的王身承老人。

阳雀坡我去过多次。印象中的阳雀坡，既古老更古朴，白天空旷落寞，满目沧桑。夜晚，淡淡的月光星辉，扑朔迷离的老宅轮廓，沉闷而压抑。但有幸的是认识了王身承老人，并且聆听他如数家珍般地谈论古村的古往今来，谈论那些如同这古村一样古老的传闻逸事。此时的古村，就是鲜活灵动的，充满朝气的，让我饶有兴趣地品味那些尘封的漫长时光和冷却的烟云往事，更让我满怀敬意阅读眼前这位貌不惊人的古村老人。

他，阳雀坡的"活化石"。两百多年的阳雀坡和阳雀坡的两百多年，都原汁原味地保存在他的记忆深处。

他是阳雀坡王氏的第三十二代子孙，中等个子，年过古稀，身躯略为前倾，须发虽然不是秋霜尽染，但也依稀花白，唯有那张大大方方的脸庞，尽管饱经风霜，却依旧红光闪烁。那红光让人想起："最美不过夕阳红！"

年事已高的他，精神矍铄，身板子硬朗，尤其谈吐甚健，清晰的思路与流畅的语言，同他的实际年龄不相称。他的记忆力惊人，从清乾隆十九年阳雀坡王氏开基到现在，王氏家族的风雨兴衰，六座院落的结构布局，以及各个院落曾经有过的酸甜苦辣与悲欢离合，都在他神采飞扬的叙述中，传奇般地一一再现。

阳雀坡王氏祖籍山西太原，一脉南迁，流离颠沛，几经辗转，落脚在雪峰山下的溆浦县黄茅园乡湾潭村，传至第二十三代。第二十四代祖王文宗幼年丧父，年轻寡妇冯娥带着四岁的儿子王文宗迁阳雀坡，阳雀坡王氏正式开基。为何选择当时荒无人烟的阳雀坡？王老说是有位风水先生为孤儿寡母选中了此地，并脱口念出了一首民谣："两颗明珠挂胸前，回头便是虎形山……"前"珠"后"虎"，暗示此地风水。

阳雀坡过去曾叫阳雀窝，三面山为屏障，形同鸟窝。村子依山而起，坐落在鸟窝中央。村后山峦起起伏伏，中段缓缓隆起，首尾朝着同一方向，由高向低延伸，状似卧虎，所以又名虎形山。

虎，山中之王。王老说风水先生断言：这个地方为龙脉所系，安家于此，不富即贵。那位神秘的风水先生，叮嘱孤儿寡母按照他的点拨行事。王氏族人至今盛传，年幼的王文宗一次野外就地大便挖土坑，挖出了一坛子真金白银。王老断言，土里挖出的金银，就是王文宗母子立家创业的原始资本。

也许，虎形山下的阳雀坡当真是一块福地，隐藏着不可泄露的祥瑞与灵光。而日后的事实，似乎也印证了"时来土成金"的民间谚语。

两百多年前，王文宗母子搭起的安身之所，或许只是简陋的茅舍柴扉，后人凭借聪明与勤奋，积累财力，不到百年，就相继建起了造型雄阔、做工精良的六座高大宅院。此时的阳雀坡王氏，除了拥有旱涝保收的大片良田沃土，竹木加工、茶桐榨油、磨粉、造纸等手工作坊也趁势兴起，银子秤称斗量。一块让今天的人们不知是何物的数钱板，就足以说明当时的富足。

阳雀坡迎来了鼎盛时期。

王身承老人是阳雀坡王氏第三十二代子孙。到他这一代，由那位年轻守寡的老祖母点燃的王氏香火，已经燃烧了260多年。虽然经历了一系列的今非昔比，但当初孤儿寡母的阳雀坡王氏，如今已经繁衍壮大到了近300人。

家业大了，身在鸟窝中的阳雀坡却依旧故我，还是祖先留下的那六座古朴宅院和精雕细刻的家什农具，除了电灯与电视，现代生活元素实在少得可怜。这种现象在我去过的那些古村是绝无仅有的。那些雕着龙、刻着凤的桌椅板凳，描有花鸟鱼虫的桶箱橱柜，除了建筑文物专家

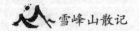

和社会历史学家饶有兴趣，其他人多不屑一顾。但是，王氏子孙却视若珍宝，实在让人匪夷所思。王老说：在阳雀坡人看来，这些家什农具虽然已弃之不用，但那都是先人的发明与创造，凝聚着先人的智慧与心血。珍惜古董，就是对先人的尊重与缅怀。这让我对村前石碑上"只许修屋，不准拆房"的苛刻祖训，有了理解和认同。

王身承老人生于 1942 年。

1945 年 4 月，决定日本战败、中国完胜的大决战——雪峰山会战爆发。溆浦龙潭出人意料地成了会战的主战场，史称"龙潭战役"或"龙潭抗战"。

阳雀坡与龙潭近在咫尺，步行也就半个小时。

战争在龙潭激烈地进行。阳雀坡的上空，弥漫着战争的硝烟。

为了阻击日军，阳雀坡辟为军营。王老说，1945 年 3 月，国军第74 军 51 师的一个营，外加一个机枪连，驻扎在阳雀坡，六座大院全都成了临时兵营。那个时候，阳雀坡林木葱郁，便于隐蔽。雪峰山会战总指挥王耀武将军亲临龙潭视察，他伯父王修奎的家（现称抗战名院）曾供王耀武小憩。王修奎当时也是在役军官，后来去了台湾。王耀武在他家里小憩，也顺理成章。

王耀武来了，阳雀坡岗哨林立，戒备森严。他所在的院落，除了狗可以自由出入，任何人都不得擅自入内。出于安全考虑，王耀武的来与去，都是雇用竹轿，一共八顶，配备了几副摊担，扮成一个商队。王耀武时而坐轿，时而步行，并且不停地换轿，让人真假难辨。

年幼的王身承当然不知道龙潭的枪炮声因何而响，更不知道阳雀坡来了一位指挥千军万马的大将军。但是，父辈的回忆追述，让他对这一时期的阳雀坡充满自豪。也许，阳雀坡本来就是虎踞之地，日本人打了二十多天也没有打到阳雀坡，最后兵败龙潭。

　　叙说这一段时，王老的脸上始终洋溢着一种难以抑制的兴奋。战火虽然没有烧到阳雀坡，但阳雀坡经受了战争的考验，为夺取抗日战争的最后胜利，做出了自己的贡献，这是阳雀坡的荣耀。

　　王老生在阳雀坡，长在阳雀坡，一生没有离开过阳雀坡。他当过村里的党支部书记，当过乡里的企业办会计，并且拥有市里颁发的会计证书。他在基层的不同岗位上干了三十多年，已经算得上是阳雀坡的台面人物。随着年岁的增长，既不需要批准也不需要行文，更不需要上级正儿八经地找他谈话，一切水到渠成，瓜熟蒂落，退出了工作岗位。村干部在去留问题上的坦荡胸襟，让体制内的人们汗颜。

　　村一级没有退管所，没有活动中心，没有门球场，更没有老年大学，只有祖先留下的老宅院，只有让自己安身立命的"一亩三分地"。如今，青壮年常年外出打工，不外出的也在溆浦县城或龙潭镇上买房安家，老人们最看重的那份儿孙绕膝的天伦，已变得极为吝啬，孤独和寂寞已是乡村老人面临的现实困惑。王老是否也是如此，或是有天伦而不去享？不得而知，只是他的日子的确是滋润的，更是精彩的。在乡村干了几十年，铸就了他热心公众事务的品德与个性，闲不住。

　　搭帮雪峰山旅游的兴起，阳雀坡显山露水。尽管这样的机遇姗姗来迟，但迟到的春天也是春天。是春天就会山花烂漫，就有莺歌燕舞。

　　走进阳雀坡的人越来越多了。那些过去只在报纸上看到过名字、电视里看到过面孔的各级领导，那些满腹经纶的专家学者，那些闻风而动的新闻媒体，你方出寨他进村。他们的到来，让阳雀坡名声大震。他们是冲着阳雀坡深厚的历史人文资源和浓郁的清代风情来的，这既给阳雀坡带来了前所未有的活力，也带来了前所未有的压力。

　　王老凭着自己对古村的一腔深情，凭着对历代先人的崇拜与景仰，凭着对阳雀坡的知根知底，当起了义务讲解员，或者叫形象代言人，隔

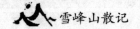

三岔五接待不同的来访者，满腔热情地回答他们各种各样的提问，让来访者高兴而来，满意而归。这样的场面他已见得多了，在接受我对他的采访过程中，他自始至终按照自己的思路，有板有眼，侃侃而谈，说到激动处，眼角眉梢挂满了笑容。来访者若是中途提问，他不愠不火，耐心十足：别急，你听我接着往下讲。颇有著名说书人单田芳的"范儿"。

王身承，阳雀坡古村的"活化石"。阳雀坡因他而生动，他因阳雀坡而年轻。阳雀坡是他的全部，他是阳雀坡的名片。人的情感天平总是在逝去的岁月里停留徘徊，总是倾向于那些难以忘怀的陈年旧事，尽管模糊不清，甚至断章碎片，也一往情深，难分难舍，难弃难离。

面对老人，我把本不属于他的称呼送给他：

王老，阳雀坡的王老。

第三辑

也许，人世间只有田园风光才是最纯美的风光，只有农家风情才是最本真的风情。而人生，而生活，最不应当缺失的就是这纯与真。

——摘自《从冷溪到康龙》

黔城怀古

　　一座小城，两位名人。人生相背，命运相向。荣辱沉浮，耐人寻味。唯"天意从来高难问，况人情老易悲难诉"。念去去千里，楚天烟波，悠悠……

——题记

开篇　龙标有幸迎远客

　　黔城，唐代的龙标县治，宋代的黔阳县治，今天的洪江市治。从汉高祖五年（前202）置镡成县算起，黔城作为一县治所，前后两千多年。

　　时光匆匆，天地悠悠，沧海变桑田。人世留下的悲欢离合，岁月风干

的荣辱兴衰，奠定了黔城的历史文化底蕴。深街小巷，老店旧铺，灰墙青瓦，古时民宅，总是让人情难自禁，萌生出几多感慨，并由此追寻岁月渐行渐远的模糊背影。或斜倚古楼木栏而沉思，或面对断墙残壁而遐想，唯有一塔临江，两水泱泱，听浪涛拍江堤，看波光摇城郭，直让人难拒一番陶醉，几回痴迷。

黔城是以历史文化而名世的。两千多年的风风雨雨，有多少朝廷命官在这里你来他往，或经略个三年五年，或打理个七载八载，或因临时公差小憩个一宵两宿，虽然远离京师，但也身在天朝，沐浴皇恩。而通江达海的沅、潕两水，又让这个蛮荒边陲之地，渐次开化繁荣。筑城拱卫，屯兵守土，官人宦游，商贩易市，骚人墨客寄情，枯荣兴衰中目睹了一回又一回天地翻覆，送别了一次又一次物是人非。汉之镡成、晋之潕阳那一段儿就不去说了，仅唐一代，就足以让后世刮目相看。先是唐玄宗天宝七载（748），大诗人王昌龄贬龙标尉，后是唐肃宗上元二年（761），大宦官高力士步王后尘。尽管后世以截然不同的态度，对待这两位大唐人物，但他们的相继到来，给了这方远离长安的明山秀水，增添了光彩和厚重，更让这座江边小城，从此有了难得的魅力与风景。

上篇　寒雨连江夜入吴

第一章　文化人一半活在自己的理想中，一半活在自己的感觉里

王昌龄，盛唐著名的边塞诗人，他给后世留下了几多千古绝唱。如《出塞》：

秦时明月汉时关，万里长征人未还。

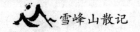

　　　　　　但使龙城飞将在，不教胡马度阴山。

　　如《从军行》：

　　　　　　青海长云暗雪山，孤城遥望玉门关。
　　　　　　黄沙百战穿金甲，不破楼兰终不还。

　　千古绝唱，造就了千古诗人，不流芳后世，亦无由尔。
　　王昌龄生于寒门，不仅才华过人，而且志存高远，心在社稷，但却怀才不遇，不为时所用。在京，既没有"近水楼台先得月"，也没有"向阳花木早逢春"，从事文字校对与典籍收藏一类的文案活儿，一个正九品的文字小吏。外放，先授汜水尉，正九品；后改江宁丞，正八品，再贬龙标，正九品。江宁丞是他一生中最高的官衔职位，但也同样是一区区地方小吏。然而，他的人生悲剧不在于官大官小，而在于他空怀了一腔抱负，枉却了一腔热血，汜水尉上贬岭南，江宁丞上贬龙标，屡遭不幸。
　　王昌龄连续遭贬，是古代文化人命运不爽的一个缩影。古代的文化人大都胸怀天下，以济世报国为己任，因为"学而优则仕"。这就从根本上造就了他们强烈的社会责任意识和勇于担当的献身精神，热衷政治，关心朝政，几乎就是他们的一种自觉行为。这本身也并无什么不当，位卑不敢忘忧国，天下兴亡，匹夫有责，古时如此，今天也如此，况且他们不是草莽匹夫，而是社会精英。
　　"庭院深深深几许，杨柳堆烟，帘幕无重数。玉勒雕鞍游冶处，楼高不见章台路。"从政这门学问太博大、太精深了。为官之道从来讳莫如深，条条大道都可以通往罗马，又都坎坷崎岖，甚至暗礁旋涡，风雨无常，就看你怎么走了。会走的，走出无限风光，走来光宗耀祖，名垂青史；不会走的，走出几多辛酸，甚至身败名裂。有趋炎附势者青云直上，也有投机钻营者粉身碎骨；有脚踏实地者出人头地，也有任劳任怨者草草一生。

热衷政治，志在仕途，难免不对朝政的成败得失有所臧否，说三道四，品头论足，挑剔朝纲政纪的弊端瑕疵，评说江山社稷的兴亡盛衰，虽不乏言之有理，但也少不了吹毛求疵，甚至鸡蛋里挑骨头。他们有文化，不仅敢说，而且会说，开口滔滔不绝，下笔洋洋千言。但是，他们又书生意气太浓，缺少城府，管不住自己的嘴巴，忘了言多必失与祸从口出，还自诩为"宁为玉碎，不为瓦全"，但结果玉还是玉，瓦还是瓦，碎的只是自身。从屈原开始，历代文化人因言论不当引火烧身的比比皆是，数不胜数。朝纲政纪是皇帝管的事儿，岂容你口无遮拦，随意评说。然而，文化人的文化性格缺陷，又总是驱动着他们秉公直言，秉笔直书，议朝纲，谏时弊。进谏虽然是皇帝自己提倡的，但谏而不当，或谏得不是时候，或谏而过多过度，那就是对皇帝的大不敬了。蔑视挑战皇权，岂能容忍！王昌龄一贬再贬，《新唐书》《旧唐书》上说他"不护细行。"《唐才子传》与《河岳英灵集》说他"晚途不矜小节，谤议沸腾。"这些白纸黑字，都说是王昌龄的错。

王昌龄先后两次上书。第一次是在开元二十年（732），评说玄宗执政二十年的功过是非。这样的"书"，自然不是玄宗希望上的。但毕竟是第一次，况且他的才华也颇为玄宗赏识。唐玄宗忍了，没有发作，但这并不意味着他认可王的逆耳忠言。

意见送给了皇上，当然希望能够得到皇上的认可，然而泥牛入海，没有反响。也许自古以来，文化人一半活在自己的理想中，一半活在自己的感觉里。既然摆脱不了禀赋的单纯与天真，也就自然摆脱不了人生的不幸与命运的多舛。这种禀赋的单纯与天真，有时与幼稚可笑就是同义词，由此注定了人生的不幸与命运的无常。

不知道是误判，或是有意而为之？不久，王昌龄第二次上书，这就让玄宗"是可忍，孰不可忍"了。如果没有第二次上书，也许事情就那么过去了，毕竟他的良苦用心，玄宗也不是看不出来。然而，老虎没有发威，不等于你就可以在老虎的屁股上一摸再摸，没有节制。开元二十二年（734），王昌龄贬汜水，出任县尉。正九品，平级外放。

第二章　八年副县长白干了

王昌龄贬汜水尉，史书称"外放"，意即从京城派往地方。从政为官之人的这一类任职异动，既有失上宠而遭降地方任职的，也有有意识外放到地方经受历练的。前者属贬之列，后者因人因事而含义不同，若是降职外放，那就是一种处分；若是外放而职未降，说明只是不被看好，难以重用，让其远离中枢。但在旧时的官场中，遭降级、被冷落而外放，过些时日重新得宠、调回中枢重振雄风的也屡见不鲜。而属外放历练、仕途看好的中途出局、回京无望的也同样大有人在。由于外放包含了多种意思，有的时候兼而有之，再加之种种不确定因素，结果往往难以预测。于是，古人就把这种异动现象称为"宦游"。"宦游"这个词儿多少带点儿轻松浪漫、豁达乐观色彩，你说是贬它就是贬，你说是褒它就是褒。王昌龄贬汜水尉，就带有这种色彩。因为从正九品到正九品，既未升职也未降级，只是变动了任职的地方。

王昌龄在汜水当差五年，开元二十七年（739）奉旨回京。

从贬所回到京城，回到皇帝身边，对于仕途之人，这毫无疑问是一件好事。

王昌龄回京的理由未见记载，但不管是什么样的理由，唐玄宗不发话，所有的理由都是无济于事的。这说明当初让他下去，就既有贬谪之意，也有历练之意。唐玄宗的这番用意，王昌龄或许有所察，或许一无所知。但不管知与不知，文化人的禀赋性格不会让他脱胎换骨，仗义执言的行事风格不会使他改弦易辙。

开元二十四年（736），老臣张九龄被罢相。此时的王昌龄，还是氾水任上的"戴罪"之人。消息传来，他为一代老臣遭受的不白之冤鸣不平，对朝廷的荒诞行径表示不满。唐玄宗罢张九龄，深层次的原因不是因为张九龄有可责之过或可治之罪，而是为了给心腹李林甫腾位子。尽管此议或许并非出自玄宗本意，但此时的明皇已非明君，他即便无意抑张，但拒绝不了扬李。张九龄最终被罢相，李林甫如愿以偿。

王昌龄为张九龄鸣不平的言论，自然引起李林甫等当朝权贵不满。张九龄被罢相两年之后的开元二十七年，也就是王昌龄回京的当年冬天，他被贬岭南。刚露出的一缕曙光，瞬间就熄灭了。

王昌龄的上书与谏言，惹得玄宗不高兴。但出于爱才，玄宗也许想放他一马，所以没有深究，只是外放离京。然而，官场上从来树欲静而风不止，总是有人欢喜有人忧。

玄宗或许一时不那么计较王昌龄的"不护细行"，但其他的人就未必善罢甘休，因为评说朝纲政纪，除了涉及皇帝本人，还会触及其他人。这其他人就是同为一殿之臣的文武百官。在那个庞大的群体中，除了与你私交甚好、意气投缘的人以外，其他人可分为两类：一类与你虽然没有过节，或没有大的过节，但与你政见相左，处世风格各异，兴趣爱好有别，虽同朝为官，却同床异梦，始终尿不到一起。人品好一点儿的，当你大难临头时，事不关己，不去掺和；人品不好的，趁机落井下石，就势煽风点火，在皇帝面前添油加醋，挑起皇帝对你的不满。这一类人或许不是另有所图，他们只是见不得"木秀于林"，常以小人之心度君子之腹。另一类本来就与你水火不容，早就盼望你能有这么一天，阴沟里翻船，好给对手致命一击，

即便是不能置对手于死地，也要让对手受到重创，元气大伤。《唐才子传》和《河岳英灵集》所载的所谓"谤议沸腾"，既可以理解为王昌龄对朝政的议论过多，也可以理解为要求对王昌龄治罪的意见不少，这就把皇帝逼得没有退路了，不想治你罪也得治了。滋生维系这种现象的土壤，是旧时官场的体制与机制，挤走一个，就出现一个空缺，有空缺才有转机。虽然空缺未必一定让他们去填补，但毕竟为他们提供了一种希望，没有空缺，连希望都没有。这种攻讦拆台、你下我上的内在动力，永远都不会枯竭。人为地去一个补一个，去一批补一批，这是旧时太平盛世官制运行的潜规则。总之，官的晋升永远都是"僧多粥少"，就像体育竞技的球赛，球永远只有一个，要想得分，就得顽强拼搏，把球抓到手。这是规律，并不完全取决于官员的个人品格。

王昌龄贬到岭南之后，一段时期内，他不仅是清醒的，想必也是有所建树的，不然就不会有开元二十八年（740）破格擢升江宁丞。同时也说明当初的外放是"历练"大于"贬谪"。史书上把这次异动同样称为"贬"，但客观地看，"贬"江宁虽然也是外放，但职级由正九品升为正八品，属于升调，称贬是不确切的。这也说明了唐玄宗此前对王昌龄外放的微妙心态，既依律给予惩戒，又保留了某种宽容与适度，为日后任用留出了余地。王昌龄出任江宁丞，就是这一微妙心态的最好说明。

丞，即县丞，相当于现在的副县长，一县之内，处一人之下，居万人之上。

从县尉到县丞，由吏到官，从正九品到正八品，王昌龄跳了一级。这说明他在岭南的工作与表现赢得了皇帝的好感，前景看好，若是从此谨言慎行，那么几年之后返京入朝，无限风光等待着他，也是有可能的。但是，他仍然没有管好自己的嘴巴，把大好的前景给葬送了，把希望的曙光给熄灭了，包括他的后半世人生。

　　应当说，王昌龄是有幸的，生逢大唐太平盛世。但是，歌舞升平的背后，往往充斥着骄奢淫逸与物欲横流。唐玄宗曾经是英武睿智之君，除武周，复李唐，一手开创了"开元之治"和"开元盛世"，成为大唐中兴的标志。但是，胜利常常冲昏人的头脑。成功带来的成就感，带来的颂扬与赞美，让人忘乎所以，甚至得意忘形。在朝野上下一片歌功颂德的赞美颂扬声中，他昏昏然了，英雄不再。尤其是千娇百媚的杨贵妃入宫之后，他过度地迷恋儿女私情，搂美色于怀抱，置朝政于不顾，早年的那种进取锐气与英武开明已荡然无存。远君子，亲小人，致使心腹宠臣李林甫、杨贵妃的族兄杨国忠等人逐渐得势，直到揽权乱政，执掌国柄，发号施令。

　　用人是一门大学问。古人提倡用贤内不避亲，外不避仇。不能说凡是皇亲国戚，一概不能重用，一律远离朝政，更不能说这些人都是酒囊饭袋、奸诈阴险之辈。长孙无忌是唐太宗的妻兄，也是太宗的儿时玩伴，帮助李氏父子平定天下，凌烟阁上排名第一。这位开国元勋一生辅佐妹夫李世民打天下、治天下，虽然也有不少言行为后人诟病，但观其一生，他仍然是一位值得肯定的能臣贤相。长孙皇后，那就更不用说了。但也不能否认，皇亲国戚中心术不正之徒也是大有人在的。他们倚仗自己的特殊身份，骄横跋扈，弄权误国，即便已经是锦衣玉食，位极人臣，却仍然得陇望蜀，欲壑难填。这既是他们的本性使然，也是封建社会的政治生态、官场体制使然。李林甫、杨国忠就是这一类人物。

　　李林甫与唐皇室本是一家，他的曾祖父是唐朝开国皇帝李渊的堂兄弟，他与唐玄宗属于旁系房亲，尽管早已在"五服"之外，也仍然是远房族人。这一丝稀薄的血缘关系，若是换了另一个人，也许什么都不是了，但放在李林甫身上，就是一路飙升的原始资本。"好风凭借力，送我上青云。"

　　史载，李林甫最擅长迎合圣意，言玄宗欲所言而不便言，行玄宗欲所行而不便行，博得玄宗另眼相看，赞赏有加。太子李瑛因母亲失宠遭到冷

落，故而常口出怨言。玄宗闻之，欲废为庶人。张九龄进言：太子为国家之本，岂能一怒之下而废黜。朝议时，李林甫不露声色，退朝后密奏玄宗：废立太子乃皇上家事，何必谋及外人。

李林甫私下里的这些小动作，正合玄宗心意。投之以木桃，回报以琼瑶。玄宗不顾张九龄德高望重，不顾大臣们的激烈反对，开元二十四年罢了张的相位。李林甫梦想成真，从此居相位长达十九年。他仗着自己的皇族血统，擅权乱政，呼风唤雨，玄宗朝的诸多弊端恶政，都与他的所作所为密切相关。成语"口蜜腹剑"，是他留给后世的最大"财富"。

王昌龄曾经是张九龄的下属，无论出于部属情感，或相同政见，当然挺张贬李。何况张九龄本来就是公认的一代贤相，许多著名诗人都曾或多或少得到过他的提携与关照。

王昌龄挺张，为李林甫所不容。虽然时过境迁，陈年旧账，但被李林甫等人揪住不放手。天宝七载，王从江宁丞贬龙标尉，由正八品跌至正九品，降级使用，从官的序列退回到吏的行列。八年副县长算是白干了。

第三章　扛得起失败的磨难与打击，却经不起成功的蛊惑与考验

王昌龄再次落难，远贬与汉代"夜郎"山水相连的龙标，朝野上下一片哗然。李白以诗相赠：

> 杨花落尽子规啼，闻道龙标过五溪。
> 我寄愁心与明月，随风直到夜郎西。

夜郎以及夜郎周边地区，在唐代那是穷山恶水、偏僻荒芜的"蛮夷"栖身之地，今天仍然多民族杂居，侗、苗、汉、瑶、土家等民族在这块土

地上共生共荣，既造就了这块土地上丰富多彩的民族文化，也培育了不同特色的民俗风情。而在古代，这样的地方就是囚徒与贬官的最佳去处，触犯律令或不为上宠的朝廷命官贬逐流放此地，历朝都有。李白自己也曾经在这条路上跟跄前行，有幸的是还没有等他走到西边夜郎，就遇上了大赦，故而就有了"朝辞白帝彩云间，千里江陵一日还。两岸猿声啼不住，轻舟已过万重山"的一身轻松和意气风发。落难之人喜从天降，放声高歌，也是很自然的事情，更何况是"我本楚狂人，凤歌笑孔丘"的李白呢！

王昌龄外放江宁，前景即便不能说是阳光灿烂，但也足可以称得上春暖花开。但人往往在春风得意之际，也是以其昏昏、忘乎所以之时，沉湎二月春色，忘记春寒料峭，古今亦然。

王昌龄破格升迁江宁丞，难免没有几丝飘然之感。但以其昏昏、忘乎所以用在他的身上，也是不那么确切的。他不像肤浅之人，更不是骄狂之辈，即便是"傲"，那也是傲骨而非傲气。究其原因，还是文化人骨子里的性格缺陷再一次作祟，经得起失败的磨难与打击，经不起成功的蛊惑与考验，做不到荣宠不惊，皇帝一丝恩宠就飘飘然了。用现在的流行说法，那就是"给一点儿阳光就灿烂。"史书记载的"不护细行"，大概指的就是他那些容易招惹是非的言谈举止。所以，为张九龄鸣不平的旧账被人翻了出来，再次遭贬。

王昌龄是这样，其他的文化人又何尝不是这样。如李白，唐玄宗慕其才召进宫去，君臣相见，原本甚欢，但他却忘记了自己的臣子身份，忘记了自己是皇上的御用文人。

李白斗酒诗百篇，长安市上酒家眠。
天子呼来不上船，自称臣是酒中仙。

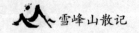

一派酒后的胡言狂态，目空一切。正是这种放荡不羁的诗人性格，促成了他的忘乎所以与自我膨胀，最后一曲《清平调词》惹恼了玄宗，贬往夜郎。玄宗的本意是想博取美人欢心，让李白为杨贵妃写《乐府》词，唱赞美诗，没想到这位浪漫诗人被杨贵妃的美艳惊呆了：

> 云想衣裳花想容，春风拂槛露华浓。
> 若非群玉山头见，会向瑶台月下逢。

李白不愧是"诗仙"，一下笔，就把杨贵妃的华丽娇艳，刻画得惟妙惟肖，表现得淋漓尽致。面对绝色佳人，浪漫诗人抵挡不住扑面而来的醉人温香，控制不了自己的心猿意马，一迷离恍惚，就写走神了：

> 一枝红艳露凝香，云雨巫山枉断肠。
> 借问汉宫谁得似，可怜飞燕倚新妆。

不光是走神，似乎还有那么一点儿"走心"：

> 名花倾国两相欢，常得君王带笑看。
> 解释春风无限意，沉香亭北倚阑干。

这还是单纯的赞美诗吗？

唐玄宗识音律，深谙艺术这玩意儿有的时候它就是声东击西，"醉翁之意不在酒"。

玄宗心明如镜，浪漫文人骚客不像市井平民百姓，心中不平，就朝天骂娘。他们拐着弯儿，变着法儿，修栈道而度陈仓。何况浪漫诗人浪的不仅是诗，有时还浪情。好你个李白，也太色胆包天了吧！竟然敢意淫朕的妃子，你怕我看不出来呀！杨妹妹是你想的吗？你给我乖乖地上路吧！通往西边夜郎的路上，又多了一个行色匆匆的背影。

福兮祸所伏，祸兮福所倚。自古伴君如伴虎。王昌龄虽然不像李白那么浪漫，面对美色不能自持，但当面对皇帝的一时恩宠，同样也会在一定程度上抑制不住内心的激动，因为"士为知己者死"。

十多年前为张九龄鸣不平，十多年后被秋后算账：贬龙标尉。贬地离京城越来越远，职务也由县丞降为县尉，回到了原地。

贬龙标，一去八年，直到"安史之乱"发生之后，唐肃宗至德元年（756，玄宗天宝十五载）才奉召返京，可惜在途中被政敌间丘晓所杀。一代著名诗人，一个倒霉官吏，结束了坎坎坷坷的惨淡一生。

第四章　一片冰心在玉壶

王昌龄是犯了"错误"贬往龙标的，以负"罪"之身而赴任，内心的痛楚不言而喻。

在龙标，他仍然干他的老本行——县尉。

县尉，就是现在的县公安局局长。古代司法体制是"大司法"，公、检、法一家，捕、审、判一体，从履行职责的范围看，职位相当于现在的县政法委书记，职责相对于现在的公安局局长、法院院长、检察院检察长三任一体化。一个舞文弄墨的天才诗人，从事捕盗擒贼、审案断狱的活儿，要有所建树也非易事。何况那时的龙标，既不是后来的黔阳，更不是现在的洪江，山高林密，虎啸猿啼，远离京师，王化有限，一直是"五溪蛮"的栖息之地，民风既淳朴善良，又彪悍粗犷。一介文弱书生，能够威震一方吗？龙标八年，无论是官方或是民间，有关他的政声业绩，正史野史都

少有记载，除了那座与他有关的芙蓉楼，留给后世的只有他的诗，其中最有名的自然是那首《芙蓉楼送辛渐》：

> 寒雨连江夜入吴，平明送客楚山孤。
> 洛阳亲友如相问，一片冰心在玉壶。

这既是他留给黔城的一笔巨大财富，更是他留给后世为官者的一面镜子，远远胜过所谓的政声政绩。

寒雨连江，平明送客。

王昌龄走了。

下篇　夷夏虽有殊，气味终不改

第一章　皇帝"职业保姆"，四朝元老，帅哥美男

王昌龄走了。雪峰苍苍，沅水泱泱，依旧以自己的质朴与热情，迎来送往，播春收秋。唐肃宗上元二年，一代名宦高力士来了。

高力士与王昌龄，生活在同一时代，同朝为官，只不过一个在皇帝身边行走，位高权重，名震朝野；一个在清水衙门当差，难得几回直面龙颜，博得上宠。想必地位悬殊的他们交往也不会太多，况且恃才清高的诗人与奴颜媚骨的宦官，本来就不是同路共道之人。

史书称高贬巫州，后人据此对高贬龙标存疑，认为巫州与龙标是两个地方。

巫州，唐贞观八年（634）置，此后时撤时析，管辖范围也时大时小。开元十三年（725）复置，治所设在龙标。可见，龙标不仅是一县的政治、

经济、文化中心，也是一州的政治、经济、文化中心。高贬巫州，用今天的话说，他是下放到州里当干部，行政关系在州里，户籍关系属龙标，是龙标县的居民。两级政府治所同在一地，今天仍然如此。因此，说高力士贬龙标，也是正确的。

高力士姓冯，名元一，陕西蒲城人。早年，家族获罪，成年男子被杀得一个不留，女子和未成年男子依律令没籍为奴。于是，高力士被带入宫中，阉割当了太监。也有人说他沦为孤儿，四处流浪，后被宦官高延福收为养子，改名高力士，这也是有可能的。如果若其然，那么他就是子承父业了。

高力士一生侍候过武则天、中宗、睿宗、玄宗四位皇帝，名副其实的皇帝"职业保姆"，四朝元老。

史载，高力士天资聪明，善解人意，从小招人喜欢。长大后身长六尺五寸，按照唐代计量单位换算，相当于今天的197.6厘米，这显然有些夸张。但也说明他的确长得英俊魁伟，一表人才，标准的帅哥美男。

第二章　成败取决于一个"混"字

高力士生于民间，长在宫中，自小耳濡目染，再加上养父的耳提面命，宫廷中的刀光剑影，权力场上的明争暗斗，后宫嫔妃的钩心斗角与争风吃醋，他见得太多了，各种套路几乎烂熟于胸，运用起来即便不是得心应手，那也是驾轻就熟、游刃有余。史载：高力士既能文也善武，既有谋略又有胆量，不仅非一般阉人可比，即便是同时代的文臣武将，也未必都能出其右。他行事谨慎细密，擅传诏令，武则天时授官宫闱丞，从八品，掌管宫内法纪、制度、出入等事务。

宫闱，相当现在的机关事务局一类内设机构，宫闱丞等于现在的机关

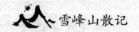

事务局副局长。宫闱及宫闱丞虽然管的是宫中的具体事务，论地位不算很高，权力有限，但是潜在的能量很大。他们行走中枢，面见帝、后远比文臣武将和封疆大吏们方便得多，客观上形成了地位不高来头很大，权力不大权势很大。然而，在管理宫中事务这样的部门当差，成败在很大程度上取决于一个"混"字。若是"混"得好，你就是那近水的楼台、向阳的花木，飞黄腾达随时都有可能降临到你的头上，短则三年两载，长则五年八载，即便"混"不成封疆大吏或朝中大员，也能"混"上个一官半职。若是"混"得不好，那你就成了边沿人物，冷板凳有你坐的。自古伴君如伴虎，但要看你会不会"伴"。会伴的，伴的就是君；不会伴的，伴的就是虎。

高力士春风得意是在玄宗朝。此前几朝，他没有成为"先得月"的那一座"楼台"，或"早逢春"的那一株"花木"，尽管他已经是宫中事务管理机构的负责人，但还谈不上参与朝政。宫闱丞毕竟只是一个事务型的宫廷内官，而且还是副手，一般情况下，轮不到他上朝，参与皇帝、大臣们议事，就像今天的机关事务局副局长，难得有机会参加书记、市长召集的办公会议。但是，凭着高力士的精明，他是有能力"混得好"的，是有机会很快发迹的。在武氏、中宗、睿宗三朝中，他已经有过升迁，只是名声还不够显赫。也许，他凭着过人的天资，看清了只要武则天健在，儿皇帝们就不可能独立亲政，只能浑浑噩噩，得过且过。所以，他既不去违背上意，也不去刻意攀龙附凤。武氏当政之后，李氏后人都坐在冷板凳上。高力士有深厚的李唐情结，对武氏家族即便是恨不起来，也不敢去恨，但爱是绝对不可能的。一个太监出身的宫闱丞，何必卷入两边都得罪不起的权力争斗，弄不好自寻死路。某个时候，明哲保身不仅是一种选择，更体现一种智慧。

高力士与唐玄宗年龄相差无几，是唐玄宗的儿时伙伴。玄宗不忘发小情义，童年的纯朴情感相伴于他们日后的漫长人生，尽管不能替代君臣关系，但在一定程度上能够影响君臣关系。由于这一历史渊源，唐玄宗登基，高力士的春天到来了，累官至骠骑大将军，进开府仪同三司。

开府仪同三司，是朝廷对有功大臣的特别赏赐，始于汉代，后世沿用，多为散官，并非实职。唐依隋制，开府仪同三司为文散官，正一品，是文散官中的最高级别。宦官出身的高力士地位如此之高，可见玄宗对他的信任已经非同一般，同时也从另一侧面说明高力士的确非一般宦官可比。

第三章　忠贞不贰的臣子品格，唐玄宗没有用错人

高力士能够获得唐玄宗的信任与器重，除了唐玄宗念及儿时旧情之外，另一个重要原因，也是最关键的因素，那就是高力士坚定不移的政治立场与忠心耿耿的臣子品德。在唐玄宗从武氏手中夺回李氏天下的刀光剑影中，他功不可没，诛韦后、除太平公主，置个人生死于度外，置自身安危于不顾，毫不犹豫地站在唐玄宗一边，既表现了忠贞不贰的臣子品格，也展示了作为发小的朋友义气。

韦后、太平公主被铲除后，高力士授封右监门将军。

宦官当权、皇亲国戚干政，秦、汉已有，但唐朝的宦官、皇亲国戚弄权干政，从此一发不可收拾，成为李唐王朝乃至后世历朝历代政治生活中的毒瘤顽疾，贻害无穷，这与唐玄宗重用高力士不能说没有关系，但这与高力士本人无关。就制度层面而言，首先应对唐玄宗问责，是他重用太监高力士，不是高力士骗取他的信用；其次应追究后世的皇帝们用人不当，重用了那些品行不端的阉人太监。因为同皇亲国戚一样，不能说阉人宦官一律不能涉足权力，更不能说阉人宦官一概没有能力治国理政。在他们这个群体中同样不乏文武兼备之人，不乏治国理政之才。明代的郑和也是太

监出身，却是我国历史上第一个走向大海的人，是中国古代航海事业的奠基人与开拓者，也是世界最早的航海家。

　　高力士宦官出身，早年为玄宗的伙伴，现在是唐玄宗的宠臣。他与李林甫、杨国忠虽然同班事君，都是唐玄宗的肱股，却不同流合污，而是各行其道。唐玄宗看上了还是儿媳妇的杨玉环，高力士当然不能也不敢公开反对，但他有意识提醒玄宗：那是寿王李瑁的老婆，是你的儿媳妇，意思是要玄宗注意身份与人伦。李林甫为了促成这桩酸楚美事，奏请玄宗下旨，让儿媳杨玉环效法武则天，先出家为尼，后入宫为妃，龙床上侍寝。在杨玉环入宫这件关乎人伦的事情上，高力士与李林甫的做法截然不同。高力士意在让唐玄宗知难而退，自己打消那个荒诞不经的念头；李林甫则迎合圣意，志在玉成此事。要说这大唐盛世，也真是繁花似锦，开放到了极致。前有唐高宗把父亲李世民的女人变为自己的皇后，以子适母，给父亲戴上了绿帽子；后有唐玄宗把儿子寿王的媳妇变为自己的妃子，翁霸子媳，给儿子戴上了绿帽子。常言道，兔子不吃窝边草。这李家男人"吃"的还都是自家园子里的"草"，先出家，后还俗，屡试屡爽，这令世人情何以堪！大唐盛世啊，让后人看得眼镜大跌。

　　唐玄宗重用高力士，虽然与制度不合，但就用人而言，他没有用错人。高力士不仅才能出众，品格德行也无多大瑕疵。"中立而不倚，得君而不骄，顺而不谀，谏而不犯。奉王言而有度，持国柄而无权。近无闲言，远无横议。君子曰：'此所谓事君之美也。'"这是高力士死后，后人为他写的碑文，评价中肯，赞誉有加。他曾经大权在握，一般性的奏折，唐玄宗授权由他批阅。经他的手批阅的奏折成千上万，却没有发现因错批乱批造成的重大失误，这让本已花了心的唐玄宗深感宽慰："力士当上，我寝则稳。"由此可见，高力士虽系太监，但非奸人，虽掌国柄，亦非奸臣。更为难得的是高力士在大是大非面前，在重大历史转折关头，总是表现出敏锐的政治眼光，以及果断处事的智慧与胆识。当唐玄宗终日泡在温柔乡里，欲托国事与李林甫时，他谏玄宗："天下大柄，不可假人。"高力士的这一态度，同张九龄、王昌龄等人的为人处世心照不宣，英雄所见略同。后来的事实也证明，正是由于唐玄宗将"天下大柄"交给了李林甫、杨国忠一伙，才加快了"安史之乱"的到来。强盛的唐王朝从此走向没落，既无法回避，更不可阻挡。

第四章　路遥知马力，患难识臣诚

天宝十四载（755）底，安禄山、史思明起兵叛唐。半个月内，陷河北，占洛阳，建立大燕国，称帝改元。第二年攻破长安。

就在长安即将陷落之际，唐玄宗仓皇出逃。高力士不弃不离，紧随其后，左护右挡。行至马嵬驿，护卫哗变，诛杀了杨国忠，进而兵谏玄宗，赐杨贵妃死，以谢天下，若不依从，誓不前行，史称"马嵬驿事变"。又因发动哗变的是"禁军"士兵，也称"马嵬驿兵变"。

面对给了自己几多欢乐、几多温存的美人杨贵妃，唐玄宗犹豫不决了。他实在不忍心其香消玉殒。但是，一边是杀气腾腾的护卫将士，一边是声泪俱下的天生丽质，唐玄宗乱了方寸，陷入一筹莫展之中。

为了李唐的江山社稷，也为了唐玄宗本人眼前的安危，高力士挺身而出，力劝唐玄宗当断即断，赐杨贵妃死。万般无奈，玄宗只好要了江山而弃了美人，三尺白绫，一缕香魂，从此"云雨巫山枉断肠"了，应验了李白当年写的《清平调词》。

杨氏兄妹死了，风波平息了，眼前的危机得以解除，唐玄宗的帝位也暂时得以保全。但是，"安史之乱"一乱八年，对李唐王朝的打击是致命的。而"马嵬驿事变"的平息，对于扭转危局，即便不是决定性的，那也

是意义重大，影响深远，它让李唐江山得以维系并顺延了一百五十多年，唐玄宗本人也由此得以善终。从这层意义上看，杨贵妃死有所值，高力士功不可没，功在社稷。

"安史之乱"是地方与中央的较量，事关改朝换代。"马嵬驿事变"是朝廷的内部较量，不仅事关玄宗的个人安危，也同样事关大唐命运。在这场内忧外患、生死攸关的大博弈中，高力士至少在两个方面表现出色。

首先是忠心耿耿，矢志不移。改朝换代，免不了刀光剑影，血雨腥风，树倒猢狲散，改换门庭、卖主求荣大有人在。玄宗的先人李渊当年兵起太原，几多隋朝的文臣武将改旗易帜，投在李氏帐下。开国之初，李世民兄弟争权，促成"玄武门之变"，太子李建成和齐王李元吉的不少部属临阵倒戈，拥戴秦王李世民。李世民杀兄弑弟，迫使李渊交出权力，取父而代之。玄宗朝处于李唐王朝的强盛时期，不缺能臣良将、谋士高参，京师重兵把守，身边前呼后拥。但当安禄山兵临城下时，平日里高呼"吾皇万岁，万岁，万万岁"的文臣武将们似乎都不见了踪影，没有几人提着头颅守城御敌，拼却性命护驾。这种现象有它的必然性，甚至合理性。因为局势不明朗，谁胜谁负一时还很难说，万一改朝换代，必重定纲纪，官场重新洗牌，与其过早地主动选边站队。不如先等一等，先看一看，万一失足。成千古之恨，两边都不讨好。那时，你就只能被动地等待、接受别人为你甄别归类了。因为你站错队了。

安禄山势如破竹，攻破长安。风雨飘摇的李唐王朝还能存续吗？天下会不会改名易姓？何去何从的严峻现实，摆在皇室成员以及文武百官的面前。面对有可能到来的改朝换代和江山易主，贪生怕死者主动投敌，见风使舵者叛主求荣，有人坐观其变，也有人溜之大吉，所有人都在按照自己的判断做出选择，也必须做出选择。

高力士有理由也有条件选择。他虽然位高权重，但只是一名文散官，

184

骠骑大将军只是个封号，手中并无精兵良将，上马御敌，仗剑护驾，还轮不到他。他虽然出身宦官，参政理事，有无功劳姑且不论，但至少没有留下骂名。凭着这两条，他即便不愿意叛主，也可以袖手旁观，看龙争虎斗。然而，在这风云突变、祸福尚难料定的紧要危急关头，他却毫不犹豫地保护玄宗出城，尽管前途凶多吉少，生死未卜，毅然一路相伴，表现了一个奴仆对落难主人的真心，一个臣子对失势皇帝的忠诚。

其次，审时度势，有勇有谋。"安史之乱"与"马嵬驿事变"既在意料之外，也在意料之中。唐自立国伊始，推行藩镇割据，地方节度使的权力大得惊人。如安禄山，身兼范阳、平卢、河东三镇节度使，起兵反唐自立，自封大燕皇帝。史思明与安一起反唐后，安封史为范阳节度使，领十三郡，拥兵八万。由于地方大员手握重兵，钱粮充足，抗旨不遵、架空中央，就成为一种必然要到来的正常又不正常的政治生活现象，用今天的话说，即政治生活环境恶化了。

玄宗后期，国柄交由李林甫、杨国忠等人掌控，引起朝野上下一致不满。杨、李为非作歹，专权乱政，大臣们难以容忍，包括护卫侍从在内的宫廷中人，同样怨声载道，这就促成了大内忧外患与小内忧外患的不期而遇，不谋而合。"安史之乱"与"马嵬驿兵变"的发生，既不可避免，更无法阻挡。这对于从小入宫、侍候过四代皇帝的高力士来说，凭着他敏锐的政治洞察能力，事前不会没有察觉一丝不祥之兆。事实证明他心里是有数的，所以在惊心动魄的"马嵬驿事变"事件中，他处变不惊，临危不惧，最终促成玄宗违心下旨，赐杨贵妃死，一举扭转了险象环生的被动局面，把唐玄宗从四面楚歌中解救出来，表现了他应对突发事件、处置现场危机的智慧、胆识与能力。

有道是："路遥知马力，患难识臣诚。"难得！

第五章　一朝天子一朝臣，高力士风光不再

"安史之乱"虽然最终得以平息，但唐王朝已不复昔日风光，即便不是伤得千疮百孔，那也是士气锐减，元气大伤，伤痕累累。

"马嵬驿事变"平息之后，唐玄宗任命太子李亨掌天下兵马大元帅，领朔方、河东、平卢三镇节度使，率师"平乱"。李亨原本护卫父亲西逃。"马嵬驿事变"平息，玄宗继续向西，李亨军务在身，不再护驾，北上灵武指挥对敌作战去了。

国逢乱世，天下老百姓最大的心愿，就是希望朝廷早兴义师，讨逆平叛，收复失地，还天下以太平。李亨不仅看到了民意所在、民心所向，更看到了父亲的力不从心，这就为他提前继承大统，提供了难得的机遇。"安史之乱"爆发后的第二年，李亨在临武昭告天下，宣布继承大位，是为唐肃宗，尊玄宗为太上皇。

李亨称帝是自封的，实有乱中抢班夺权之嫌。但天高儿子远，玄宗鞭长莫及，想管也管不了，更何况值此乱世，只能眼巴巴地看着儿子把龙椅搬了过去，等他回到长安，生米已经煮成了熟饭，不认也得认了。于是，学界与民间一直有人认为，"马嵬驿事变"是李亨为了实现抢班夺权，一手策划的一场闹剧。是也罢，不是也罢。在黑云压城、大厦将倾的危难之际，儿衔父命，挺身而出，振臂一呼，统兵出征，沙场御敌，即便有乱中取父而代之，不合人子人臣的孝道纲纪之嫌，但也表现了一种难能可贵的勇气与担当，比起玄宗那些不争气的皇子皇孙们，李亨仍不失男儿本色，不负天下所望，不辱人子之名，为老子稳住了大唐江山，为李氏家族争得了荣誉，使摇摇欲坠的李唐王朝得以延续，应当赦之不究。

玄宗养老去了。一朝天子一朝臣。肃宗有自己的亲信太监，高力士已不可能为肃宗重用。更何况肃宗把父亲迁宫软禁,身为玄宗亲信的高力士看不顺眼,心存不满,也不是没有可能。

肃宗不按规定程序走,乱中称帝,授人以柄;尊玄宗为太上皇,名为迁宫,实为防止父亲反扑,也是"司马昭之心,路人皆知"。而高力士,皮之不存,毛将焉附?

李亨君临天下之后,自然要把那些虽然不那么适合自己胃口,但又具有一定影响力的前朝人物"安排"好,这就不能不在一定程度上和一定范围内,依靠父亲的原有班底,尤其是那些已经公开表示拥护自己的前朝遗老,先把局势稳定下来,实现平稳过渡。但同时又不能没有选择,不加甄别。不拘一格、广征英才是一回事,顺我者昌、逆我者亡也是一回事。这既是作秀,也是务实。

高力士长期行走中枢,既为武则天所接纳,更为唐玄宗所重用,这本身就会让一些人看着不那么舒服,难免不令人心生妒忌,好像他是左右逢源、因势善变之辈,甚至有投机钻营、跟风善舞之嫌。封建王朝的宫廷,既是是非的裁决之地,也是是非的滋生与盛行之地,一些只可意会不可言传的内外因素,必然会影响肃宗对高力士的使用。

上元二年,高力士贬巫州,步了王昌龄的后尘,罪名是"潜通逆党,曲附凶徒,既怀枭獍之心,合就鲸鲵之戮。"这应当是死罪了。但肃宗似乎不想把事情做得太绝,高力士毕竟是前朝皇帝、当今太上皇、自己父亲的亲信,所以又网开一面:"久侍帷幄,颇效勤劳,且舍殊死,可除名长流巫州。"所谓长流,就是永不起用还朝,断了高力士的念想,绝了高力士的后路。

高力士贬巫州,没有像王昌龄那样有个具体职务,因为他已被"除名"了,相当于现在的"开除",公职身份被剥夺了,也就不可能安排具体职务。他在巫州的所作所为,史书未有记载。估计他也没有什么值得上书的,

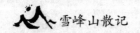

一个一直在宫中跑上跑下、对地方政务一窍不通又无职无权的人，除了在贬所郁郁寡欢，还能做得了什么！而且他在巫州也只有短短两年，即便想有所为也难以为。

第六章　他的品格是高尚的，值得肯定

唐代宗宝应元年（762）四月，做了八年皇帝的肃宗抱病。临死之际，他动了恻隐之心，下旨召高力士回京。《资治通鉴》载：肃宗早年曾经遭李林甫迫害，高力士予以保护。此时肃宗召高力士回京，自然有报当年保护之恩的意思在内。但，是耶？非耶？莫衷一是。当初下旨贬高力士出京，如今下旨召高力士回京，皇帝总是有理的，而且还总是宅心仁厚的。在皇帝的字典里，本来就没有收入那个"错"字。

召高力士回京的圣旨发出没过几天，唐玄宗、唐肃宗父子俩就相继驾崩了，相隔十四天。太子李豫登基，是为代宗。

早在是年六月，高力士闻玄宗死讯，持丧哀悼，终日以泪洗面，忧伤成疾。七月，离巫州返京奔丧，一路号啕不止。行至朗州（今湖南常德），病情加重。高力士回顾自己一生，心中感慨系之。他对随从言：年近八十，可谓长寿；官至开府仪同三司，可谓显贵，一生无憾，所恨无缘再见圣容。言毕，老泪如雨，闻者泣咽。

八月，病逝于朗州，享年79岁。

唐代宗因高力士系四朝老臣，护先帝唐玄宗有功，诏令恢复其生前官职，追赠广州都督，皇家出面治丧，总算为他平了反，昭了雪，落实了政策，还一代名宦高力士应有的荣誉。

高力士的遗体运至长安，厚葬于唐玄宗墓旁，继续陪伴他的儿时伙伴、后来的主子。有记载称：唐玄宗生前念念不忘跟随了自己一辈子的老臣，

遗诏高力士陪葬。高力士死后归来，遂了唐玄宗遗愿。生前鞍前马后，赴汤蹈火，在所不辞；死后默默相伴，想必九泉之下，君臣一定相见如初。

唐玄宗与高力士君臣之间的切切深情，足以让后世为之感叹不已。

高力士一生的所作所为，尽管带有浓厚的封建忠君色彩，但比起那些得势之日耀武扬威、动荡之际苟且偷生、危难之时叛主变节以及卖主求荣的无耻小人，他的品格是高尚的，值得肯定。

终篇　人世几回伤往事　楚山依旧枕江流

"大江东去，浪淘尽，千古风流人物。"

站在芙蓉楼上，远眺青山绿水，目及残垣断壁，念"千古风流人物"，又岂止三国那几个英雄豪杰? 王昌龄、高力士不同样也是"风流人物"吗? 不同样也是被时光的波浪淘走的吗?

"千古兴亡多少事，悠悠。不尽长江滚滚流。"还是辛弃疾的一怀苍凉之慨，令人感慨万千。

当了八年龙标尉的王昌龄走了，在龙标生活了两年多的高力士也走了。"寒雨连江夜入吴，平明送客楚山孤。"

龙标，不仅先后送走了大唐的两位迁客，也送走了自身。北宋元丰三年（1080）改名黔阳，龙标从此走下了历史舞台。"黔阳"这个名称沿用到 20 世纪末。1998 年，原黔阳县与原洪江市合并，成立新的洪江市，黔阳踏着龙标的足迹，走进了历史博物馆。唯有一座名楼、两条大江，依稀记得远去的龙标，记得曾经在龙标负罪度日的一代诗人王昌龄和一代名宦高力士。

黔城建镇筑城，比云南丽江的大研古镇早 1400 余年，比近邻的凤凰古城早 900 多年，一向被誉为"湘西第一古镇"。矗立于沅、潕 二水交汇处

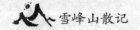

的芙蓉楼，史称"楚南上游第一胜迹"。但现存的芙蓉楼是后人为纪念王昌龄所修。然而，王昌龄有《芙蓉楼送辛渐》一诗，表明当时应该是有芙蓉楼的，只因岁月悠悠，风吹雨打，尤其兵火水灾，王昌龄迎宾送客、饮酒赋诗的芙蓉楼早已楼塌瓦飞，不复存在，唯有他的那首名诗《芙蓉楼送辛渐》，过去陪伴黔城古镇的春花秋月与荣辱兴衰，如今陪伴洪江新城的迅速崛起与繁荣壮大。古镇因此而年轻，新城因此而亮丽。

岁月无期，记忆无穷。自唐以降，黔城既是历代朝廷命官的流放之地，也是历代文人墨客的朝圣之地。颜真卿、黄庭坚、米芾、岳飞、赵孟頫、陈梅仙等历代大家名流，或登临凭吊，赋诗怀古，你吟我咏，相互唱和；或挥毫泼墨，撰联题字，书之于匾，画之于壁，刻之于碑。驱之不散、抹之不去的文化情结，至今绵绵不息。一代名宦高力士没有留下任何遗踪陈迹，一直躺在《新唐书》《旧唐书》以及地方志书上，或许偶尔被人翻阅游览，或许一任尘埃蒙面，鼠啃虫蛀。

黔城是有幸的，先后接纳了大唐盛世的两位显赫人物，尽管他们都曾有过不受朝廷欢迎，带着失败人生的穷愁潦倒，负罪而来，踉跄而归，又都死在回京的半道上。但是，他们即便不能为当时的龙标增光添彩，却为后来的黔城烙刻了最有分量的历史文化符号，让这座位于雪峰山下、沅江岸边的千年古镇，变得更加厚重而深刻，更加儒雅而风流，终成一方形胜。到了近代，国民党军统头目戴笠也在此开班授课，培训特工，并手书"中正门"三个大字，刻于古城的西门之上（民间流传蒋介石曾亲临黔城视察特训班，自西门入城。蒋走后，戴改西门为中正门，并手书门匾，悬于城门之上），虽历风雨剥蚀，仍存留至今。

悠久的历史与深厚的文化，秀美的山水与古朴的风情，怎能不让走进黔城的后世之人，情动于胸，浮想联翩。而无论是王昌龄或是高力士，也都曾经因有过伤时感怀的时候。

沅溪夏晚足凉风，春酒相携就竹丛。

莫道弦歌愁远谪，青山明月不曾空。

王昌龄的《龙标野宴》。宜人的风、醉人的酒、摇曳的竹影。这让人心旷神怡的夜晚，即便那令人愁肠百结的弦歌音犹在耳，但有这青山明月为伴，也就算不上年华虚度、人生空空了。豁达情怀，跃然纸上。

两京作斤卖，五溪无人采。

夷夏虽有殊，气味终不改。

高历士的《感巫州荠菜》，语虽浅白，但意不苍白。以荠菜自喻，抒发了面对荣辱沉浮与成败得失，无论在朝或在野，都如同荠菜，贵也好，贱也罢，唯有本色不变，操守依然。

南宋陆游《咏梅》词云："冷落成泥碾作尘，只有香如故。"

这就是高力士。一个孤儿出身的人，一个从小侍候别人长大的人，一个毁誉参半的人。

王昌龄与高力士同贬一地，时隔十三年。高力士来时，王昌龄已离开了人世。他们早年同在京城，有无交往，史无记载，估计是不会有的，因为一个是皇帝身边的大员重臣，一个是清闲部门里的小文员，地位实在太悬殊了。但危城之下，安有完卵？面对剧烈的社会动荡与危机四伏的李唐王朝，即便他们不去主动介入，也会身不由己地卷入权力争斗的旋涡之中。

他们最终的命运是相同的，同为贬官，同贬一地，同死于回京途中，不同的只是有先有后。这种难以抗拒的命运安排，让先后落难的他们，就有了相同的人生感慨。

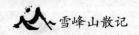

寒雨连江夜入吴，平明送客楚山孤。

洛阳亲友如相问，一片冰心在玉壶。

两京作斤卖，五溪无人采。

夷夏虽有殊，气味终不改。

仔细品味王昌龄的《芙蓉楼送辛渐》与高力士的《感巫州荠菜》，不是殊途同归、如出一辙吗?!

春风浩荡，物华荏苒。青山如画，大江似歌。曾经陪伴王昌龄对酒当歌的江边竹林，又长出了根根新竹；曾经让高力士触景生情的巫州荠菜，又爆出了片片新绿。而他们已经离去千年，连同那个流光溢彩的大唐王朝，一起归于沉寂，渐行渐远。唯有古老的黔城依旧春意盎然，新兴的洪江更是雄姿英发。

青山不老，花开花谢，枯荣交替。江流不息，涛声依旧，浪花如故。

原载《怀化日报》。当地《芙蓉楼》《武陵文化》亦先后刊载。收入本书文字重新做了校对。

主要参考文献：

□《旧唐书》《新唐书》有关人物传记，中华书局编辑部，中华书局1999年版。

□《唐诗选》，中国社会科学院文学研究所，人民文学出版社1978年版。

□《怀化地方志》(今怀化市)，怀化地方志编纂委员会编，生活·读书·新知三联书店1999年版。

□《黔阳县志》(今洪江市)，黔阳县地方志编纂委员会编，中国文史出版社1991年版。

□《芙蓉楼碑刻集萃》，彭仲夏主编，中国画报出版社2009年版。

托口　沅江起步的地方

从"一片冰心在玉壶"的黔城逆水而上，约三十公里处，便是沅江起步的地方——洪江市的托口古镇①。

由贵州东流而来的清水江和发源于湘、桂、黔边界的渠江，在这里合二为一。一个大写的"丫"字，镶嵌在风光旖旎的青山绿水之间，促成了托口曾经的一时繁荣昌盛。而古镇冠名托口，即喻清水江、渠江两水托举之意。一个"托"字，尽显此地形胜。

大江千里，奔腾不息，滚滚而来，滔滔而去，直抵八百里洞庭。这

---

①沅江从哪里开始一直存在争议：始于贵州，始于黔城，始于托口。始于贵州即沅江是贵州清水江的延续，始于黔城即潕水在黔城入沅。事实上在黔城的上游托口，渠水汇入沅江，到黔城已是三水合流。渠水的规模与潕水不相上下。因此，当清水江流到托口与渠水合流后，沅江就开始了。

雪峰山散记

就是"三湘四水"中的沅江，亦称沅水。

　　沅江，大湘西的"母亲河"，滋润着湘西、湘北、湘中的全部或部分土地。两岸的人间烟火与流年光景，绵延千里的物华天宝与古往今来的春华秋实，都得益于沅江的不舍昼夜。站在旧时风物所剩无几的托口镇上，远方青山逶迤，眼前烟波浩渺，直让人感叹这千秋岁月，大江东去，还有悠悠时光留下的过往沧桑。古镇已经沉入江底，唯有敬畏与神圣，依旧在心头荡漾。托口，沅江起步的地方。

　　沅江是从云贵高原奔腾而来的，在贵州那一段以清水江名，进入湖南怀化，始称沅江。在贵州那一段，那个极富诗情画意的名字——清水江，如同一块镀金商标，登记注册了那一段粼粼波光。而沅江之名，自然不能延伸入黔，即便是湘人慷慨相赠，贵州父老也未必认同。

　　贵州的清水江流至今天的洪江市托口，与由南而来的渠江二水合一，始称沅江。这表明了沅江之源至少有两个：一是黔南的最高峰——都匀斗篷山。贵州《都匀县志》记载：斗篷山海拔 1700 米，"上有天池，水分三脉流出。"这既是清水江之源，也是沅江之源。二是湘、桂、黔边界的贵州黎平，这同样既是渠江之源也是沅江之源。事实上渠江之水还有一部分来自广西，与来自贵州的水汇合构成渠江，经通道、靖州、会同直至洪江托口。所谓沅江之源，不是说沅江之水来自哪里，而是说沅江这一称谓始于何处。水之源，不等于名之始。

　　照理说，清水江与渠江汇合始有沅江，是不应当存疑的，但说法就是不一。有人说始于托口，有人说始于黔城，后者获得的认同比前者高得多，无论是古人的记载，或是后世的方志，还有当今的网络等宣传平台与新闻媒体，几乎是众口一词的"黔城说"。托口虽然偶尔也被提及，但和者甚寡。然而，写在书本上的，不如刻在大地上的，由清水江与渠江组成的那个大写的"丫"字，不容争辩地告诉人们：千里沅江，从这

194

里开始！

沅江之名，古已有之。寻找沅江始于何处，也同样古已有之。但古人的记载，似乎都是模模糊糊的，甚至是相互矛盾的，这让后人陷入迷茫，不得要领。

黔城与托口，不仅同属于今天的洪江市，而且同为乡（镇）行政区划建制，都称为镇。从建镇的历史看，黔城与托口同样都在千年以上，同样经历了风雨变迁，起伏兴衰。不同的是黔城有幸续写曾经的辉煌，而托口却没有这样的机遇，找不回曾经的自己。

托口也好，黔城也罢，同处一地，山奇水异，峰高林密，古代都为"蛮荒瘴气"之地，即便是黔城，外界对它的了解也不是太多。历史上像郦道元、徐霞客这样"一生好作名山游"的地理家、水文学家、旅行家，像屈原、王昌龄这样的朝廷贬官以及其他的宦游中人，还有难以计数的文人墨客、军旅商贾，虽然都在这块土地上留下了一串或深或浅的游历足迹，正史或野史上也或多或少、或粗或细地记载了他们的所见所闻。但基于时代以及客观条件的局限，也未能既知其然，又知其所以然。从《水经注》到历朝历代的官方典籍，到历代文人骚客的歌咏吟唱，沅江始于黔城，似乎已是一种共识，虽然不乏模棱两可，甚至牵强附会，但又都是事出有因，情有可原，从而被世人认可与接受。

在古代，大湘西乃至滇黔巴蜀，无论在空间上或在时间上，都远离国家政治、经济、文化中心，古人只能借助简陋的乌篷船，过长江，入洞庭，进沅水，逆流而上，别无选择。从屈原到王昌龄、到魏了翁、到王阳明、到林则徐等落难逐客或持节钦差，甚至历朝历代奉旨经略大湘西以及大西南的封疆大吏、守土牧民的州县命官、戍边安民的兵丁士卒，还有呼风唤雨的商贩捐客，无一不是在风高浪急的颠簸中，走进神秘大湘西的，走向梦幻般的云贵高原的。那一路的惊心动魄与提心吊

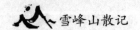

胆，或多或少都让他们少了几许刨根问底的兴趣与耐心。

托口与黔城，同处沅江中上游的雪峰山下。便利的水上交通，成就了历史上的烟景繁华。它们是古代大西南连接中原的纽带，是沅江流域的重镇、名镇。黔城有幸，一路风光，直到今天；托口不幸，半道上衰落，至今外界知之甚少。

包括黔城、托口在内的湖南西部这块与川黔交界的土地，古代统称为"五溪"。托口与黔城归属"五溪"，并且是"五溪"的腹地。大诗人李白"闻道龙标过五溪"的"五溪"，指的就是这方山水。事实上，从洪江市的托口镇到沅陵县的柳林叉，构成沅江支流的又岂止五条溪河。仅辰溪县城沿河而上的十几公里流程内，进入沅江的大溪小河就有双溪、板溪、杨溪、牛溪、征溪、修溪、柿溪。由此可见，"五溪"只是一个概数，并非实指，意在表示其多。

历史、地理、山水概念上的"五溪"，不仅涵盖了今天的怀化市全部，而且包括了湖南的整个西部以及贵州、四川（今重庆）的部分地区。在古人的意识里，"五溪"是地域概念，但更多的是水文概念。作为水文概念，即指在这一带的不同地段汇入沅江的五条河流，通常指雄溪、辰溪、溆溪、满溪、酉溪。这五条溪河，构成沅江的一级支流。但问题是，在这一带与雄溪等河流在流程与流量上不相上下的不止五条，如北部溆浦的溆水，就不在古人的"五溪"之内。小一点儿的溪河，就多得数不清了。它们都是沅江的支流，而且绝大部分直接流入沅江。大大小小的溪河，组成了纵横交错的沅江水系。由此可见，"五溪"不是五条溪河，而是江河众多、水源丰沛的代名词。如同"三湘四水"中的"三湘"并非湘潭、湘阴、湘乡，或者其他以"湘"命名的三个地方；"四水"也非湖南只有湘、资、沅、澧四条河流，而是湖南江河水系的代名词。

196

　　大湘西即湖南西部，峰峦叠嶂，山重水复。在陆上交通不发达的古代，古人凭着一条木船和两只大脚，是不可能走遍"五溪"大地进行实地勘察的。他们只能在走走停停之中，依目之所见，耳之所闻，获取有关"五溪"、有关沅江的一鳞半爪，片面与谬误在所难免，甚至以讹传讹也是预料中事，即便是对同一地或同一事物，其表述也是相去甚远。如五条溪的名称，从来就没有一个公认的统一说法。在《汉书·地理志》《宋书》《舆地纪胜》《方舆胜览》中只有四溪：即雄溪、酉溪、潕溪、辰溪。缺少的那一溪在另一些记载中也有多种版本，或曰力溪，或曰满溪，或曰巫溪，或曰清溪，或曰沅溪，或曰芜溪。《元和郡县图志》中的五溪：即酉溪、辰溪、武溪、熊溪、朗溪。古籍中的"五溪"之名不尽统一，排名顺序也各不相同，如雄溪与熊溪、芜溪与潕溪，同音而不同字。辰溪既是一地名，也是一县名，而非一溪名。在辰溪注入沅江的那条河流叫锦江，又称麻阳河，进入辰溪后的那一段称辰河。沈从文当年在这条河上漂泊，他把自己的所见所闻记录下来，日后整理成书。或许正是因为这条河的名称太多了，用哪一个作书名都不妥当，所以干脆取名《长河》，避实就虚，免去可能出现的名分之争。

　　混乱的名称与模糊的概念背后，或许是古人行踪的杂乱和记忆的错位。"五溪"地域辽阔，山水密集，路途艰险，即便是今天，也没有谁能够走遍山山水水。王昌龄任龙标尉长达八年，写下与"五溪"有关的诗达数十首之多，但与治所黔城近在咫尺的托口，却没有出现在他的笔下。由此而论，一些地方你去过他没有去过，另一些地方他去过你没有去过，要说真实，都真实，这就不可避免地引起认识上的误差。更何况山川河流统一名称的出现需要有一个过程，"五溪"的不同版本大概就是这样形成的。但是，有一个地方，到过大湘西的古人们几乎都去过，或者大部分人去过，这个地方就是黔城。

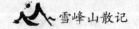

　　黔城，史称"荆楚门户""滇黔咽喉"，是中原通向大西南的必经之地。春秋战国时期，楚国的王风霸气，吹绿了这块土地上的山山水水，"黔中"之名出现在"五溪"大地上。秦立，置黔中郡，为全国三十六郡之一。汉初置武陵郡，一批建制县相继设立。今天这一带的县一级行政区划，几乎都为汉初所创，尔后虽然有过撤并调整，析出并入，但大的格局没有改变。

　　黔城自汉初开始，多数时候一直是州、县治所，从汉之镡成，到齐之舞阳、梁之龙檦、唐之巫州、朗州、龙标以及宋元明清直到中华民国。这样的显赫地位一直维系到新中国成立，黔阳县政府迁往安江。20世纪90年代末，原洪江市与原黔阳县合并，组建新的洪江市，历史再一次选择了黔城作为新的洪江市治所。也许，世事更替，兴衰有序，黔城再一次东山再起。

　　由于黔城由来已久的地位和影响，古代远道而来的人们，几乎都会在这里抛锚上岸，或小住数日，或逗留一时。然后，要么继续西行，要么折返中原。得天独厚的天时、地利与人和，不仅让近在咫尺的托口相形见绌，自愧不如，也让方圆数百里内的不少县城集镇望尘莫及。深厚的历史文化底蕴，为黔城赢得了知名度与影响力，并且在无形之中提升了沅江始于黔城的可信度。

　　沅江始于黔城，就古人而言，那是历史造成的认识局限；就今人而言，那是出于现实的某种考虑，如旅游开发。但是，黔城已跻身于国家级古城名镇行列，并不需要"借得山东烟水寨，来买凤城春色"，不在乎沅江是从自己身边开始，或是从托口开始。是，未必就增光添彩；不是，未必就身价暴跌。一片"冰心在玉壶"的黔城，实在没有必要凑这份热闹。何况托口与黔城同为洪江市的建制镇，而黔城又是洪江市的治所，沅江从托口开始，不也等于从黔城开始吗！

一座电站，让托口古镇沉入江底；一道大坝，让沅江起步的地方成了湖泊。湖水绿如翡翠，清澈照人，故名"清江湖"，大概又源于清水江到此为止，留个念想吧。

清江湖，长 8.8 公里、宽 5.6 公里，水域面积 52 平方公里，平均水深 50 米，仅次于洞庭湖，故而有"西洞庭湖"之称。宽阔的江面，晴天波光闪闪，雨天水雾蒙蒙，白天两岸鸟语花香，入夜两岸灯火阑珊，开足了马力的客运货轮往返于湖的两岸。一座千年古镇已长眠湖底，而一座现代化的新镇则崛起于湖岸。

驻足江堤，总是想起从这里到黔城，这块三十公里的土地，自古以来就是湖南的行政版图。若是沅江始于黔城，清水江就在湖南的土地上流淌了三十公里，湖南人则在属于贵州的清水江上筑大坝、建电站，不仅自私，而且霸道。

行政区划自古以来遵循的原则是板块结构，分而治之，今天也是如此。长江、黄河等主要江河以及铁路等实行垂直管理，那也只是一个领域或一个行业的管理体制，不仅取代不了板块，而且还得依赖板块才能实现有效管治。沅江始于黔城说，等于从黔城到托口这三十公里，湖南管理江的两岸，贵州管理江的水面。江岸管理或许可以政通人和，江面管理就未必政令畅通。命名从来是一门十分考究的学问，横跨数省的山川江河，要么各呼其名，要么一名共享。共享一名离不开共识。沅江显然不是一名共享，清水江古已有之，把清水江与渠江汇合后的三十公里称为清水江，无论在古代或在现代，既不符合行政区划的划分原则，也不符合山川江河的命名规则。

托口有过商客云集、店铺林立、名噪一时的无限风光，是千里沅江名副其实的第一古镇和第一码头。唐贞观八年（634），朗溪从龙标析出立县，托口便是朗溪县的治所。宋元丰三年（1080）设托口砦，"托

（粟桐 摄）

口"之名沿用至今。明朝永乐皇帝朱棣迁都北京，大量征用西南地区的优质木材营造皇宫，托口便是宫廷专用木材的水运中转站。从深山密林里采伐的高大优质原木，源源不断地运往京城，支撑起紫禁城五百多年的金碧辉煌。清朝立国之后，从康熙年间开始，沅江上游种植油桐油茶蔚然成风。江浙、广东等地的油商你来他往，白花花的银子雨点般地抛撒在托口古镇上，不仅推动着托口的持续繁荣，更推动着古镇经济形态的转型与生活方式的改变。进入清代与民国时期，抢码头，建作坊，开商铺，立庙宇，修宅院，一时间商风劲吹，百业俱兴，最终形成了九街十八巷的繁华景象。总之，在明以后的数百年间，托口一直是湖南西部的重要商埠，与比邻的黔城古镇、洪江古商城遥相呼应，孕育了大山深处的资本主义萌芽。

"欸乃一声山水绿。回看天际下中流。"2014 年 2 月，托口电站下闸蓄水，存续了1380 年的古镇化为一湖绿水，融进满江波涛。曾经的朗溪城，曾经的托口砦，曾经的港口与码头，还有旧时的大小店铺与悠长古巷，以及历千年时光荡涤留下的历史遗迹与岁月风情，都一一交给了清江湖的波光与涛声，交给了岁月的回望与记忆。

沅江东流去，托口依旧在。沅江村、清水村、沅神湾乃至与托口毗邻的沅河镇，仍然一如既往地散落在这块古老的土地上。过去，见证沅江起步的波澜壮阔，一去千里；如今，见证清江湖的烟波浩渺，浑无际涯。

托口，沅江起步的地方。

原载《怀化日报》《怀化文学》。收入本书文字重新做了校对。

"老黔阳"与老黔阳

二十年前的今天，黔阳隐退，不再出现在社会舞台上，更不再出现在红头文件上，如一道远去的风景，渐行渐远。但是，褪去的只是飘浮的光环，留下的却是不变的内涵。

"黔阳"二字，已被定格为历史文化符号，经历了两千多年的风雨沧桑，从此烙在岁月的记忆深处。幸得这一壶"老黔阳"酒，让老黔阳风姿绰约一回，神采奕奕一回。浓郁的香味与绵长的回味，"五溪"醉了，沅江醉了，雪峰山醉了，上下几千年的悠悠时光醉得朦朦胧胧、踉踉跄跄。曾经的黔阳县和如今的洪江市，更是醉得摇摇晃晃，醉得意气风发。

从西汉初年黔阳（时名镡成）立县，到20世纪末原洪江市、黔阳县合并，新洪江市成立，黔阳作为一级行政建制，延续了两千多年，而黔阳酿酒的历史更加久远。《左传·僖公四年》（公元前 656）载：齐桓公率师伐楚，告诉楚王："尔贡苞茅不入，王祭不共，无以缩酒，寡人是征。"

苞茅，古楚国土地上的一种野生植物，因其是酿酒的原材料，列为贡品。身为封国的楚朝贡不及时，影响宫中酿酒，引起周王室震怒。齐桓公本来就是春秋一霸，挟天子令诸侯原本是称霸者的强项。于是，他领命出征，兴师伐楚。一场因为酒导致的战争，就这样在楚国的土地上正式打响。可见酒在当时何等珍贵。

黔阳属古楚国的黔中地。楚国产苞茅贡周王室酿酒，自然也包括了黔阳在内。安江高庙文化遗址出土文物中的白陶器，如罐、碗、釜、钵、碗、杯、篦等生活用具，平时用于盛酒就是酒器，祭祀用来盛酒就是祭器。而酒为祭品，古今亦然。高庙遗址的大型祭祀场所以及相关祭祀设施的发掘出土，证明了黔阳远在商周时期，不仅已有祭祀活动的存在，并且具有相当规模。有祭祀，就有酒的存在，这应当是黔阳在那个年代已经存在酿酒的依据，不然，祭祀就进行不下去了。酒，人神共饮。

齐桓公伐楚，起因是楚"贡苞茅不入"。安江高庙人祭祀用的酒，当然是产于当地，所以黔阳的土地上生长有野生的苞茅，也是顺理成章的事情。今天，我们当然不能判定那场战争爆发在楚国的哪一座山下，哪一条河边，哪一块土地上，黔阳也未必就是主战场，齐桓公的金戈铁马也未必出现在雪峰山下。但战争的阴云笼罩了这块土地，不仅是可以想象的，并且是可以相信的。从这个角度上看，今天的"老黔阳"，亦是名副其实的"老黔阳"。

黔阳是老资格的，黔阳酒更是老资格的。"黔阳"二字第一次出现是在宋代，即北宋神宗元丰三年，由黔江县更名为黔阳县，此前曾经历过或析或并，先后使用过镡成、舞阳、龙标等名，一路跌跌宕宕，沉浮

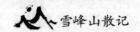

相续。然而，黔阳的酒香却远在商周时期就已漫溢开来，尽管一时还没有发现因为黔阳酒而留下的逸闻趣事，但也同样有理由相信用苞茅酿酒的民风习俗，曾经盛行于这块土地，并伴随着历史的进程而延续。黔阳老酒，老黔阳的酒。

湖天南路，满屋子飘着酒香的"老黔阳"酒庄。包括我在内的闲散之人，围着一张小圆桌，天南地北，海阔天空。没有痛快淋漓地开怀畅饮，没有吆五喝六地你来我往，酒场上常见的冲天豪气与舍命一搏的狂狷之态更是了无踪影，喝得谦恭文雅，喝得彬彬有礼，喝得实实在在。几千年的文化陶冶，酒，早已经不只是一种单纯的饮品，而是一种底蕴深厚的文化物象，衍生出诸如酒歌、酒令、酒话一类的饮中之乐。就用酒的方式定义而言，曰喝、曰吃、曰饮、曰品。这四种方式，体现了四种不同的酒德与酒风。喝者，"对酒当歌，人生几何"，英雄豪气肆意挥发；吃者，平民百姓的实实在在，没有那么多的斯文讲究；饮者，"劝君莫作独醒人，烂醉花间应有数""水调数声持酒听……云破月来花弄影"，文人墨客们的儒雅之风与君子做派；品者，似饮非饮，似醉非醉，胸有城府，莫测高深。当然也有例外的，如李白，"今朝有酒今朝醉，莫使金樽空对月……古来圣贤皆寂寞，唯有饮者留其名"，一代酒仙与落魄文人的自我调侃与自我慰藉跃然纸上；如王维，"劝君更尽一杯酒，西出阳关无故人"，太多的伤感，太多的孤独，让那座柳色青青的咸阳客栈也酒入愁肠，被太多的离愁别绪压得摇摇欲坠；如范仲淹，"浊酒一杯家万里，燕然未勒归无计""酒入愁肠，化作相思泪"，英雄壮志未酬，人生苍凉郁闷。

我们喝不出这样的意境。我们喝的是"老黔阳"。一个"老"字让我们不能不怀揣几分敬畏，与其说喝老黔阳的酒，不如说品老黔阳的文化。

黔阳这块土地，水碧山青，物华冉冉，舒展在雪峰山脚下，沅水在它的身上千年奔流。从安江岔头乡岩里村高庙人点燃的那一缕烟火算起，已历七千多年的风吹雨打，薪火相传，生生不息。而与之相伴的酒文化，自是博大精深，源远流长。但是，在这块土地上喝酒喝得青史留名的，非王昌龄莫属。

王昌龄，盛唐时期的著名诗人，与李白等人齐名。唐玄宗天宝七载，他从江宁贬龙标（即过去的黔阳县，今天的洪江市），充当一个缉贼捕盗的地方小吏，到天宝十五载离去，在龙标这块土地上约生活了八年时光。

王昌龄因诗名世与传世。诗人，尤其是古代的著名诗人，几乎与生俱来就与酒有不解之缘，王昌龄亦不例外。虽然他既非酒仙也非酒圣，甚至难以登上酒神榜排名，但在龙标的日子，他不仅仅是饮者，而且是"留其名"的饮者。如"沅溪夏晚足凉风，春酒相携就竹丛。莫道弦歌愁远谪，青山明月不曾空"；又如"醉别江楼橘柚香，江风引雨入舟凉。忆君遥在潇湘月，愁听清猿梦里长。"两首诗，两种心境，前者洒脱豁达，后者伤感孤独，都是酒后之作。

黔阳早在商周时期已经开始制酒，到了唐代，也应当是名副其实的千年酒乡了。王昌龄所饮之酒，想必也是产于当地的正宗土酒。那个年代，交通落后，信息闭塞，京城有名酒也运不进来，何况一身诗人气的王昌龄虽然当了县尉，但又有几两纹银？囊中恐怕永远都是羞涩的，即便是有好酒名酒，他也是买不起的。但不知道是当地酒的真纯，抑或是王昌龄情的真切，竟然写出了"一片冰心在玉壶"这样的千古绝句。

王昌龄把酒喝出了这样的境界，前无古人，后无来者。一壶黔阳老酒，给了王昌龄这般的坦荡与超脱，如此的达观与自信，不敢说古今中外仅此一例，但也是凤毛麟角，难有出其右者。茅台、汾酒、五粮液能喝出王昌龄吗？人头马、威士忌、伏特加能喝出"玉壶冰心"吗？唯有

（张锡文　摄）

龙标那坛陈年土酒，让王昌龄喝出了落难中人少有的潇洒与淡定；喝出了遭贬宦游之人少有的坦然与从容，喝出了处于仕途坎坷之际难得的好兴致、好心境。

黔阳还是那个黔阳，但酒已不再是高庙祭祀用的酒了，不再是齐桓公兴师伐楚的苞茅酒了，甚至也不再是王昌龄喝的那壶土酒了。但是，高庙的烟火，楚国的文韵，王昌龄的"冰心"，都密封在这一壶"老黔阳"里。拧开壶盖，沅江水浩浩荡荡，雪峰山巍巍峨峨，汉之镡成、晋之舞阳、唐之龙标，乃至昨天的黔阳、今天的洪江，似乎都晶莹剔透，汩汩溢出，醉了这春光明媚的午后，还有明天那更加美好的时光。

"九百里雪峰酿玉液，九百里沅水煮琼浆。九百年追赶谁无梦，九百年扬鞭写华章……天涯归来一壶酒，要喝就喝老黔阳。"

一向滴酒不沾的词作家彭郁"醉"得激情飞扬。这词、这曲、这歌声，正宗的"老黔阳"味儿，耳绕余音，齿留余香。

原载新湖南客户端

辰溪大酉山①

　　大酉山，辰溪的名山，历史的名山，文化的名山。但是，名山不名。

　　大酉山位于沅水与锦江交汇处，与辰溪新、老县城一江之隔。

　　沅水与锦江源于贵州，两水泱泱，走到辰溪，合二为一。大酉山也源于贵州。明末礼部尚书、加太子太保曹学佺《舆地名胜志》载：大酉山"脉自铜仁万山来，至县南酉向结为大山。"山从何而来，名因何而冠，一语道破。经湘西、张家界入沅陵汇沅江的酉水及酉溪，是否也是以所处的方位朝向而名？不得而知。但辰溪的这座青山以"酉"名，与那些称为南山、北山、东山、西山的山，冠名同出一理。

　　沅、锦二水滋养浇灌的大酉山，上古伊始，就在历史断续相继的记忆里，就在亦虚亦实的故事传说里。而这记忆的遥远和这故事传说的精彩，

_____

①笔者应辰溪社科联主席等人之邀，游大酉山，遵嘱成此文。

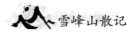

　　大酉山在宋代的重新亮相，虽然得益于宗教的传播，但久远厚重的文化品位，依然是人们争相前往朝拜的主要原因，文人墨客与官宦贤达成了大酉山的常客，隔三岔五，就有大驾光临。黄庭坚、薛瑄、叶宪祖、满朝荐、胡松、曹行健、纪虚中、熊希龄，直到现代文学大家沈从文，都先后慕名而至，或临江赋诗，或登山论文，或观崖泼墨，各领一时风骚，尽得名山风流。

　　诗人唱和，墨客挥毫，既抒情言志，也无边风月。但大酉文化是从善卷开笔的，善卷隐居、周穆王读书、刘尚殉职，在一定层面上包含了关注天下兴亡、心系天下苍生的人生志向与理念，构成大酉文化中的家国情怀之源，也是辰溪人文化性格中最为敞亮的地方。明末的朱化龙与近代的马公武，是这一文化性格的写照。

　　朱化龙，大酉山下的麻田村人。西楚霸王项羽早年视学书为"记名尔"，要学"万人敌"。朱化龙上私塾厌学，舞剑弄枪兴致盎然。明天启年间应募从军，累战功官至总兵。清军入关，明亡清立。朱此时屯兵川北门户松潘。清军攻松潘，朱化龙战败，纵马坠崖，被清兵生擒并斩杀。马公武，县城的富商子弟，留学日本，学成归来，投笔从戎。因与蔡廷锴、李济深、陈济棠等人反对蒋介石对日作战不力，1937年被军统囚于武汉，"西安事变"后获释，蒋介石以"江浙游击纵队司令"相许，但"道不同，不相为谋。"马公武义无反顾解甲回乡，在大酉山西麓的梅花村创建楚屏中学，为家乡兴学，为国家树人。

　　朱化龙与刘尚有相同之处，即都是军人，命丧沙场；马公武与善卷有类似一面，即不求显达，归隐林泉。有个时髦的词汇叫"穿越"。但真正的穿越是文化的穿越，只有文化才能穿越时空，穿越历史。相隔几千年的朱化龙、马公武与刘尚、善卷，就是一种文化穿越现象，虽然时隔千年，依旧一脉相承。

　　大酉文化中的家国情怀，在近代尤为彰显。20世纪30年代日本侵华，蒋介石"攘外必先安内"，一时间国土沦丧，山河破碎。民国中央政府西迁重庆，民国湖南省政府在芷江筹建陪府，一大批党政机关、企事业单位、社会团体随之西迁。华中水泥厂、国民政府兵工署第十一兵工厂（861厂前身，后沅江机械厂，今云箭集团）、湖南大学等先后迁至大酉山下，由此招来了日本飞机的狂轰滥炸。大酉山巍然屹立，为夺取抗战的最后胜利，实现民族独立，经受了战争的考验与洗礼，同时也把抗战文化大写在自己的章节里。

　　站在大酉山上，山风吹过，沅水波光粼粼，锦江道道涟漪，辰溪老城的沧桑与新城的繁华尽收眼底。从尧舜到现在，大酉文化已经存在了四千多年，几乎与五千年中华文明史同步。有过闪亮登场的风光，也有过不声不响的郁闷。明、清两朝，既是大酉山的黄金岁月，也是大酉山的烦恼时期。"有朋自远方来，不亦乐乎。"高频率的迎来送往，客人"乐"在尽兴，主人"乐"在劳顿，扰民之事在所难免，于是，就有了清代"居人私闭其洞"。而这一"闭"，地方官员们轻松了，当地百姓安逸了，大酉山清静了，却把一个藏书的成语典故给"闭"没了，世人只道沅陵"二酉藏书"，不知辰溪"大酉藏书"。从"闭洞"的那一天起，大酉山到如今都还静如处子，于无声之处，陪伴沅水、锦江的潮起潮落，很少有人问津。

　　"杨家有女初长成，养在深闺人未识。"假若杨贵妃没有走出深闺，永远也只是杨玉环。

　　原载辰溪《大酉山文化》，后载2019年《西部散文选刊》第二期。

登罗子山

（摄·蔡蒙晨）

罗子山，大小山峰90座，主峰海拔1378.7米，携辰溪、溆浦、中方三县。伫立主峰之巅，登高振臂一呼，风声嚯嚯，苍山泱泱，旷野吐绿，田园生辉。是故情满胸腔，更兼心旷神怡。

罗子山因隋唐之际的道长罗公远的儿子隐居此山，潜心修道而得名。

民间流传，罗公远本一得道高人，悟道罗翁山。

罗翁山又名罗公山，即今天洪江市的八面山。罗翁山与罗子山同属雪峰山系，相距百余公里。姑妄猜测，那罗道长非平庸之辈，不太像"朝闻道，夕死可矣"的为悟道而悟道之人。罗翁山与罗子山都是雪峰山系中的"天之骄子"，老子所据之山名罗公山，儿子所据之山名罗子山，此中寓意，值得把玩品味。尔后历几番春风秋雨，世道变迁，似乎也印证了两山钟灵毓秀，蕴含玄机。

世上的事，总是山不转水在转，水不转云在转。八面山与推翻大明王朝的李自成隐踪老死之谜转到一起去了。当地百姓乃至一些专家学者认定，八面山就是李自成的隐踪与葬身之地。那里，不仅有许多历史遗存，如点将台、演兵场、战场旧址等，民间也有不少有关李自成的传闻逸事，虽然不成共识，不获公认，但借助李自成的幽灵，八面山赢得了身价。只要李自成死于何处一天没有揭晓，八面山的神秘感就一天也不会消失。

相对于八面山，儿子所居的罗子山更是非同一般，甚至"青出于蓝而胜于蓝"。在中华民族为了争取民族独立和人民解放，前仆后继、流血牺牲的战争岁月里，罗子山是辰溪、溆浦等周边地区乃至湘西共产党人从事革命斗争的主要依托之一。巍巍乎山之雄姿，悠悠然山之灵气，哺育了米庆舜、米月娥等一大批革命先烈。辰溪陈策等共产党人创建、领导的湘西纵队，诞生在罗子山上，战斗在罗子山下。湘西剿匪在辰溪打过三仗，罗子山之战为三仗之一。罗子山远离井冈山，湘西远离江西，罗子山的瑶乡远离陕北的窑洞，但井冈山上的燎原星火，江西苏区的红色火炬，陕北延安的窑洞灯光，却一直照耀在这块神奇的土地上。罗子山下的各族儿女，走着与井冈山相同的路，举着与江西、延安相同的旗，走出了罗子山的风采，举起了罗子山的传奇。罗子山，大湘西的革命根据地，革命的红色摇篮。

罗氏父子选择在八面山与罗子山上修行悟道，既源于出家人的清规，更源于道学"无为而治"的本义，父子俩终归因山之名而得以长存于世。"仁者乐山，智者乐水。"罗氏父子既是仁者也是智者，因为他们的悟道之地，除了山的崇高，还有河的绵长，千里沅江就在八面山与罗子山的脚下奔腾不息，流淌经年。

年轻的罗道长把视之无形、听之无声、觅之无踪却又无时无处不在的"道"，带到了罗子山上，标志着罗子山从自然状态走上了开化的进

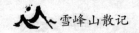

程，即进入文明阶段。从这一天开始，罗子山以另外一种姿态，屹立于天地之间，屹立于辰溪、溆浦、中方三县的交汇点上，阅尽三县古往今来，纵览千年世事沉浮。

"道"是信仰，也是文化。

道作为一种理论学说，春秋时期老子所著的《道德经》完成了体系的创立。道作为一种宗教信仰或社会思潮，形成于东汉中期，与农民起义有关。张道陵创立"天师道"，张鲁创立"五斗米道"，张角创立"太平道"。这些"道"的创立，最终促成了东汉末年农民起义的大爆发，由此开创了三足鼎立的三国时代。佛教在汉代传入中国，魏晋时期江南已是"南朝四百八十寺，多少楼台烟雨中"了，山山水水，佛光普照。到了大唐王朝，李渊父子奉道教为国教，因为道教学派的创始人老子名李聃，李氏父子不能数典忘祖。但是，李唐王朝的政治是开明的，文化是包容的，既尊道行道，也容佛信佛。

罗氏父子系道家信徒。想当初，罗子山主峰顶上一定是道徒出没、道观肃然，虽然今天已为佛所居，并且是经政府批准的合法佛教场所，2011 年还被辰溪县人民政府授予先进宗教场所称号。罗峰寺每年都会遵照佛教仪规，举行盛大的朝山拜佛仪式。但即便是这一切，也改变不了是"道"首先登上罗子山的历史事实。而道的淡出与佛的昌兴，符合佛与道的生存传播规律。

佛教传入中国，就开始了中国化的进程，与儒、道握手言欢。年轻的罗道长带上罗子山的是道教文化。他去世之后，却来了佛教，而且还是后来居上，道观成了寺庙，这恰恰与"人法地，地法天，天法道，道法自然"的道学核心价值理论以及"无为而治"的处世原则相吻合。就佛、道而言，佛提倡普度众生，面向天下之人；道主张"无为而治"，面向少数精英。佛的受众面比道广泛得多，换成今天的话，那就是佛更具有群众性、普世性。不过道也罢了，佛也罢了，当初的罗氏道长也好，后来的佛门弟子也好，他们都是把罗子山由蛮荒引向开化、引向文明的有功之人，这就足以让罗子山下的三县儿女满怀敬意，包括既不奉道也不信佛的我也在其中。

佛、道属于宗教。宗教是文化，也是信仰。假若撇开唯心论、有神论以及迷信、盲从、虚无看待宗教，宗教就是从哲学高度为人立规定矩，教化人，这是宗教的魅力与活力所在，也是宗教能够成为人的信仰的内在原因之一。

文化与信仰，从来就是崇高的、圣洁的，人只能仰观，不能俯视。山以人为峰，海以天作岸。人以什么为峰呢？人以文化为峰，以信仰为峰。年轻道长罗子山上悟道，佛门弟子罗子山上参禅，宗教文化弥漫开来，直到今天，依然满山氤氲。罗子山，文化之山，信仰之山！

名山不一定是大山高山。名山与海拔、体积没有必然联系。喜马拉雅山高得无山可及，但名气远不如黄山、泰山、太行山，更不如江西的井冈山、延安的宝塔山。名山，首先是由名人造就的，其次是由重大事件造就的。名人与重大事件构成山的故事、山的品位，给山铸就灵魂。名山之名，由此而来。罗子山之名气，既源于罗道长隐山悟道和佛门弟子打坐参禅，更源于人世风起云涌与英雄际会。当这些上升为文化时，名山也就随之诞生。

20世纪前半期，一个英雄辈出、中原逐鹿的大变革、大动荡时期。先有雪峰部队与湘西纵队相继诞生，战斗在罗子山下，后有湘西剿匪在罗子山下摧枯拉朽。这两件事，是罗子山最引以为豪的篇章。尤其是湘西纵队的诞生与壮大，把罗子山推上了一个新的高度，由地理概念的山上升为红色文化层面上的山，如同一座历史丰碑，向上是它不改的姿态，鲜红是它不变的颜色。湘西当年各色各样的"地方武装"难以计数，或举长矛、挥

大刀，或抄长枪、架土炮，占一山而称大王，据一地而号霸主，既有打富济贫、替天行道的，也有杀人越货、偷鸡摸狗、凌辱百姓的。唯有罗子山孕育了一支红色武装，为湘西的解放与剿匪的胜利写下了辉煌一页。罗子山，革命的山，红色的山，英雄的山！

第一次走进罗子山。越溪涧、跨沟壑、攀野藤、扯树枝，手脚并用，登上罗峰之巅。

在峰顶的地面上，国家测绘局埋了一块像罗盘一样的小石碑，人踩在上面，实打实的一脚踏三县，双目观三邑。从隋唐之际的罗道长上山悟道开始，到我这只脚踏在这块石碑上，岁月已轮回了一千多年，人世经历了无数次沧桑变迁，而不变的永远是绵绵青山。罗子山，不老的山。

山下，酷热的夏天还在纠缠不休，而山上已经是秋雨霏霏，秋风萧瑟。被雨打湿的风，紧一阵慢一阵地吹，透着一丝深秋的寒意。

站在罗峰寺的大门外，目睹斑驳的高墙和香炉里的徐徐青烟，远眺山下的田园乡村和平静的罗子山水库，还有那条养育了罗子山、养育了大湘西的千里沅江，都既在一望之中，也都在一望之外；都既是一步之遥，又都是远不可及。红尘世俗与佛门净土，人间烟火与仙风道骨，生活在同一块土地上，却不在同一种意境里。

"直上白云第几重，纷纷晓露湿[1]孤松。自知不是神仙侣，空坐罗公九十峰。"清初，辰溪才子米元偶登罗子山作七绝，流露出一丝人生况味。老先生可能怀才不遇，故有"自知不是神仙侣，空坐罗公九十峰"的自嘲。老先生是否迂腐了点儿？宋人林和靖居西湖孤山，梅妻鹤子，"疏影横斜水清浅，暗香浮动月黄昏"，不是也留下了千古美谈吗？今人更加豁达，直言"金山银山，不如绿水青山"。

罗子山，永远的山！

---

[1]原诗此处空格，数番查找仍未如愿。故妄塞一"湿"字，以解空格之憾。

汆岩采风

崎岖的陡峭山路，水泥抹平了凹凹凸凸的坑坑洼洼，天晴没有尘土，下雨没有泥泞。但这毕竟是弯弯山道，狭窄的路面让在城里娇生惯养的小轿车，小心翼翼地拐过一个又一个急弯，爬过一道又一道山梁，最后在一座大山坳上停了下来。那一脚刹车，结束了这一路的惊恐与不安。

从车上下来，伸一伸僵硬的腰杆，揉一揉酸痛的肩膀，跺一跺麻木的双脚，顿时就轻松了几许，胸中泛起不是惬意的惬意，不是清爽的清爽。这感觉，真让人神清气爽，欲罢不能。

时令已近早春二月，但春天的脚步还在山脚下徘徊，迟迟不肯跃上山来。山下丛林之中的柔柔樱花，甚至小溪边的粉红桃花，已然是千娇百媚，笑对春风了。而山上的土地却还在冬眠，即便是那些当阳的坡坡岭岭，也只有少许的树木花草，被柔软缠绵的春风唤醒。偶尔飘来的几

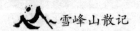

声鸟啼，打破一山的寂静。

这个地方叫佘岩，一个两百多人口的侗家山寨。

佘岩很奇特。你说它边远偏僻吗，离县城弯来绕去也只有十来公里。它原本是一个行政村，前几年乡村区划调整，与原水洞村、冷水冲村合并组成新的水洞村，现在的村部距县城才2.5公里。站在那座叫白岩坎的山顶上，县城就在脚下，白天的车水马龙，入夜的万家灯火，悉数收入眼底。你说它不边远偏僻吗，跨过身后山脚下的那条峡谷，就是贵州。那边的田园村庄，甚至在田园上劳作的男男女女，瓦屋上的袅袅炊烟，清晰得几乎一目了然。

新晃属于省级贫困县，而佘岩不单是贫困县中的贫困村，而且是县城边上的贫困村。民间一向认为，城边（县城）厂边（企业）路边（铁路与公路）的乡村，从来都是向阳的花木，近水的楼台，当别的乡村还在为"一亩三分地"欣欣然时，"三边"的乡村已经用上了电灯电话；当别的地方用上了电灯电话时，"三边"的乡村差不多已是"火花银树不夜天"了。然而，县城边上的佘岩没有。这里大山云集，险峰林立，海拔虽然只有800多米，但尤多悬崖绝壁，无论是上山，或是下山，都非易事。十来公里之外的县城，那令人眼花缭乱的时尚与新潮，似乎一向就少有光顾，甚至没有光顾。

佘岩是贫穷的佘岩。由原水洞、冷水冲、佘岩三个村合并之后组建的水洞村，370户1139人，土地总面积7.4平方公里，其中耕地面积720余亩，人均6分3厘；可用水域面积1.2亩，近100人才有1分水域。稀薄的水资源，人畜用水都会随时告罄，浇地灌田自然就另当别论了。佘岩因其客观环境制约，自然低于合并后的平均水准，人口只占全村总人口的20%，土地面积与耕地面积以及可利用水域也就可想而知了，即便山顶之上人稀地广，人均也不会比全村的比例高出多少，水就更加匮乏了。这也许是具有 600 多年历史的籴岩被撤并的原因之一。

贫穷带给籴岩的是苦涩。男人娶不上媳妇，一直是籴岩的"老大难"问题，让曾经当过村主任、当过村党支部书记、三个村合并后任党支部副书记的杨来弟很是头痛。每当有少女进入婚恋，或者有年轻媳妇改嫁，她总是免不了一番苦口婆心，极力劝阻挽留，希望她们嫁或再嫁本村，虽然也有过"花好月圆"的皆大欢喜，但终归改变不了"燕知社日辞巢去，雁折芦花过别乡"的年年岁岁。至今，全村还有 70 多名汉子打着光棍过日子。

既穷又苦的籴岩，究其原因，还是那个"穷"字在作祟。民间一向流行"穷在闹市无人问，富在深山有远亲"的说法，虽然未必尽然，但也道出了世态曾经有过的炎凉。

新晃，侗族自治县，地处云贵高原向湖湘盆地的过渡地带，不是草原的草原，不是牧场的牧场，饲养小黄牛由来已久。电视上一则广告，新晃的小黄牛不仅"牛"了新晃，而且"牛"向了全国，甚至"牛"向了世界，各种牛肉制品在城乡市场上很是春风得意，博得顾客点赞青睐。但在籴岩，既没有"风吹草低见牛羊"的草原风光，也没有"牛铃摇春光"的放牧景象。虽然在我们停车的山坳上建有一座黄牛养殖场，但也未闻有牛哞之声。从外观上看，那是一处才建成不久的养牛基地，眼下空空荡荡。当然，在不远的将来，它也许会别有一番光景，甚至会"牛"过电视上的广告。而这眼前的籴岩，能让人萌发感慨的，或许就只有那用之不尽、取之不竭的石头了。石板铺就的村寨小路，石块垒就的一层层梯田保坎，石头砌就的一面面农舍院墙，石头造出的一座座旧式民宅，所有的空间几乎都让石头塞得满满的。

石头，见证了籴岩的古往今来，陪伴了籴岩人的祖祖辈辈。一代代籴岩儿女在石头堆里诞生，长大后在石头堆里摸爬滚打，老去之后还会

在石头堆里长眠。这一份生死相依的执着，似乎已让冥顽不化的石头也有了灵性与温度。它们从亿万年前的海浪中冒出头来的那一天开始，就一直守株待兔般地矗立在佘岩的坡坡岭岭之上，不管是狂风暴雨的无情浇打，或者是酷热阳光的肆虐暴晒，既沉默不语，更无怨无悔，就这样静静地守望着佘岩天上的那轮日月，看护着佘岩山上的鲜花芳草；就这样陪伴着佘岩长短不一的朝朝暮暮，陪伴佘岩儿女的风雨人生与苦乐年华，陪伴他们的生与死。

人与大自然的情感交流与沟通，本来就不需要用语言来表达。我们至今崇尚的天人合一，有过语言交流与沟通吗？古人的宗教信仰与图腾崇拜，最早几乎都是以自然为对象，即自然之神。石头在佘岩虽然没有被上升为图腾崇拜，但在石头堆里生、石头堆里长、石头里堆老、石头堆里埋的佘岩人，却有石头一样的质朴，石头一样的实在，石头一样的厚道，石头一样的顽强。

佘岩人姚姓，侗族。远在明洪武二年（1369），有姚氏兄弟二人从当今同一镇辖的大洞坪迁上山来。于是，这野草丛中的佘岩就燃起了第一堆篝火，这乱石堆里的佘岩就升起了第一缕炊烟。从那时到现在，佘岩有过苦难，有过辛酸，当然也曾有过风光，甚至还曾有过一时的辉煌。但有一条定律，叫树大招风。

从明洪武二年到清光绪二十年（1894），姚氏兄弟及其子孙在佘岩立家创业已过了500多年。五百年是一个轮回，古人有云："五百年必有王者兴，其间必有名世者。"佘岩既没有出现"王者"，也没有出现"名世者"，倒是凝聚了前所未有的旺盛人气，家兴业大。有道是天有不测风云。一场民间暴力冲突，在山下与山上之间爆发了。500年的佘岩遭遇了有史以来的重创，整个村子几乎被洗劫一空，据说只有一个叫姚思文的人，侥幸躲过了那场劫难。

姚思文大难不死，意味着籴岩会在逆境中重新崛起。

从悲壮的 1894 年到现在，又是 120 多年过去了。在这天翻地覆的 120 多年里，籴岩曾经有过风清月明，甚至还有过阳光灿烂与春意盎然。这里办过学堂，有人从学堂走向官场，但都不过是昙花一现的话说当年。籴岩毕竟为重重大山所困，大自然没有具备我们想象中的那种悲天怜人情怀。它给籴岩的馈赠，除了亘古不变的乱石野草，以及从石头旮旯里获取有限的红薯、玉米等五谷杂粮，山还是那么高，坡还是那么陡，野草还是那么长，石头还是那么多，水还是那么少，地还是那么瘦，日子还是那么穷。120 多年的繁衍生息，总人口至今还不到 300。中华人民共和国成立后的 60 多年里，籴岩有过兴修水利，有过大办粮食，有过"农业学大寨"，有过责任承包制，有过"八仙过海，各显神通"的自主经营，当然也有过一时的欣欣向荣，但始终都没有摆脱纠结了几百年的那个"穷"字。全村 70 多名单身汉讨不上老婆，是因为那个"穷"字；本村的姑娘想留留不住，他乡的女儿想娶娶不来；近 40 人身患残疾得不到有效医治，也是因为那个"穷"字。籴岩人自己说籴岩的石头能熬汤，既是乐观自信，也是聊以自慰。

"老当益壮，宁移白首之心。穷且益坚，不坠青云之志。"大诗人王勃的文学语言，翻译成老百姓的话，那就是"人老心不老，人穷志不穷"。

籴岩固穷，但穷困的地方头上也有一片蓝天白云，脚下也有一方锦绣山河，心中也有一腔激情热血，所以也就有了年复一年的坚持，年复一年的守望。如杨来弟，当年十六岁的花季少女，即便当初有太多的不情愿，但一旦火焰般的红盖头被一个男人给掀了起来，她以身相许的就已不仅仅只有那个多情的籴岩汉子，还有籴岩这块多情的土地。如籴岩人的外孙吴帮能，几年前在长沙结识了湖南醉花间农业开发公司熊喜林总经理。凭着吴帮能对籴岩的一片赤诚，熊喜林总经理在他的鼓动下登

上了仑岩。仑岩独有的高山风光在熊总经理眼里，胜过湘江沿岸的绿化带，胜过岳麓山上的红枫林，尤其仑岩人的质朴、善良与贫穷，让这位企业家既为之动容，更为之动情。于是，侗族农耕文化保护基地、国家AAAA级旅游景区等项目开发正式拉开了序幕，首笔5000多万元的项目资金砸向了这块土地。

吴帮能自嘲，是他把熊总经理给"忽悠"来了。熊总经理却说你能把我"忽悠"过来，我就能把游客"忽悠"过来。当然，他们讲的"忽悠"同小品里的"忽悠"，含义大不相同。

杨来弟、吴帮能这样的执着与坚守，折射出的是贫困地区老百姓对脱贫的渴望与自信，是仑岩人对这块土地的挚爱与眷恋，让人为之感动。包括仑岩在内的贫困地区老百姓盼望的那一天终于到来，一场史无前例的精准扶贫、脱贫攻坚战役正式打响。

扶贫，既是一项重大决策，也是一场伟大实践，更是人类有史以来一项空前的浩大工程与辉煌壮举。40年前，我们提倡、允许、鼓励一部人先富起来；40年后，我们坚持不让一个村掉队，一个人掉队，坚持农民富了，中国才真正富；农村美了，中国才真正美。

山上的野花，开了一年又一年；石头堆里的野草，绿了一回又一回；龙溪大峡谷的流水，清了一次又一次。如今，水泥硬化的公路取代了泥泞的羊肠小道，明亮的电灯取代了松槁火把，山泉自来水流进了各家各户。正年富力强的村支书介绍说：2017年全村可支配收入人均已经达到近4000元。

仑岩是贫穷的仑岩，仑岩是苦涩的仑岩，令人欣慰的是贫穷与苦涩的仑岩即将成为过去。阳光灿烂的日子虽然姗姗来迟，但迟到的也是春天。

原载湖南作协·文学阅读

坪坦采风

中秋前夕，走进通道侗乡，走近坪坦河畔。

头上，白云依蓝天舒卷。身边，碧水绕青山奔流。

浴秋风，好放歌，赏秋色，当赋诗。

坪坦河的秋，是悬挂在吊脚楼上那一束束金色的糯稻，是回荡在钟鼓楼里那一阵阵悠扬的芦笙，是弹奏在花桥上那一曲曲欢快的琵琶。而当朗朗的秋月跃上树梢头的时候，秋就是围着篝火载歌载舞的哆嘎哆耶，就是合拢宴上痛痛快快的酣畅淋漓。对我而言，此时的秋，又恰似月光下的醉意与醉意中的满天星斗。

合拢宴高潮迭起，"牵啦、嗬嗬、牵啦、嗬嗬"的劝酒之声汹涌澎湃，一浪高过一浪。酒量大如海的人醉了，滴酒不沾的人也醉了；男人醉了，女人也醉了；客人醉了，主人也醉了。用隆重、热烈、欢腾等一类词汇形容这合拢宴上的欢乐气氛，即便不是俗不可耐，那也是词难达意，甚至本来就词不达意。

有海量的人醉了，那是因为情不自禁地开怀畅饮；不胜酒力的人醉了，那是因为酒的清香太沁人心脾；男人醉了，那是因为男人一身豪气；女人醉了，那是因为女人一向多情；客人醉了，那是醉在比酒还要绵长醇厚、还要劲爆火辣的热情里；主人醉了，那是醉在"有朋自远方来，不亦乐乎"的开心惬意里。

我的感觉告诉我，这侗乡的酒，尤其是这合拢宴上的酒，一旦"牵啦、嗬嗬"唱了起来，这酒就已经喝到"树欲静而风不止"的境界里了。酒兴带来的即兴精彩，一个接着一个，争着亮相于"牵啦、嗬嗬"的热辣火爆之中。我没有喝酒，因为我不是英雄，没有海量，也就自然没有那种放手一搏、舍命相陪的胆魄与勇气，唯一的选择就是不声不响地跳出"牵啦、嗬嗬"的节奏之外。但是，我也醉了，醉在比酒还要浓烈的秋色里，醉在坪坦河畔这如诗如画、如梦如歌的侗乡风情里，醉在我对这块土地零零碎碎的记忆里。

通道，"南楚极地""北越襟喉"。春秋战国时期，楚国的南部边界到此为止，再往前就是百越的疆土了。独特的地理区位，造就了唯美通道的自然山水与历史人文，书写了侗乡的过往今昔与沧海桑田。

这里，是侗家人世世代代的栖息之地，侗民族的传统文化，至今原汁原味地扎根在这块土地上。

这里，是八十多年前红军长征转兵西进的转折之地，那一缕黎明前的曙光，是从这里飞向遵义城头、飞向胜利彼岸的。

这里，是湘桂黔的交界之地，往南，是广西桂林与柳州；向西，是贵州黎平与遵义。由县文联主办的文学杂志冠名《三省坡》，就是最好的说明。

　　这里，是国家级深度贫困县，是国家扶贫的武陵片区的一部分。脱贫致富，既是这块土地的朝思暮想，也是这块土地老生常谈的话题。

　　具有特殊含义的"老、少、边、穷"四个大字，楷书般地大写在这块土地上，青山一样凝重，蓝天一样醒目。

　　柔软的风，携带着只有通道侗乡、只有坪坦河的秋天才有的温馨与芳香，既爽爽朗朗又缠缠绵绵地着意吹过，吹得山山岭岭红红绿绿，吹得风平浪静的坪坦河清清幽幽，满河波光艳影。

　　或许，正是因了这风儿爱意绵绵地吹来拂去，因了这清澈透亮的坪坦河水一往情深地漂洗浸染，沿河两岸的田园山川与侗家山寨，总是让人爱不够的爱，亲不够的亲。这大概就是合拢宴上"酒不醉人人自醉"的最好解释吧！因为喝的是酒，醉的是情。

　　坪坦，顾名思义，平平展展与坦坦荡荡。平平展展是它的面容，坦坦荡荡是它的胸怀。

　　坪坦河从广西三江那边流来，穿过坪坦、黄土，于县城注入双江，在通道境内全长30公里。三十公里涛声如歌，三十公里浪花起舞，造就了两岸的平平展展与坦坦荡荡。河以"坪坦"命名，无论听之或念之，都别有一种可以意会、难以言传的风情意韵。

　　通道鲜有高大巍峨的名山大川，但山依然是这里的固有风景。有趣的是，这里的山几乎都是"小家碧玉"式的，乡间少女般的秀气，山寨村姑般的清纯。即便是那座扬名远近的万佛山，虽然不失险峻，但给我的印象依然是她的俊俏与清秀。坪坦河两岸的峰峰岭岭，俊俏与秀美自然就不用说了，既大大方方，坦坦荡荡；又羞羞涩涩，脉脉含情。不管你站在哪一个角度上审视，都是那么别样的妖娆妩媚，亭亭玉立，楚楚动人，直至勾魂摄魄。

　　青山与河流，滋养、珍藏着通道"百里侗文化长廊"的核心内容与

全部精华。三十公里明山秀水的沿河两岸，通道侗民族的优秀传统文化几乎不存遗漏，一一陈列、展览在这块多情的土地上。双层、横岭、坪坦、坪日、皇都、芋头等村村寨寨，回龙桥、普济桥、永定桥、永福桥、回福桥、观月桥、文星桥、中步头桥、中步二桥等众多廊桥，珍珠般地镶嵌于沿河两岸，彩虹一样风姿绰约，横卧于流水之上。数不清的吊脚楼，过不完的风雨桥，看不够的钟鼓楼，听不腻的琵琶曲，跳不厌的芦笙舞。尤其坪坦的芦笙、黄土的歌舞和侗族大歌，不仅在侗乡、在全国，甚至在世界的舞台上，也能看到侗家女子那如同仙女的曼妙舞姿，也能听到侗族大歌那如同天籁的蝉唱鸟啼，以及坪坦芦笙的婉转悠扬与恢宏壮阔。

我亲眼看见的次数不是太多，但我一直认为，坪坦的芦笙是最能吹出侗家人的民族情怀与音乐特色的。几十甚至上百把大的、小的、长的、短的芦笙同时吹响，各种不同的音色声调浑然一体，激昂铿锵与欢快清亮熔于一炉，或令人血液沸腾，或使人柔情似水。我记得有一年县庆，坪坦芦笙队的大方阵，让县城双江岸边的大广场上齐刷刷地长出了一片竹林，上百把芦笙顶端的绿色竹叶，在跳跃的步伐和悠扬的节奏中随风摇曳，整座县城被吹得激情飞扬，被摇得如痴如醉。黄土的歌舞早在20世纪八九十年代就已火得不能再火了。水灵灵的黄土妹从新寨的那块泥土地坪上起步，《行歌坐月》《咯罗打打》《木叶传情》等一路踏歌起舞，唱到了北京，舞到了国外。那个时节外地人来通道，去黄土是他们的不二选择，看一场黄土妹的歌舞心方始安。当时有一句口头禅极为流行：去通道不去黄土等于没到通道。如今黄土与坪坦合二为一，同一块土地，同一脉青山，同一条河流，同一种文化，不再因行政建制被分割切块。"去通道不去黄土等于没到通道"也就自然放大为"不去坪坦等于没到通道"了。流行了几十年的口头禅，过去如是，今天亦如是。

人逢喜事精神爽，月到中秋分外明。坪坦，"老少边穷"的一部分，娇美的面容曾经消瘦单薄过，有过的日子曾经弱不禁风过。记得20世纪90年代初期，我在坪坦的一个村子里看到，村党支部和村委会的牌子挂在一栋吊脚楼的柱子上。尽管村党支部与村委会是党和国家不可或缺的底层基石，但村里没有集体用房，村支部与村委会也只能"高高挂起"，悬在空中了。我问身边的同事，如果书记与主任换了人，是不是把牌子挂到新当选的书记与主任家的吊脚楼上？回答是肯定的。

村党支部与村委会的牌子谁当选就挂在谁家的吊脚楼上，实在是别有一种滋味。如今，这样的无奈已经成为笑谈。白天走过的双层、坪坦、横岭、皇都等村寨，新建的村办公楼，一色的侗乡气派与侗乡风格，简约别致，适用大方。

村级办公场所的变迁，折射出侗乡山寨正在发生巨变，折射出坪坦河两岸的侗乡山寨，有的已经旧貌换了新颜，剩下的也在旧貌换新颜的过程之中。双层村全村200多户近1000人口，建档立卡的贫困户58户249人，2017年实现脱贫42户183人，2018年有望全部走出贫困村的行列①。双层村如此，整个坪坦乡、整个通道县也同样如此。但是，深度贫困县的帽子还没有摘下，接着而来的乡村振兴，建设美丽乡村，要解决的就是深度贫困和持续发展。富，只是物质生活；美，才是精神面貌。

朦胧的夜色中，我打量眼前让篝火映红的高大鼓楼，打量沉淀在我记忆中的这座侗寨。大广场背后那栋非吊脚楼式的房子，曾经是皇都村的大会堂。多年前，我在那里与双手长满老茧的侗家汉子们拉过家常。他们接过我递上的香烟，我抓过他们的旱烟卷成小喇叭，一边怡然自得地抽着，一边倾听他们的山上山下与家长里短，一圈圈蓝色烟雾，慢悠

---

① 此文写于2018年秋，年终经层层检查验收，双层村正式退出贫困村行列，全村人均年收入6000余元。

悠地飘浮散去。如今那栋房子已装修一新，宽敞的表演舞台，规整的观众座椅，高科技的音响设备，"阳春白雪"与"下里巴人"天天都在那里上演。有首歌唱的"好日子天天都放在歌里过"，大概也就是这般光景吧！

明山秀水，养育了一辈辈质朴勤劳的侗家汉子，出落了一代代美若天仙的侗家小妹，如今终于也把这两岸的日子滋养得红红火火、壮壮实实了。红火得如同眼前这堆熊熊燃烧的篝火，壮实得如同合拢宴上那一声接一声的"牵啦"，喷发的都是激情，挥洒的全是欢腾。

合拢宴已经散了。鼓楼前的广场上，哆耶跳得正欢。烧旺的篝火映红了每一个人的脸颊。天上星光，地上火光，夜幕下的坪坦河，梦幻般的迷人与撩人。

日子一天天好起来的坪坦河醉了，没有喝酒的我也醉了。醉在坪坦河的朦胧夜色里，醉在侗乡秋天的朗朗月光下。

选自贾兴安主编的散文集《古道意韵·最美侗乡——好运通道散文精选》。线装书局 2019 年版。

长河号子声

从麻阳回来，一个多月了。那些让人感动的细节与瞬间，忘的忘了，没忘的也淡了。唯有"东方已经发白，楼上楼下的客，各拿各的东西，各穿各的草鞋……"的长河号子声，依旧在耳畔回响，让我同麻阳河一起，在号子声中沸腾与澎湃。

长河，从贵州铜仁梵净山千折百回而来的河，官方名称叫锦江，民间称谓在麻阳的这一段叫麻阳河，进入下游辰溪的那一段叫辰河。称"长河"源于沈从文先生的名作《长河》，文学味儿极浓。麻阳河没有更名，也没有必要改名，但以"长河"称之，却给人以许许多多美的遐想，诗情画意，尽在其中。长河，如歌如梦的河。

羞羞涩涩的春天去了，烈日炎炎的夏天来了。树林子里，激情饱满的蝉歌声嘶力竭，一阵高过一阵，像是在肆意宣泄被压抑了整整一年的

郁闷、烦躁与激动。夏天，荷尔蒙泛滥的季节。

远山如黛，莺飞草长。阳光已碎成斑斑点点，如同粒粒珍珠，闪耀在翡翠一样的水面上，满河都是撩人的波光艳影。水面上吹来拂去的风，即便是在酷热的夏日，也带着麻阳河水的清澈与柔情，爽爽朗朗地吹向田园青山，吹向长河两岸。长河呀长河，长的不是河，而是这一河柔柔软软的风和这一河的粼粼波光。人，被风吹得柔情似水，吹向如痴如梦。

伙计们哪，

嘿！

加油摇哪，

哈！

长河号子哪，

嘿！

喊起来哪，

哈！

……

站在船头的苗家汉子，手中的竹篙一点，船就在号子声中，舒缓地离开了码头。

宽阔的河面，坦坦荡荡，一河的碧波绿浪，闪烁着迷人的银色辉光。两岸的绵绵青山，焕然一新的村舍农庄，还有沿岸缠绵的水柳与挺拔的白杨，我想一定是因了这女人一样温婉、女人一样妖媚、女人一样清纯的麻阳河，才别样的风姿绰约，别样的水墨丹青，别样的声情并茂，别样的万种风情。如果说，大湘西的"母亲河"沅江属于"大江东去"，波澜壮阔，那么哺育了长河儿女的锦江就是小河淌水，妖媚而妖娆。

摇橹声吱吱嘎嘎，号子声起起落落，透亮的水花在桨声与号子的节拍里含笑飞舞，化为一层层涟漪扩散开去，留下一河永远也看不懂、看不够的少女羞涩与少妇风韵，让人，让船，让这两岸连绵起伏的山岗与阡陌纵横的稻田，美美地醉入其中。

木制的游船雅称画舫，远看像一栋长方形的木板小平房，外表古香古色，颇有几分高雅华丽，只是舱内简单得只有两张长条木板凳，供游人相对而坐。这船既不张挂风帆，也没安装烧柴油的马达，摇橹扳艄的汉子们在一"嘿"一"哈"的号子声里发力，摇着船在水面上缓慢前行，这实在是一道难得的水上风景，有几分古朴，又有几分新鲜，还有几分似曾相识的欣喜。我不知道人在这种情景里的感受是应该叫开心惬意，或是叫心旷神怡。都像，又不全像；都是，亦不全是。总而言之，心如明镜般坦荡，情如初开般纯真，别样轻松，逍遥至极。麻阳河，女人一样的河，如诗如画的河。

船行江中哪，

嘿！

往下看哪，

哈！

前面有个哪，

嘿！

大码头哪

哈！

一群姑娘哪，

嘿！

洗衣裳哪，

噫！

号子，男人的专利，男人世界的黄钟大吕，激荡着雄性的粗野亢奋与豪迈奔放。

号子不属于女人，女人只适合唱小曲儿，唱着唱着，就把自个儿给唱得柔软如泥了，就把男子汉们给唱得挪不动脚了。但是，唱小曲儿的女人们，却偏偏爱听男人们的号子，因为那号子里有升腾的火焰，有源于"人之初"的真善美。女人们听着听着，脸蛋儿就情不自禁地红霞乱飞了，芳心儿就抑制不住地跳得老高老高了，最后就在号子声中心猿意马，以至想入非非。老百姓的吹拉弹唱，尤其是包括号子在内的山歌民谣，尘世间的男欢女爱，永远都是山水般的新美如初，永远都是桃花般的灿烂娇媚，不失阳春三月般的迷人、醉人与撩人。

听着长河号子，我对男人开始怀疑了。假若没有女人，一切枯燥乏味的体力活儿，男人们是不是还能够扛得起来？而即便是扛起来了，又还能不能干得痛痛快快，干得潇潇洒洒，干得累也心甘、苦也情愿？也许能，也许不能。但至少因劳作而催生的山歌与民谣，包括这雄性荷尔蒙过剩的长河号子，是决然不会这么走心入肺的。

麻阳河是沅水的支流，在辰溪入沅，然后归入八百里洞庭，消逝在那水天一色的烟波浩渺里。曾几何时，以划船为业的麻阳汉子，一年中的一大半日子，都放在水上漂泊游荡。

在水上讨生活，不亚于在风口浪尖上舞蹈，只要一个动作没有做到位，结局可想而知。一旦翻船落水，有幸者死里逃生，不幸者葬身鱼腹。但那些怎么也拒绝不了、阻挡不住的梦，又总是被摇橹扳桨溅起的水花，打得亮汪汪的，浇得湿漉漉的。

麻阳河的船，以常德的码头为终点。从麻阳到常德，好几百里水路，一个往返，短则十天半个月，长则一两个月。而沅江又素以滩险流急著称，三垴九洞十八滩，滩滩都是鬼门关。清浪滩悬崖绝壁上的寡妇链，虽然因五强溪水库沉入江底，但那些远去的悲怆，至今还在沿江两岸的民间流传。

也许，那些早上登船、晚上沦为水鬼的纤夫船工，真的化为驱之不散的孤魂野鬼，幽灵般地徘徊游荡在沅江两岸，让人想起就心有余悸，寒透肌肤。但又正是这朝去暮不一定能归的生存险恶，让摇船的汉子们为了生活，顾得了生，顾不了死，于是就干脆放浪形骸，尽可能活得本真本色，活出水上汉子的豁达与洒脱，活出闯荡江湖的坦荡与释然。这不是选择，也是选择。况且从某一个角度上看，男人的野性恰恰是男人的本性，男人的可恨之处恰恰是男人的可爱之处。男人，与其让女人视而不见，不如让女人诅咒谩骂。摇橹扳艄的汉子们对此感触尤深，因为在那种或嗔或浪的诅咒谩骂声里，有女人的绰约风姿，有女人春天般的温情和花儿一样的心事，尽管女人们的风姿与心事多是可望而不可及的，饱一下眼福而已，但给了男人们说不清、道不明的愉悦与开心。

过了沅陵，进入桃源，原本桀骜不驯、放荡不羁的沅江换了一副面孔，火爆的性子变温顺了，野蛮倔强变得文明与谦和了，从容谦恭地融入八百里洞庭湖。提着脑袋从急流险滩中闯过来的他们，心情自然是轻松明快了许多，那是曾经置之死地而后生的庆幸。但是，"鬼门关"依在，他们还会一次又一次地赌上身家性命，穿惊涛，踏骇浪，行走于生死线上，有平安度过初一的欢天喜地，也有十五未必就一帆风顺的不可预知。为了摇船的齐心合力，也为了缓解生死无常的现实压力，他们只能凭借野辣辣的长河号子，挑逗那些在码头上洗衣浣纱的陌生女人，一阵打情骂俏，博得一番开怀大笑。倘若那些女人们再浪声浪气一点儿，抛过几个色眯眯的媚眼儿，打上几个热辣辣的哈哈儿，这一路经历的所有惊险与苦难，就浑然忘却得一干二净了，至于下一次的或生或死，暂且都抛向了九天云外。大难不死过后的他们，醉他一个酣畅淋漓，寻他一个开开心心，以淡化那些难以回避的生死攸关所带来的惶恐与不安。

叫声姑娘哪，

嘿!

你仔细听哪,

哈!

问你今年哪,

嘿!

多少岁哪,

哈!

问你定亲

嘿!

没定亲哪,

哈!

码头上洗衣浣纱的女人们也是洞庭湖的麻雀,见过风浪,面对摇船汉子火辣辣的挑逗,沿用号子节奏回敬过去。

姑娘那个,

嘿!

要你问哪,

啊!

定不定亲呀,

嘿!

轮不到你哪,

哈!

小心我的棒槌哪,

嘿!

打扁你的嘴哪,

噫!

船上的汉子们因女人们的回应,更加来了劲火,死皮赖脸地往岸边的女人身上"贴"去。

打是亲来哪,
嘿!
骂是爱哪,
哈!
妹要打哥哪,
嘿!
你上船来哪,
嘿!
只怕你那棒槌哪,
嘿!
像棉花棍哪,
哈!
……

往后,自然是愈加的粗俗与野辣。

轻摇慢划的船,就在这你来我往的号子声中抛了锚,就在这嘻嘻哈哈的打情骂俏声中靠了岸。

常德,过去在湘西老百姓的眼里,那是名副其实的大地方,是可望而不可及的大口岸、大码头,往前走就是洞庭湖,再下一步就是万里长江。对于社会上层和有钱之人,六朝故都的南京、莺歌燕舞的杭州、烟花三月的扬州、十里洋场的上海,都已经不再是天堂的梦幻。但对于摇橹扳艄的

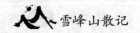

长河汉子，走到这里就不能再走了，这不仅是因为他们手头拮据，更因为浩瀚的洞庭湖与横无际涯的万里长江，原本就没有给他们设定航标与航道。于是，上得岸来，一身轻松也一身压抑的他们，去繁华的宽街大道，口袋里底气不足，只有沿河街巷里那些简陋的茶楼酒肆，甚至背街小巷里的烟柳花楼，才是他们的唯一去处。

"今宵酒醒何处，杨柳岸，晓风残月"……

留下了许许多多是耶非耶的爱恨情仇，真真假假的山盟海誓，苦苦涩涩的恩恩怨怨，长长短短的聚散离合。

伙计们哪，

嘿！

加把劲哪，

哈！

莫让水鬼哪，

嘿！

把船翻哪，

哈！

闯过险滩哪，

嘿！

抽袋烟哪，

哈！

越来越高昂激扬的号子声，把我的思绪从信马由缰的遐想中拉了回来。眼前，喊号子的领头人站在船头，脖子上硕大的青筋凸起，每大喊一嗓，那青筋就像蛇一样蠕动一下，凹凸起伏，伸缩有致。他手中的那根大烟袋杆子上下左右挥舞，虽然招式简单，但也挥得有板有眼，舞得潇洒自如，比起乐团指挥家手中那根轻飘飘的小棍子，神圣多了，精彩多了。指挥家手中的小棍子舞来舞去，也不过是几十件乐器跟着共鸣，而他这根大烟袋杆子，搅动的却是一条江河的汹涌澎湃，却是两岸青山的静然肃穆，却是广袤田园的洗耳恭听。

站成两排的摇橹汉子，身着短马褂，在"一嘿""一哈"的节拍里前俯后仰，橹击流水，桨拍浪花，一阵急促过后，复归于抒情般地轻摇慢划。白云蓝天在水下晃晃悠悠，田园青山在水下招招摇摇。这倒让我想起了旧时文人骚客笔下的秦淮河，想起秦淮河上那些灯影绰绰、桨声欸乃的水上画舫，还有那些被涂抹了过多口红胭脂的吴歌越语。多少文人墨客，多少流莺闲鹤，上演了多少浪荡轻狂，留下了多少香艳风流。唐、宋、元、明、清以至民国，半个中国都在秦淮河上依红偎翠，醉死梦生。"二十四桥明月夜，玉人何处教吹箫？"然而，这浪清水碧的麻阳河，不是纸醉金迷的秦淮河；这古风犹存的吕家坪码头，不是思也悠悠、恨也悠悠的瓜洲渡。这山，这水，这沿河两岸的山水风光，这水边乡村的苗家风情，尤其是这粗犷豪爽甚至狂野火辣的长河号子，那是莺歌燕舞的秦淮河做梦也梦不到的。要说风流偶傥，这才是真正的风流偶傥。

记得在二十年前，我第一次走进吕家坪。那时，麻阳河就叫麻阳河，《长河》还只是沈从文先生的一部书名，"长河"二字还没有从书上跳到地上，与麻阳河融为一体。包括我在内的人们，那个时候大概都在扑朔迷离的"边城"里寻寻觅觅，至于是不是冲着那个"翠翠"去的，是亦不是，不是亦是，很少有人甚至没有人关注"长河"。二十年后，"长河"从沈老先生的书里走了出来，成为麻阳河的又一称谓，实在是美不可言、妙不可言。况且在我看来，边城永远也是扑朔迷离的边城，因为自以为是、对号入座的太多了，最后，也许大家都是，也许大家都不是。"长河"无可争议，属于吕家坪，属于麻阳，属于这块号子声声的土地，属于这既古风犹存又今非昔比的苗乡。这号子就是最好的说明：

八百里洞庭哪,

嘿!

酒一盅哪,

哈!

怎比我长河哪,

嘿!

浪醉人哪

哈!

打起号子哪,

嘿!

摇起橹哪,

哈!

吕家坪上哪,

嘿!

唱花灯哪,

耶!

花灯唱的哪,

噫!

天仙配哪,

嗨!

哟嗬嗬嗬嗬

哈咯咯咯咯

……

原载湖南作家网,2018 年 8 月。后收入《写意麻阳》,杨世勋、郑明艾、舒清、焦玫主编,中国文联出版社,2018 年版。

葡萄架下的大松坡①

爽爽的风，兴高采烈地吹过蓝色的潕水河。中方县桐木镇的葡萄熟了。

中方县桐木镇，虽然没有新疆吐鲁番那样的显赫名声，但在怀化，在湖南，以至在整个南方，这个坐落在潕水河畔的山水小镇，携一串葡萄闪亮登场，赢得了一阵又一阵喝彩。"湘珍珠"与"桐木红"这两个葡萄家族中的新成员，不仅让桐木镇，也让中方县、让全国，甚至让世界葡萄酒行业也不得不睁大眼睛，爆出一声声"OK"。

"湘珍珠"已被列为湖南省著名商标，国家地理标志产品保护申请获准在望。用"湘珍珠"与"桐木红"酿制的葡萄酒正式注册，QS认证已经完成。国际知名葡萄酒专家肯尼·富森对"湘珍珠"给予了充分肯定，远在大洋彼岸的美国加州月色美地国际红酒集团投资开发正式签

①大松坡系中方县桐木镇的一个村，以种植刺葡萄名声日隆，有"南方葡萄沟"之称。

约。原本在荒山野岭自生自灭的野生刺葡萄，如今把一片片浓浓的绿荫，泼洒在中方、在桐木这块绿色的土地上，泼洒在大松坡人的屋前屋后。那些曾经低矮破旧的农家小院，就那么风风光光起来了，就那么红红火火起来了。收获时节，熟透了的是悬挂在架上的一串串葡萄；甜透了的是人们梦里的一阵阵笑声。

中方刺葡萄生产基地，以桐木镇的大松坡村为中心。那里，连绵的青山郁郁葱葱，环绕着那块不大不小的绿色盆地。十多年前，记得我第一次走进大松坡时，葡萄还没有成为那块土地上的主导产业，甚至还不成其为产业。人们虽然也在屋前屋后栽上一株两株，用于自家消费，吃剩的再挎篮挑筐，送到集镇上换回几个零钱。

多少年来，大松坡总是这样千篇一律，人们循规蹈矩，在祖先留下的土地上，年复一年地重复着先辈传授的生存技能；日复一日地恪守着先人留下的薄薄基业。成片的稻田，夏日绿浪翻滚，秋来一片金黄，即便是种不了水稻的斜坡地，也是蔬菜成畦，瓜果成行，参差不齐的竹篱笆上菜花争艳。那样的景象依然是在"以粮为纲"的前提下，掺杂的多种经营，尽管不失田园风光与乡村风情，但总让人想起简陋、落后、贫穷等一类辛酸词汇，想起穷山恶水与穷乡僻壤的艰难境况。

十多年过去之后的今天，我再一次走进大松坡，尽管青山依旧，溪水如故，但大松坡已经不是十多年前的大松坡了。被柴烟熏得黑乎乎的老式木屋不见了，有模有样的小楼靓宅雨后春笋般地亭亭玉立，装点这一方青山绿水，装点大松坡的崭新日月。抚今忆昔，真让人有一点"玄都观里桃千树，都是刘郎去后栽"的感慨。

有道是风是秋风爽，秋到水自蓝。走进大松坡，网状形的葡萄架铺天盖地，如同一块块巨大的绿色地毯，覆盖着环绕盆地四周的坡坡岭岭，覆盖着大松坡的阡陌纵横，覆盖着整个大松坡。在这块土地上风光了千百年的水稻，像是已经完成了它的历史使命，悄然淡出了大松坡的田园大舞台，任由纵横交错的葡萄架支撑起另一种乡村风情，编织出另一种乡村景色。

"湘珍珠"葡萄的大面积栽培，改变了大松坡人千年不变的耕作方式和单一的产业结构，刷新了大松坡千年不变或变化甚微的旧时面貌。据相关部门介绍，"湘珍珠"刺葡萄的亩产量已经达到5000斤以上，一亩土地生产的葡萄扣除生产成本，纯收入少的1万多元，多的达3万来元。刺葡萄原本就是野生植物，即便是人工栽培，顽强的野生基因仍然维系着强大的生存能力，不管是平地，或是高山斜坡，或是屋前屋后、路边道旁，哪怕只有一寸土地，也照样枝壮叶茂、藤蔓舒展，极大地提高了土地的利用率，既增产，更增收。400来户2000多人口的大松坡村，葡萄栽培面积已达3200多亩，其中1000多亩已经进入了挂果期，仅这一项，人均年收入就突破了万元大关。事实印证了调整农村产业结构，既是农民脱贫致富的有效途径，也是建设社会主义新农村的重要举措。今天的大松坡，没有种葡萄的人家几乎没有了，粮农变成了果农，田园变成了果园。

时光倒回二十年，"万元户"曾经是一个时代的话题，是农村富裕的唯一象征，曾经让世世代代种田耕地的庄稼人羡慕不已、向往不已。在《篱笆·女人和狗》的电视连续剧里，葛茂源老汉拿着一沓捆得扎扎实实的钞票，一一分给儿女们的开心面画，成为那个年代农村人最向往、最风光的梦。几度春风秋雨，转眼今非昔比，一家人一万元的年收入已经不足挂齿。一串乌黑甜美的刺葡萄，就让一直"人比黄花瘦"的山村富了起来，美了起来，富得、美得令人耳目一新。

秋天的阳光，别样的金碧辉煌，照耀着舞水两岸的青山绿岭与田园村庄，照耀着葡萄架覆盖下的大松坡。一条长长的葡萄走廊，由东向

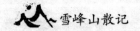

西，把大松坡下的这块田园盆地一分为二。许多人都去过新疆，游览过名扬天下的吐鲁番葡萄沟。如今，大松坡已成为南方的葡萄沟，一串串甜美的葡萄，醉了大松坡，醉了舞水河。

"吐鲁番的葡萄熟了，阿娜尔罕的心儿醉了……"甜美的歌声，在大松坡的葡萄园中回荡。

大松坡，南方的吐鲁番，南方的葡萄沟。

橘子红了时

江口的橘子红了，红得如火似霞，醉了沅江、溆水两岸。

季节已经走进了冬天。空旷的田园上空，飘忽着寂寥和炊烟。草木枯黄，落叶飘零，沅江波浪不起，溆水流水无声。放眼望去，只有橘园里红绿间映，鲜红的橘子压弯了枝枝丫丫，让这萧瑟的冬日有了一缕暖人的温馨。

陪同我们走进橘园的，是溆水湾乡政府机关的工作人员。这天正是周末，城里机关单位的工作人员都在自由地支配时间，或是约上几个好友开心一聚，或是陪着家人逛公园、进超市，若是天气晴好，又有闲情逸致，带上钓鱼竿去郊外的溪河水库当一回姜太公，美在其中，乐在其中。但在基层，尤其在乡镇，周末的概念是模糊的，周末与不是周末没有区别。他们的服务对象是农村老百姓。农村老百姓自古以来就只有五

日一场，没有七天一周，有事找你，你能说今天是周末，明天再来吗？

没有"欢迎光临"一类的寒暄客套，只有一杯冒着热气的清茶，淡淡的香味满屋飘溢。看得出来，他们的脸上带着歉意，因为书记、乡长以及其他领导都下村去了。在他们看来，我们虽然不是什么"长"或什么"主任"一类的公职人员，但毕竟是客人，远道而来，没有主要领导出场，似乎有怠慢之嫌和礼数不周之虞。其实，简简单单地迎来送往，反而让人自由随意，轻松舒适几许。我们不是上级，不是钦差，只是因为橘子红了，尤其是这里的名橘——朱红橘红了，有人陪同，就已经尽到了地主之谊，我们心满意足。但他们的内疚，似乎也是可以理解的。热情待客是我们的传统美德，更何况官场自古以来奉行以下侍上的游戏规则。这不禁让人想起曾经的公务接待，客人来了，"为报倾城随太守"，倾巢而出，前呼后拥，把"有朋自远方来，不亦乐乎"做到了尽善尽美。其实排场化的做派很无聊。有幸的是那样的状态终于从接待中退了出去。官场上或许还不是一色的月白风清，但至少已在回归正常，回归曾经引以为荣的传统与风尚。

洑水湾乡与江口镇比邻。全乡近两万人口，面积不到 100 平方公里，一直笼罩在江口镇的光环之下。

江口俗称大江口，因溆水在这里汇入沅江，称大江口自然是沾了沅江的光。由于两水合流，造就了江口自古以来的繁荣昌盛，确立了水运码头和物资集散之地的重要地位。在漫长的岁月里，官宦商贾，贩夫走卒，甚至三教九流，或在这里登船远航，或在这里系缆上岸，或在这里扳艄转舵，进入溆浦。溆浦儿女也是从这里走向大千世界。总之，江口是溆浦古代对外的重要门户，甚至是唯一的门户，络绎不绝的匆匆脚步，为江口留下了抹不去的历史记忆，声名鹊起，显赫一时。

"深林杳以冥冥兮，乃猿狖之所居。山峻高以蔽日兮，下幽晦以多雨；霰雪纷其无垠兮，云霏霏其承宇。"屈原在《涉江》里描绘的山水风光就是江口，而非别处。那一如旌旗招展的顿旗山峦，那犹似刀劈斧削的悬崖绝壁，至今让人望而生畏。屈原去后，历代朝廷命官、戍边将士，西去东来或东去西来，江口是他们的必经之地。虽然曾经繁华一时的犁头嘴如今已是满目沧桑，甚至破落衰败，但大江两岸白天的千姿百态，入夜的万家灯火，又别具一番风景。

洣水湾与江口共一片蓝天，同一块土地，只因为户籍管理制度的二元化，城镇户口归镇，农村户口入乡，这就使得江口始终是江口，洣水湾始终是洣水湾，虽然鸡犬之声相闻，城乡却分得泾清渭浊。江口的那些历史风光与风光历史，好像都与洣水湾不大相干，你走你的阳关道，我过我的独木桥，你有你的灯红酒绿，我有我的田园青山。然而，不管洣水湾怎样的矜持，又好像都是在孤芳自赏，自视清高。如这朱红橘，大片大片的橘园几乎都是洣水湾的，就连我们采摘的这座橘园与是江口代名词的犁头嘴仅一桥之隔，但它是洣水湾的村，而不是江口镇的街。尤其是那家曾经红火了几十年的大型国有企业维尼纶厂，即现今的湘维集团，建在洣水湾的土地上，但从官方到媒体，到普通百姓，从来众口一词：大江口维尼纶厂。这不仅因为江口的名声响亮，更因为工人属于非农业人口。革命，农村包围城市；建设，城市怠慢农村。至少在过往的历史上，城乡关系一直遵循着这样的双边定律。

江口与洣水湾，自古物产丰富，尤其柑橘久负盛名。20 世纪五六十年代，出口苏联为国家偿还债务，出口欧洲为国家赚取外汇，商标是江口，柑橘却产自洣水湾。吃柑橘的苏联人和欧洲人当然不知道中国有个地方叫洣水湾，即便是国人也未必知道其详，因为洣水湾的橘农也称自己的橘子为江口橘子。这种状态，坐实了"大树底下草不长"。

但是，江口的多彩阳光，也未必从来就没有照耀过洣水湾的田园山

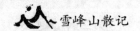

川，或者说洑水湾未必从来就没有搭过江口的便车与顺风船。地缘上的不可分割，总是会让两地或多或少相得益彰，相互依存。

　　站在 1802 省道的路边上，身边山峦起伏，脚下大江奔流。陪同我们的乡干部指着路下面的村庄，自豪之情溢于言表。我顺着他的手指一眼望去，一色类似小别墅式的新式洋楼，在青山绿水的辉映下格外地吸人眼球，这让住电梯楼的我们，赞美与感叹之声不绝于耳。我曾去过富裕的北欧，那时站在异国乡村的土地上，如同电影画面一样的乡村景色，如同安徒生童话一样的欧式小楼房，特别的爽心悦目，令人向往不已。而那时我国的农村，尤其是山区农村，几乎一色的破烂不堪。二十年后的今天，我国的农村面貌发生了意想不到的巨变，尽管一些自然环境恶劣的乡村，还没有彻底摆脱贫穷与落后的困扰，但像洑水湾这样的乡村也绝不是少数，与西方乡村比较，至少已不逊色。

　　洑水湾，沅江岸边一个普通的村庄。呼啸奔腾的沅江在这里俏皮地一弯，就弯出了一块河滩，弯出了一个洑水湾。汹涌的波涛直接撞向对岸，然后回旋荡漾，积水成潭，洑水湾由此而名。由沉淀的泥沙淤积而成的肥沃土壤，不仅让这块土地岁岁稻丰麦熟，也让这成片的果园年年果满枝头。

　　洑水湾于我并不陌生，小时候跟着父母去江口赶集，求学期间有时从江口坐船下辰溪，再以后常去溆浦出差。那个时候的洑水湾在我的记忆里，就是一年四季被沅水的波光涛声洗涤摇曳的老式村庄，且是那样的衣衫褴褛，那样的破落邋遢。低矮的瓦屋杂陈无序，东倒西歪，摇摇欲坠，看不到一点生气，只有醒目的贫穷与落后，构成洑水湾的全部。而今却一派欣欣向荣景象，不仅美了许多，更是年轻了许多。

　　陪同的乡干部年纪轻轻。这个年纪的年轻人，在城里正是玩的黄金时段。自己有收入，虽然不高，但不两手空空，不囊中羞涩。买房、成家、娶妻生子等大事有父母扛着，口袋里的几个子儿，想怎么花就怎么花，这就是今天的城里年轻人。而身为同代人的他们，却脚踏实地在为老百姓做事，说大一点是在治国理政。看看在他们治理下的洑水湾，看看那一座座橘园，那一树树朱红橘，不由得想起一部老电影——《我们村里的年轻人》。

农村乡镇的体制改革已经开始，洑水湾乡即将不复存在，并入江口镇。同一块土地两座庙的历史即将结束，这不管对于洑水湾乡或对于大江口镇，无疑都是好事。只是对洑水湾乡的工作人员而言，又难免有点儿忐忑，因为面临何去何从。说小一点是工作的一次变动，说大一点是人生的一次转折。这种时刻人心浮动、消极懈怠，都是屡见不鲜的，包括各级领导班子换届调整。但去向未定、前程未卜的他们，却依然坦然平静，爱岗敬业，该下村的下村，该值班的值班，恪守职责，井然有序。他们诚恳地希望我们为了洑水湾的明天，多宣传朱红橘，多推介朱红橘，让朱红橘走出洑水湾，走出大江口，走出溆浦，走向更加广阔的消费市场。

我站在另一个角度上想，这些与他们还有关系吗？他们还有必要去操这样的心吗？此时，我想起流行了不知道多少年的官场话：站好最后一班岗。

没有懈怠，没有放松。这个周末，一如既往。

橘子红了，他们要走了。洑水湾乡没了，大江口镇更大了。

但愿"待到山花烂漫时，她在丛中笑"。

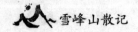

陌生的故乡

没有人说故乡是陌生的，因为有悖于常情。但是，我说了。

站在给了我生命的土地上，目睹熟悉的田园山川与白云蓝天，除了眷恋之情在胸中荡漾，还有陌生之感在心头萦绕。这是我的故乡吗？惊愕之余，我问自己，也问故乡。

故乡坐落在高山顶上，一块不规则的长方形盆地，由东向西，青山环绕，最高处海拔近千。驻足山头，纵目远眺，方圆百里，群山苍茫，如走泥丸。上山下山，无论东西南北，都是一座桀骜不驯的高山陡坡，横刀立马，据险扼守，那是故乡通往山下、走向外界的必由之路。险要的地势如同咽喉，古代常有兵屯，故而村子以屯名之。据我所知，这在多以地形或姓氏命名的南方乡村，虽然不是绝无仅有，但也并不多见。

独特险要的地理位置，在兵家的眼里，那是理想的用兵之地，"一

258

夫当关,万夫莫开"。但对于"日出而作,日落而息"的父老,尤其是对于远去的一辈辈先人,那就是天高皇帝远的化外荒野,没有什么重要不重要的。他们盼望的只是年复一年的风调雨顺,只是"春种一粒粟,秋收万颗子"的仓实囤满,别的不去操心,也用不着操心。坦言之,故乡既不钟灵毓秀,也不物华天宝,更非地灵人杰的藏龙卧虎之地,没有旖旎的自然山水,没有璀璨的历史人文。虽然我小的时候也曾见过破败的大屋大院和残缺的封合高墙,但没有听说有哪座大院里的主人,生前挣得过光宗耀祖的盖世功名,身后留下过惠及子孙的万贯家财,即便有过一时的风光,也很快就被风吹雨打去了。唯一荫及子孙的大屋大院与封合高墙,也扛不过岁月的摧枯拉朽,屋不拆自腐,墙不推自倒。从记事的时候起,故乡留在我记忆中的,是恶劣的自然环境下父辈谋生的艰辛,是参差不齐的木屋瓦房和有气无力的朝暮炊烟。

但是,穷山恶水,未必就没有鲜花芳草;偏僻乡野,未必就缺少春风阳光。在我看来,故乡即便是贫穷落后、破落衰败,也不缺少自然山水固有的美好与亲切。一方山水养一方人,一方人爱一方山水。子不嫌母丑,再丑的母亲也是美的,因为有爱;狗不嫌主贫,再贫穷的主人也是富的,因为有情。人离开了故乡称为游子,死后魂不归宗称为野鬼;狗离开了主人称为流浪狗,生死听天由命。大概这就是我们感慨万千的离愁与离情吧!一个"离"字,包含了多少况味,剪不断,理还乱,拿得起,放不下。

故乡不远,离我所在的城市一百多公里,但在过往的岁月里,有过跋山涉水的举步维艰,有过车一程、水一程的长吁短叹,最后还有不得不用双脚丈量山高坡陡的无奈。如今这一切都已经成为往事,取而代之的是朝至暮归的便捷与轻松,是汽车轮子翻山越岭、喇叭一路高歌的开心与潇洒。

交通条件改善了,故乡时来运转,即便是还没有脱胎换骨,但也旧去新来,贫穷和落后不再是故乡的代名词,好起来、富起来不再是没有

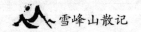

温度的梦。低矮的木屋瓦房越来越少了，钢筋水泥浇注的洋楼豪宅越来越多了，"凹"字形的结构造型，新潮的建筑风格，讲究的内外装修，多了美的曲线与棱角。楼高多为三层，前有走廊，后有阳台，透明的玻璃窗，红黄蓝绿的琉璃瓦。有了这些，原本灰扑扑的故乡，就有了富丽堂皇，有了典雅华贵，更有日新月异与欣欣向荣。

农村不像城里，寸土寸金，地价高得吓人。农村的土地相对宽裕，手头阔绰的人建起了小别墅式的新宅院。门前开放式的栏栅，有水泥的，也有钢管的，大门一关，就满满一院子的温馨。屋后或两头辟出一块空坪闲地，圈养鸡鸭，地上就没有了大煞风景的鸡鸭粪便。院内几株桃树、梨树或几棵桂花树，尽显了乡村人家的诗情画意。泉水从山上流来，只要开关一拧，就直接入锅入缸了。脏了的衣服被褥往洗衣机里一丢，井边、溪边就不再有此起彼伏的捣衣声了。房顶上装上一台太阳能，一年四季的大部分日子就不用去搂柴烧水了。住在这样的小院子里，春天听田园蛙鸣，夏日看千层绿浪，秋来闻十里稻香，冬天一盆炭火暖意洋洋。打开电视，知道天下大事，走进网络，畅游五湖四海，大千世界上每时每刻发生的风起云涌，都能在自家的小院子里耳闻目睹。"秀才不出门，能知天下事。"秀才活到今天，还算秀才吗？

回乡，少不了与儿时的伙伴们叙旧，忆昔抚今，其情切切，其乐融融，也几多时光匆匆、人生若梦的感慨。

我们是同龄人，即便是几十年后，也一样知根知底。过去，他们对我羡慕不已，因为我下了山，由天晴一身汗水下雨一身泥水的农民，变成了风吹不着、雨淋不着、太阳晒不着的市民，这曾是一代农村人年轻时几乎都有过的梦。我自然是幸运儿，抑或还是他们中的佼佼者。但"老皇历"不能再翻了，如今，轮到我羡慕他们了。

我的羡慕并不仅仅因为故乡有新鲜的空气，有干净的水源，有放心的食品，更因为有我与这块土地融为一体的血与肉，有我与这方山水打断骨头连着筋的情与爱，有与儿时伙伴们的手足情。回想当年，喝的是同样的山泉井水，吃的是同样的苞谷红薯，穿的是同样的土布粗衣，讲的是同样的方言土语，喊的是同样的山歌民谣，不管后来的命运给我抹上了一层怎样的色彩，我的血依然同他们一样，山花般的艳红；情依然同他们一样，太阳般的炽热。城市居民与国家干部的标签贴在身上几十年了，也没能取代深入骨髓的乡土意识与乡村情感。时至今天，走在宽敞整洁的街道上，还是免不了提心吊胆；站在扑朔迷离的霓虹灯下，还是免不了叹息"梦里不知身是客"；面对莺歌燕舞的芳草绿地，还是免不了自嘲"错把杭州作汴州"。不能否认，城市的许多优越乡村没有具备，有的也不可能具备，但这一切，似乎都与人的情感、灵魂，不关联，不链接，甚至格格不入。于是，我明白了一个道理：水土不服，无药可治。

天若有情天亦老，人间何时不沧桑。故乡的老一辈人常说一句口头禅：河里的光子岩坨（鹅卵石），也有翻身的那一天。今天的他们与我已经没有什么不同了，坐在一起，过去一眼就能看出的城里人与乡里人的所谓差别，如今荡然无存。年轻的后生甚至比城里的小伙子更加阳光帅气，花季少女与年轻媳妇的绰约风姿不比城里女子逊色几许，甚至村姑固有的妩媚清秀，村嫂固有的质朴健美，永远都会让抹红画眉的城市女性失去光彩。在这一代人身上，已经没有了上一辈人的孤陋寡闻与木讷憨直。他们离我记忆中的农村人，已变得越来越陌生了。

村子变靓了，人变美了，但我认识的人却越来越少了，不认识的人越来越多了，记忆中的许多风物已找不到了。我为村靓人美点赞，但又不以为然，甚至还有一种"物也非也，人也非也"的怅然若失。曾经坦坦荡荡的一马平川，如今已被洋楼豪宅任意肢解；曾经不闻显达、不求

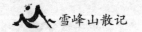

奢华的乡村，如今有了许多不如人意。

通了水泥公路，为图个方便，人们把房子建在公路两旁，公路从两排楼房中间穿过，有的路段甚至就在屋檐底下。先人们在沿山脚的土地上竖屋建房，然后依山而起，后人一层层向上延伸，最终形成了青山呵护村庄、村庄守望田园的乡村布局，那是最纯真、最纯朴的田园风光，也是最朴素的人文景观，延续了一代又一代。而今，这样的延续已戛然而止。对于现在的他们而言，土地有也可，没有也可，原本安分守己的山山水水，皆因"城镇化建设"的巨大诱惑兴奋不已，兴奋得忘记了自己。尽管村子还没有"城镇化"，生活却提前步入"城镇化"了。城里的货的像流动的超市，衣裙鞋帽、大米面粉、鸡鸭鱼肉、蔬菜瓜果、吃的用的，应有尽有。从这个角度上看，他们的生活已"城镇化"了，至少已经"半城镇化"了。

城镇化是相对乡村化而言的。推进城镇化建设，难免不意味着去乡村化。实现的途径要么直接让农民离开乡村迁居城镇，要么把乡村就地建成城镇，还有就是城镇在向外扩张中吞并周边乡村。事实上，最后一种途径早已这样做了，而且做得风生水起。这一条之所以能够成为事实，那是因为城市要扩容增量，这与推进乡村城镇化建设并无内在联系。前面两条，或许都难以成为现实。

但是，人往高处走，水朝低处流。祖祖辈辈脸朝黄土背朝天、一年四季日晒雨淋的他们，累趴了，苦怕了，穷伤了，谁不想有一个华丽转身，过上同城里人一样的日子，享受同城里人一样的物质、精神文明成果？于是，老祖宗留下的"一亩三分地"可有可无了，因为即便是没有那个模模糊糊的"城镇化"的到来，"一亩三分地"在年青一代眼里也是不屑一顾的。他们是农民的后代，却为城市而生，从十几岁开始，就一直走在城市打工的行列里，虽然没有摆脱辛苦的命，但他们既不会种田也不想扶犁。故乡沉默的土地一直在等待着他们，而他们却不会像父辈那样，把自己一生捆绑在故乡的土地上，宁愿在不属于自己的城市里流汗受累，用自己的人生年华托起城市的富丽堂皇，装点城市的五彩斑斓，也不愿在属于自己的土地上安居乐业。打工挣来的一把把钞票，通过建洋楼、建豪宅，通过流动的一辆辆货的，又顺理成章地回到了城里人的手中。父辈留下的老屋任其风吹雨打，直至腐朽坍塌；祖先开垦的土地任其闲置荒芜，哪怕野草丛生。

打工，加快了农村的致富步伐，改变了一代人的人生。父辈们守着"一亩三分地"越守越穷，他们离开"一亩三分地"却越来越富。土地，失去了往日的珍贵。

富了，改善衣食住行，追求生活品位，也是理所当然。但是，用从城市挣来的钱糟蹋家乡的土地，糟蹋先人留下的田园，这就很难说是明智之举。在柴火炊烟与鸡啼犬吠声中，有过太多岁月沧桑的故乡，会有朝一日摇身一变就成了城镇吗？生活在这块土地上的人们，会有朝一日一觉醒来就是市民吗？世道无常，世事难料。也许，天底下原本就没有什么办不到的事。理想总是从梦想、空想开始。有梦总比没有梦要好，但愿不是白日之梦。

农民的后代不眷恋农村，种田人的儿女不珍惜土地，生长粮食的良田沃土如今生长房子，生长野草，田园风光变色变味，变得既有几丝新鲜又有几丝怪异。一个地方，可以破旧沧桑，但不能荒芜苍凉，更不能因破旧立新而满目疮痍。

城里的工还得去打，挣了钱回来还得占用田地建房修屋，这样的态势还得继续下去。不外出打工不行吗？当然不行。况且今天挣钱养家糊口已经不是外出打工的唯一原因。有女子年轻丧夫，靠外出打工挣钱把两个儿子养大，大儿子已结婚成家，但至今依然年年外出，因为大儿子

把"家"安在打工的地方，她要去照看下一代，既为了履行当奶奶的义务，也为了享受难得的天伦。而更重要的是她还必须把小儿子也带入打工的行列，不然，小儿子就找不到对象，因为乡村已经无对象可找了。未婚的女孩子们都云集在城市打工的队伍里，并且几乎清一色的"衡阳雁去无留意"，很少有人返回故乡，恋爱结婚。男孩子不行，男孩子要回家延续香火，要继承、守护祖先留下的基业。

持续汹涌澎湃的打工潮，不仅荒了农村的田和地，而且误了农村青年的爱情与婚姻，不外出打工，想找对象连门儿都没有。人们关注农村的留守老人、留守儿童与留守妇女，但随着青壮年男女举家外出打工的增多，也许有一天，留守儿童跟着父母走了，只有老人们走不掉。那时，乡村就只剩下留守老人了。他们才是乡村最后的守护者，留守到离开人世的那一天。他们过了之后，乡村还存在吗？城里的人们还有故乡可回吗？但愿这是"杞人无事忧天倾"，吃饱了撑的。

入夜，疏疏密密的天上星星，稀稀拉拉的地上灯火，照不透浓浓夜色。青山影影绰绰，村庄模模糊糊，门外漆黑如故。电灯照亮的只是各自屋内的几尺空间。

我坐在童年伙伴家的酒桌前，虽然已经喝得醉眼蒙眬，但依然推杯把盏，你来我往。我既不用担心酒后失言，也无须顾及醉后失态，喝也坦坦荡荡，醉也坦坦荡荡。到哪里去寻找这般地开怀畅饮呀！何处才有这样的真情纯意呀！

陪我一起围着桌子"把酒话桑麻"的，还有童伴的妻子和他年迈的父母，以及我不认得的晚辈。对我而言，属于晚辈的他们是陌生的，但陌生的还有故乡。

大木匠三世

高建森被人称作"大木匠"，远近闻名。他的爷爷、父亲，在世的时候也称"大木匠"。因此，他是名正言顺的"木三代"，所以也称"大木匠三世"。

大木匠三代世袭，活儿特殊，为人打棺材。称"大木匠"不是打棺材的活儿有多难，而是因为棺材是给死人打的。天理人伦，死人为大。

棺材又叫寿器，俗称千年屋、老屋，意思就是人最后的屋子。

高家父子手艺了得，棺材线条一目了然，棱角有模有样，头高高得恰到好处，尾低低得恰到好处，增一分或减一分，让人看起来都不那么顺眼。棺材装了死人之后，众人抬起，一路的鞭炮、锣鼓、唢呐、吆喝，浩浩荡荡，远观如龙在天上游，近看如虎向青山行，给死者以最后的风光，给死者的孙儿男女以莫大的荣耀，更让活着的老人面对那个

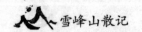

"死"字，打心底儿坦然了许多。躺在这样一口大棺材里到那边去，有脸有面，走，值了！

打棺材的木匠在圈内的地位不算显赫，树屋的木匠那才叫木匠。做个柜子、圆个桶子、削根扁担一类活儿的人虽然也称木匠，但在树屋的木匠面前，就不敢自称木匠了。打棺材的木匠就更不要说了，技术含量低，走的都是平面直线，况且身上还带着几分晦气，不到万不得已，人家都是若即若离的，这让打棺材的木匠走路多低着头，说话多细着声。然而，高家的人脉却一直是旺着的，本村和方圆几十里以内的活儿，都让高家给包了。

人世间的事儿，好像冥冥中有神在掌控，逃不过三代一轮回的宿命。官宦、富豪、圣贤、名流以及民间工匠，到了第三代，就开始走下坡路了，想拉都拉不住。只有高家传到第三代，仍然风光依旧，实在是先人积了大德。

高建森的父亲大木匠二世，本来是想让儿子把书读好的，最好能够读到大学里面去，出来后当个国家干部什么的。打棺材虽然也能养家糊口，也能把儿女养大，但再风光也是个打棺材的，棺材打得再好也是装死人的，能风光到哪里去？人家身强力壮的时候，不仅不求你，反而还只可意会不可言传的同你保持一点儿距离，以免沾了你身上的那股子阴气。旧社会的保、甲到新社会的公社、大队，再到后来的乡和村，打棺材的从来就没有人当过劳模，评上先进。即便是远在有皇帝的年代里，也没有听说有哪位皇帝，给打棺材的人送块匾、写个字什么的。虽然皇帝最后也要躺在棺材里，去那边不当皇帝当"先帝"，可生前就是不施恩于打棺材的人。这原因很简单，因为你的棺材打得多，就说明人死得多。把荣誉给打棺材的，那不是鼓励多死人吗？丧德的事，谁愿做呀？谁敢做呀？

大木匠二世本想从儿子这一代起，不再延续打棺材的命。但儿子的书就是读不进去，学习成绩不在全班倒数第一，就在倒数第二。该骂时骂了，该打时打了，也没有把儿子的学习成绩骂出来，打上去。挨到初中毕业，也就只好让儿子跟着自己学打棺材了。

高建森读书不行，学手艺却得心应手，尤其是打棺材，硬是心有灵犀，一点就通。虽然刚开始那会儿体力有限，但一柄大斧，还是抡得"斧斧"生风；一把大锯，还是拉的节奏如歌；长刨短刨，还是推得刨花绽放。一根根圆滚滚的大木头，三下五除二，削得方方正正，锯得整整齐齐，刨得平平展展。几年下来，他就开始独立掌墨了。

儿子最终没有逃脱打棺材的命，大木匠二世有些沮丧。虽然打棺材也是一门手艺，但打得再漂亮那也是给死人用的，黄土里一埋，漂亮又怎么样，不漂亮又怎么样？树屋的木匠树一栋房子，短则几十年，长则上百年，甚至几百年，体体面面立在那里，看到屋子，就对树屋的木匠倍生敬意。打棺材的木匠没这份福气。但儿子大了，伢（方言，即父亲）难当啊！老去的伢老子管不了长大的崽，认了吧！

一转眼，大木匠二世就过了古稀之年，一场大病起不来了。弥留之际，许多心事未了，嘴巴不停地一张一合。

高建森慌神了。看着伢老子那双没了光泽的眼睛，听着伢老子时有时无、时断时续的"咿呀喔啊"之声，他突然想起来了，万一伢老子"万一"了，棺材还没有做哪！打棺材的木匠，多少都会一些神功法术，通阴界，知阳寿。大木匠二世算定自己有八十五年阳寿，没想到他没有算准，提前了。高建森想到这里，俯下身去，咬着父亲的耳朵："伢老子啊，我一定给你打口大棺材！"

众人哭笑不得。这是当儿子的人应该说的话吗！

的确，这不是当儿子的人应该说的话，但这又是打棺材的木匠应当

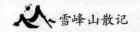

说的话。

高建森给父亲打的棺材确实非同一般，既不失千年老屋的庄重之气，又有线条与棱角律动欲飞之感，这让本来有一些阴森恐怖的千年老屋，平淡如常了许多，尤其在老人们的眼里，甚至还有了几分难得的温馨。大木匠二世打的棺材虽然有气势，但显得臃肿；不失庄重，但显得笨拙。

大木匠二世发丧那天，被众人抬在肩膀上的棺材，在金色的霞光里晃悠远去（地方习俗，死人须在早晨抬上山）。村子里的老人们跟在送葬的队伍后面，苍老的脸上，荡漾着朝阳般的光亮。

青出于蓝胜于蓝了。"大木匠三世"的称号水到渠成。称号成了他的名字，"高建森"这个名字被人忘了。这也不是坏事，就像当官的人，你记不记得他的名字并不重要，重要的是你得知道他的官衔，而且叫得越响亮越好。

大木匠三世属于那种说话不会拐弯的人，就像他打棺材一样，走直线，不晓得挑一些让人听了舒心悦耳的话儿讲，不管你是亲朋好友，或者是左邻右舍，不管是自己报恩答谢别人，或者是自己有事相求于别人，一开口就是："我给你打口大棺材。"这让人家听了很不是滋味，特别的不爽。但在他看来，自己只会打棺材，给别人打口大棺材是自己应当做的，也是能够做的，而且对别人也是有用的，没什么当不当的。

那一年，他的岳老子做六十大寿。身为女婿，当然要送上一份大礼贺寿。

贺寿，一般人的做法就是给老人家送点儿吃的、穿的，断文识字的人送一块"寿比南山、福如东海"的镀金大匾，或者裱一幅寓意长寿的字画，为寿庆添一点儿墨韵书香。但在大木匠三世看来，人老了，吃不了那么多了，穿不了那么多了，字儿画儿也只是装个门面，中看不中用。民间的习俗是人到了六十岁，就不再忌讳那个"死"字，缝制寿衣、准备棺材一类事儿，提到了儿女们的议事日程上。于是，他郑重其事地对岳老子说："我给您老打口大棺材吧！"

岳老子听了，就差划一根火柴，脸上的怒气就火焰腾空了，这还是祝寿吗？分明是要咒我早死呀！但事后，岳老子又想明白了，死是必然的，棺材是必须的。从上辈的上辈人开始，都说棺材准备得越早，寿命反而越长，所以棺材也称千年屋。想到这一层上，闷在心头的火气儿也就消了。

大木匠三世的棺材打得有口皆碑，但话却说得不太入耳，这给他惹过不少麻烦，甚至差一点儿连棺材也打不成了。

农村大割"资本主义尾巴"那阵子，造反出生的大队革委会主任（当时的村行政组织，即现在的村委会）说，打棺材是搞个人单干，是搞资本主义，是封建迷信。他的斧头锯刨被没收了。

没有了斧头锯刨，就像军人被缴了械，赤手空拳。但事也凑巧，才过了两个多月，主任的娘老子突然得病死了。主任找到他，木匠工具也给他带回来了。一看架势，不等主任开口，他就自告奋勇："我给你打口大棺材吧！"

主任的脸立马就变了颜色："你胡说什么呀！是给我娘老子打棺材！"

但是事后，主任还是发下话来："人总是要死的，死总是要棺材的。革命的人死了也要棺材。"

不爽归不爽，棺材少不了，大木匠三世离不了，没了他，你怎么到那边去呀？女子出嫁还得带些嫁妆，才能昂首挺胸地做人家的媳妇。你去那边连个老屋都没有，阎王爷会善待你吗？阎王爷也同样嫌贫爱富。

人最后都是死路一条。皇帝老儿喜欢"吾皇万岁，万岁，万万岁"天天在金銮殿上回荡，平民百姓喜欢"福如东海、寿比南山"的廉价祝福。但有谁见过"万岁，万岁，万万岁"的皇帝？有谁见过"福如东海、寿比南山"的老翁？一条死路，一具棺材，一堆黄土，百川归大

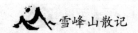

海，人生大结局。

父亲既把出色的手艺给了他，也把通阴界、知阳寿的诡异法术给了他。开工要择黄道吉日，砍下第一斧的时候女人不能在场，完成一道工序不能说"完了"，而要说"好了"。尤其是棺材做好了自己要在里面先睡一觉，众人不解其意，问道："为什么你自己先要在棺材里面睡一觉？"他说道："棺材是人睡大觉用的，舒不舒服，我问谁去呀？我不试着先睡一下，谁试呀？"

众人一脸茫然。死人还知道舒服与不舒服吗？

不理解归不理解，但人们却由此对他高看了一眼，请他打棺材，信得过，放得下心。

像别的手艺人一样，大木匠三世的看家本领，一是看得见的过硬技术，活儿不怕别人挑剔；二是看不见的诡异法术，活儿别人不敢挑剔。过硬的技术蒙上法术的玄乎，人们就只有敬畏的份儿了。因为打棺材的木匠是给去阎王那边的人"做嫁妆"的，随便怀疑、挑剔打棺材木匠的手艺，就难免有亵渎神灵、对阎王爷不恭的嫌疑，保不定会撞上厄运，那不是自己送上门去找死吗！

技术加法术，大木匠三世让人敬仰。村里有一个人前后打了好几口棺材，都被别人睡走了。打第十口时，他要求大木匠三世把活儿做得细一点儿，说这一口要留给自己用。大木匠三世看了门口一眼，很庄重地告诉他："这一口也不是你用的。"半个月后，果真就有人把这口棺材给睡走了。那人心悦诚服，十口棺材都被他算准了，没有一口是自己的。

有人问大木匠三世，你怎么知道那口棺材归别人用呢？他说："那些急着要棺材的人，都在门口等着哩！我砍第一斧的时候，看了门口一眼，死的那个人就站在门口。"大家听了，将信将疑。

也有算不准、看不清的时候。他的母亲两年前得了一场大病。他掐指一算，母亲这一关过不了。他告诉母亲："我给您打口大棺材。"

棺材打好了，母亲的病却好起来了。他又一掐指，母亲再活个八年十年没问题。他相信这回算得没错。母亲第二次生病时，他照样外出打棺材。结果他前脚刚走，母亲就不行了。等到他接到消息赶回家时，母亲已经到大木匠二世那边去了。他是独生子，没有给老母亲送终，让他追悔了好一阵子。

大木匠二世算定自己有八十五年阳寿，结果过了七十就走了。大木匠三世算定母亲再活个八年十年没问题，结果不到十天半月就走了。有人问他，你给母亲打棺材的时候，就没有看见你母亲守在门口吗？他张了张嘴，无言以对。

大木匠三世打棺材从集体化打到责任制，从责任制打到了市场经济，从十几岁的少年打到了年过花甲，活儿做得越来越考究精细了。他原以为日子就这么稳稳当当地过下去，没想到新鲜事儿却一桩接一桩地来了。耕田种地的庄稼人开始变了，祖传的谋生套路不灵泛了。钢筋、水泥、砖替代了木材，树屋的木匠没事做了；机制的大块红瓦取代了手工制作的小块青瓦，瓦窑的火焰熄灭了；木桶水桶、脸盆澡盆、晒簟竹篮换成了塑料的，打桶做盆的、编篮织席的手艺人歇业了；还有打铁的、缝衣服的、补锅的，等等，几乎都坐冷板凳了。自己还是有幸的，棺材还在打。农村死人用火烧，那是猴年马月的事。人变着花样活，守着传统死，打棺材的前景还是光明的。

人算不如神算，神算不如天算。突然有一天，村子里来了一挂大货车，拉的全是棺材，清亮的生漆照得见人影。价格虽然比他打的贵一些，但人家那活儿是上了漆的，他的活儿是白棺，主人还得请漆匠刷漆。同时请他打棺材还要一日三餐，饭菜烟酒，加上完工时的红包礼金，算起来也便宜不了多少。买，多省事呀！请大木匠三世打棺材，不

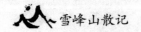

如从大车上买棺材。

买棺材的越来越多了，打棺材的越来越少了。他想阻止拉棺材的货车进村，但买卖自由，政府都管不了，自己管得了吗？

兵来将挡，水来土掩。

为了保住自己的世袭"领地"，硬的行不通，就来软的，用电视上的话说，就是运用经济手段，解决市场问题。打棺材的工价，从3000降到2800元、2500元、2300元、2000元。除了开工与完工，平时不上酒，烟随主人意，实打实地为主人节省开支。但这些措施还是阻止不了买棺材之风的持续蔓延，好几个老人的棺材仍然是从大货车上买的，还一股劲儿说买比打好，省了许多麻烦。

大木匠三世打的棺材，物美没说的，价廉也做到了，但还是不顶事，因为人家还得请漆匠上漆，没有上漆就是半成品。大木匠三世决定自己上漆，这可是一举三得的事儿，既增强了产品的竞争力，价格也可以适当涨一点儿，尤其抹去了漆匠的挑剔。业界一直流行：锯匠怕木匠，木匠怕漆匠。锯匠锯得齐不齐，木匠的刨子一过就知道了，木匠刨得平不平，漆匠的刷子一刷就知道了。木匠指责锯匠，漆匠指责木匠，那是家常便饭。

第一次接触生漆，他长了一身漆疮，痒得他快要疯了。

上了漆，就不再是半成品，而是成品了。可前景也没有出现转机，拉着棺材的大货车，还是每隔上一段时间就来一次，然后空车返回。于是，他干脆心一横，谁家要打棺材，就把木头送到他大木匠三世家里来。他在自己家里打，吃自己的饭，喝自己的酒，抽自己的烟。打好了，漆好了，你拉走就是。有人打趣，称大木匠三世是走"专业化"的路子，成批量生产。

经济手段用上了，行情仍然低迷。一年到头还是打不上一两口棺材。这样折腾了几年，就把他给折腾老了。

他也像他的父亲一样，曾想把这门手艺传给儿子，因为人总是要死的。只要还有人在，只要那个"火化"还化不到乡里，棺材就不会没人要。但他的儿子同其他年轻人一样，宁可外出打工，也不愿在家侍候"一亩三分地"，更不用说打棺材了。

消失了很长一段时间的斧头声、拉锯声、推刨声，又重新响了起来，缓慢而沉闷。

大木匠三世近来很少出门了，他在为自己打棺材。他有一万个理由不睡大货车拉来的老屋。但他担心到了那一天，图省事的儿子也会从大货车上买一口给他，送他去见大木匠二世、见大木匠一世，这还不成了天大的笑话！

打了一辈子棺材的他，打的最后一口棺材是自己的。因为他那句实实在在的话——"我给你打口大棺材"，他已找不到对象说了，更没有人对他说了。

大木匠三世的名字是大木匠一世给改的。大木匠二世给他取的名字叫"高建生"，意思是希望他当个好学生。大木匠一世临终前要大木匠二世把"生"改成"森"。他说：我祖孙子三代三个木匠，三个木字加在一起，就是一片大森林啊！

而今，这片大森林已经不再荣荣茂茂、郁郁葱葱了，只有大木匠三世这棵没剩下几片枯叶的老树，还在风中摇晃着老去的不多岁月。

原载《边城晚报》，2017 年 6 月 30 日。《怀化文学》2018 年第一期标题《为你打口大棺材》，收入本书采用《边城晚报》标题。

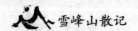

后　记

　　本书写的都是雪峰山下的古今人与事。而我，也一直生活在这块土地上，故而冠名《雪峰山散记》。这既是我的情感使然，也是雪峰山自身使然。

　　就地理而言，雪峰山自古乃大西南的门户，是中原与大西南的交通要道。就地位而言，雪峰山一向为战略要塞。历史上的夜郎、南诏、大理先后立国，称雄云贵高原，抗衡中原王朝，或多或少都得益于雪峰山这一天然屏障。反之，中原王朝平定滇黔，经略大西南，只要翻过了雪峰山，剑锋所指，所向披靡。1949 年人民解放军千里追击，横扫大西南，有相当一部分行动就发生在雪峰山下，如衡宝战役。宝即过去的宝庆府，今天的邵阳市。

　　雪峰山最为辉煌的时期可能还在于上古与远古，即在于中华古文明的开端。考古学家贺刚先生的《湘西史前遗存与中国古代传说》一书，对此有系统的研究与探讨，虽然书中的许多真知灼见还没有形成最后定论，但以雪峰山为中心的大湘西，上古乃至远古那些童话般的神秘传奇，就足以让人心存敬意。尤其是距今 7800 年的安江高庙文化遗址地